초인은
지금

초인은 지금
ⓒ김이환 2017

초판1쇄 인쇄	2017년 3월 10일
초판1쇄 발행	2017년 3월 14일
지은이	김이환
펴낸이	박대일
편집	이문영 · 임유리 · 신지연 · 전보라
교정	이재일
마케팅	송재진 · 임유미
디자인	박현주
펴낸곳	파란미디어
출판등록	2004년 9월 14일 제313-2004-00214호
주소	04072 서울시 마포구 성지1길 32-36 (합정동)
전화	02.3141.5589 영업부 070.4616.2012 편집부
팩스	02.3141.5590
전자우편	paranbook@gmail.com
카페	http://cafe.naver.com/paranmedia
페이스북	http://www.facebook.com/paranbook
ISBN	978-89-6371-413-4(03810)

* 이 책의 판권은 지은이와 파란미디어에 있습니다.
이 책 내용의 전부 또는 일부를 재사용하려면 반드시 양측의 서면 동의를 받아야 합니다.

* 잘못된 책은 구입하신 서점에서 바꾸어 드립니다.

초인은 지금

김이환 장편소설

새파란상상

너는 기도할 때에 네 골방에 들어가 문을 닫고
은밀한 중에 계신 네 아버지께 기도하라.
은밀한 중에 보시는 네 아버지께서 갚으시리라.

(마태복음 6:6)

차례

초인

2012년 4월 24일 초인이 서울에 처음 나타난 날, 나는 동대입구 지하철역에 있었다.

나는 출근길 승객으로 가득한 객차 안에서 손잡이를 잡은 채 멍하니 생각에 잠겨 있었다.

그날 아침 나는 유난히 지쳐 있었다. 빨리 회사에 도착해 자리에 앉고 싶은 마음뿐이었다. 빠른 속도로 달리던 지하철이 속도를 줄이며 천천히 동대입구역에 도착했고, 지하철이 멈추고 문이 열리자 사람들이 내리고 올라탔다. 혹시나 싶어 주변을 돌아보았으나 빈자리는 나지 않았다. 나는 앞에 앉은 중년 남자를 내려다보았는데, 그의 얼굴은 정말로 피곤해 보였다.

모두가 피곤해 보이는 목요일 아침 출근길이었다. 당시 나는 스물아홉 살이었고 강남에 있는 회사에 다니고 있었다. 강북에 있는 집에서 지하철로 출퇴근했는데, 꽉 찬 사람들과 부대끼는 출근길이 지겨웠다. 차 한 대 사서 타고 다니면 좋겠다고 자주 생각했다. 하지만 생활비와 적금과 결혼 자금 등등을 생각하면 차 값도 유지비도 큰 문제였다. 조금만 더 참자고 생각하고 길게 한숨을 쉬었다. 손잡이를 더 꽉 잡고 무게중심을 한쪽 발에서 다른 쪽 발로 바꿨던 기억도 난다.

스크린 도어와 객차의 문이 차례대로 닫히며 지하철이 천천히 움직였다. 나는 다른 생각으로 빠져들었다. 그날은 아버지의 기일이었다. 다른 때는 거의 생각나지 않다가도 기일만 되면 아버지의 마지막 모습이 떠오르곤 했다. 돌아가시기 전 병원에서 마지막으로 내게 했던 말이 있었다. 핏기 없이 검은 얼굴에 몸은 바싹 마르고 코에는 튜브를 꽂은 아버지는 당신의 손을 잡으라고 말했고, 나는 그렇게 했다. 아버지의 손이 너무나 힘이 없었던 것이 기억난다. 아버지는 낮은 목소리로 이제 내가 집의 가장이고 어머니와 나의 삶이 나에게 달려 있다고 말했다. 고등학교 1학년이었던 나에게는 이해하기 힘든 말이었고, 어른이 된 후에는 되새길수록 무겁게만 느껴지던 말이었다.

그날 아침 사고가 일어나기 직전 이상하게도 나는 아버지를 떠올렸다.

그리고 쾅, 소리와 함께 지하철이 멈추며 사고가 시작되었다.

지하철이 무엇엔가 부딪힌 듯이 굉음이 울리고 객차가 격렬히 진동했다. 나는 세 번째 칸에 있었는데, 당시의 나는 몰랐지만 소음이 첫 번째 칸에서 난 것을 고려하면 상당히 큰 소음이었다. 지하철이 흔들리면서 사람들도 중심을 잃고 흔들렸다. 좌석에 앉은 사람 위로 넘어지는 여자도 있었다. 지하철이 멈추고 굉음이 사라지자 사람들의 아직 멈추지 않은 비명, 불평하는 소리, 몸을 추스르는 소리가 차량 내를 채웠다.

나는 손잡이를 꽉 잡고 있었기 때문에 그다지 흔들리지 않았다. 무게중심을 잃고 옆의 사람에게 살짝 부딪쳤을 뿐이다. 주변 사람들처럼 흥분하거나 불평하지도 않았다. 단지 무슨 일일까 궁금했다.

탁, 소리가 들렸다. 객차의 조명이 꺼지는 소리였다. 멀리서 탁, 형광등이 꺼지고, 다시 탁, 그다음 형광등이 꺼지고, 차례대로 불이 꺼지더니 머리 위 조명도 꺼졌다. 등 뒤쪽 불이 꺼지며 뒤쪽 객차의 형광등도 차례대로 꺼지는 것이 보였고, 객차 안에는 어둠과 터널 안에 켜진 조명의 약한 불빛만이 남았다. 사람들이 일제히 핸드폰을 꺼내 전화를 걸었다. 가족이나 친구들 혹은 직장에 전화를 하는 것이었다. 멀리서 누가 '소화기 꺼내세요'라고 말하고 누군가 '꺼냈습니다'라고 대답했다.

사람들이 대구 지하철역 참사를 떠올리고 하는 행동 같았다. 나는 핸드폰을 꺼내지 않았다. 큰일이 아니라고 생각한 것이다. 지하철이 멈추는 일이야 가끔 있지 않은가. 지하철로 통학하는 학생이나 출퇴근하는 직장인이라면 흔히 겪는 일이다. 갑자기 멈추거나, 문을 두 번 세 번 다시 열고 닫거나, 늦게 출발하는 일이야 가끔 있지 않은가. 그래서 별일 아니라고 여겼다. 겁에 질려서 전화를 걸고 소화기를 꺼내는 사람들의 반응이 지나치게 민감하다고도 생각했다.

한동안 어둠이 지속되다가 이윽고 전등이 한꺼번에 켜졌다. 그리고 안내 방송이 나왔는데, 지하철이 기계 고장으로 멈췄고 불편을 드려서 죄송하며 다시 출발하니 조금만 기다려 달라는 것이다. 하지만 몇 분을 기다려도 출발하지 않았다. 다시 안내 방송이 나왔는데, 지하철의 전원을 완전히 차단했다가 켠 다음 다시 출발할 테니 불이 꺼져도 당황하지 말고 일이 분만 차분히 기다려 달라고 했다. 방송이 끝나자 예고대로 전등이 꺼졌다. 어둠 속에서 사람들이 초조히 숨을 내쉬는 소리를 들으며, 나는 이제라도 핸드폰을 꺼내 누군가에게 전화를 해야 할까 하고 생각했다. 하지만 누구에게 전화를 한다? 직장? 어머니? 여자 친구? 고민하는 동안에도 불은 다시 켜지지도, 지하철이 출발하지도 않았다.

몇 분이 흘러도 전등이 켜지지 않아 이상하다고 생각했을 때 나는 비명을 들었다. 앞쪽 객차에서 들리는 비명이었다.

'동대입구역 지하철 화재 사고'에서는 이런 일이 있었다. 첫 번째 객차의 외관 바깥쪽 하부에 쌓인 금속 먼지 때문에 도전부와 금속 본체가 합선을 일으키면서 스파크가 일어났고, 이것이 불로 옮겨붙었다. 동시에 지하철이 멈추고 다시 작동되지 않았다. 불은 지하철 하부에서 상부로 빠르게 옮겨붙으면서 연기가 터널 안에 치솟았다. 그때 터널 내부에 있던 승객들은 객실 내부로 들어오는 연기를 보았다. 곧 화염이 덮치리라 판단한 사람들이 공포에 질려 뒤쪽 객차로 몰리면서 아수라장이 되었고, 나는 그들의 비명을 들은 것이다.

　당연히도, 나는 이 사실을 몰랐다. 내가 본 것은 통로로 밀치고 나오는 사람들과 그 뒤를 따라오는 회색 연기였다. 타는 냄새가 훅 끼쳤다. 불이야, 사람들은 외쳤다. 공포에 질린 사람들이 어둡고 혼란스러운 객차로 밀고 들어오며 소리를 질렀다. 겁에 질린 눈. 비명을 지르는 벌어진 입. 그들의 목소리. 사람 살려, 사람 살려, 사람 살려. 밀려난 사람들은 바닥으로 쓰러졌다. 누군가는 밟고 누군가는 밀치고 누군가는 밀리는 동안에도 통로에서는 계속 사람이 쏟아져 나왔다. 같이 밀려온 연기는 사람들의 머리 위로 모였고, 창밖 터널도 곧 연기로 가득 찼다.
　나 역시 순식간에 겁을 먹었다. 방금까지만 해도 나는 지루한 출근길을 견디고 있었다. 하지만 다음 순간 생명을 위협받는 사고 속으로 휘말려든 것이다.
　머릿속이 하얗게 되었다. 몸이 덜덜 떨렸다. 살아오면서 그런 공포를 겪은 적은 없었다. 공포가 이성을 망가뜨렸다. 도망쳐야겠다는 생각뿐이었다. 내 앞에 양복 입은 남자의 등이 있었다. 나는 온 힘을 다해 그것을 밀쳤다. 그리고 키 작은 여자의 어깨가 있었다. 나는 힘없는 여자를 밀쳤다. 다른 사람들을 밀치며 연기를 피해 반대 방향으로 나아갔다. 놀라서 허둥대는 사람들과 바닥에 쓰러진 사람들을 지나쳤다. 몸싸움을 하면서 단추가 뜯어지고 옷이 찢어지고 손과 얼굴을 다쳤다. 앞을 막고 있는 사람을 향해 나도 이해 못 할 괴상한 소리를, 짐승이나 낼 법한 고함을 지르며 손으로 밀쳤다. 나는 두 개의 객차를 지나쳐서 다섯 번째 객차에 도착했다. 그 객차의 문은 동대입구역에 걸쳐 있었다. 사람들은 문 앞에 모여 문을 두들겼다.

지하철 문 여는 방법은 간단하다. ① 문 밑에 있는 상자를 열어서 안의 레버를 당기고, ② 문을 양옆으로 밀어 열면 된다. 문밖의 스크린 도어는 ① 가로로 있는 손잡이를 밑으로 누르면서, ② 양옆으로 밀면 열린다. 하지만 그 순간에는 누구도 이 방법을 기억해 내지 못했다. 무작정 문만 두들길 뿐이었다. 창문을 부수려는 사람도 있었다. 부서진 창문을 통해서 나갈 수 있으리라는 판단이었다. 하지만 창문이 깨지면서 사방으로 튄 유리 조각 때문에 사람들은 몸에 상처만 입었다. 그 너머에 있는 스크린 도어는 웬만한 힘으로는 깨지지 않았다. 터널 안에 차오른 연기가 역 전체로 향할 즈음에야 누군가 상자를 열고 레버를 당겨 문을 열었다. 그때 나는 문 앞에 있었다.

문이 열리자 사람들이 일제히 몰려들었다. 문 앞에 있던 나는 가장 먼저 빠져나갈 줄 알았건만 그렇지 않았다. 뒤에서 미는 사람들 때문에 앞으로 고꾸라진 것이다. 수많은 신발이 내 머리와 등과 팔과 다리를 밟고 역으로 나갔다. 마치 내가 뒤쪽 객차로 오면서 사람들을 밀치고 밟아 왔듯이 말이다. 일으켜 세워 주는 사람은 없었다. 처음에는 나도 팔과 다리를 휘저으며 일어나려 했지만 곧 밟히고 다시 바닥에 쓰러졌다. 소리를 지르고 욕도 해 봤지만 소용이 없었다. 저러다가 죽겠어, 누군가 외쳤는데 그게 나를 두고 한 말이었는지는 지금도 모르겠다. 머리를 밟힌 충격 때문에 뇌진탕이 오면서 정신이 희미해졌다. 나는 한동안 지하철과 역 사이에 누워 있었다. 대부분의 사람들이 역을 빠져나가고 역이 연기로 가득 차는 동안에도 그렇게 있었다.

의식이 돌아와 눈을 떴을 때, 역 안은 연기가 자욱하게 차 있었다. 그때쯤 사람들은 대부분 지상으로 올라갔거나 계단을 오르는 중이었고 나처럼 객차에 갇힌 사람은 몇 되지 않았다. 연기 때문에 숨쉬기가 힘들고, 불타는 소리가 점점 커졌다. 일어나고 싶지만 힘이 없었다. 이미 연기를 너무 많이 들이마신 것이다. 몸을 일으킬 수가 없어서 바닥을 기었다. 조금씩 앞으로 기어 역으로 올라왔지만 연기가 워낙 자욱해서 어느 방향으로 가야 위층으로 올라가는 계단이 나오는지는 몰랐다. 그리고 기어서 지상으로 올라가기엔 너무 깊은 곳에 있었다. 그제야 나는 생각했다. 내 인생은 이렇게 끝나는가?

후회가 찾아왔다. 지하철이 멈췄을 때 왜 정신을 바짝 차리지 않았을까? 왜 도망칠 준비를 미리 하지 않았을까? 왜 문 가까이 서 있다가 사람들에게 밟혔을까? 무서웠다. 두려웠다. 10분 전의 나는 죽으리라고는 상상도 못 했다. 그것도 이렇게 어이없이 죽을 줄은 정말 몰랐다. 나는 마음속으로 외쳤다. 안 돼, 나는 죽으면 안 돼. 혼자 남는 어머니는 어쩌지. 어머니를 잘 돌보라던 아버지의 말은 어쩌지. 하고 싶었던 많은 일은. 죽기 싫어. 죽기 싫다고. 사람 살려. 살려 주세요. 나는 외쳤다.

"살려 주세요."

그리고 의식이 끊어졌다.

그다음 기억은 손으로 느낀 촉감이다. 누군가 내 손을 잡은 것이다. 크고 거친 손이었다. 아주 힘이 센 손이었다. 나는 살려 달라고 외치고 싶었지만 목소리가 나오지 않았다. 그러나 말을 하지 않았는데도 손은 내 마음을 알고 있는 듯했다. 손은 나를 일으켜 세운 다음 부축해 계단을 오르기 시작했다. 속도가 아주 빨랐다. 뺨을 바람처럼 스쳐 지나가는 연기를 느낄 수 있을 정도였다. 아무리 그래도 시간이 걸리겠지 했는데, 곧 지하의 뜨거운 연기 대신 지상의 차가운 공기가 얼굴에 닿았다. 남자는 나를 지하철역 밖의 딱딱한 시멘트 바닥에 눕혔다. 커다란 손이 잠시 목을 짚어 맥박을 확인하고는 곧 떠났다.

나는 다시 의식을 잃었다.

눈을 떴을 때, 몸을 누르는 손이 있었다. 하지만 나를 데리고 온 크고 거친 손은 아니었다. 여자의 손이었다. 여자 소방관이 내 호흡과 맥박을 체크하고 있었다. 나는 눈을 뜨려고 노력했는데 연기가 들어간 눈이 아파서 제대로 떠지지 않았다. 내가 신음 소리를 내자 소방관은 눈에 식염수를 부었고, 구토하려고 하자 고개를 옆으로 돌려 토하게 한 다음 손가락으로 이

물질을 긁어내고 입을 물로 씻겼다. 나는 나를 구해 준 사람은 어디 있냐고 묻고 싶었지만 목소리가 나오지 않았다. 고온의 유독 가스를 마셔서 목에 화상을 입었기 때문인 건 나중에 알았다. 여자 소방관은 진정하고 누워 있으라고, 곧 병원으로 후송하겠다고 반복해서 말했다. 그리고 내 얼굴에 포켓 마스크를 씌울 거라고 말했다.

나는 다른 소방관이 나를 구했다고 생각했다. 그는 어디 있을까, 지하철역에서 다른 사람을 구하고 있나. 나중에 찾아보자. 살려 줘서 고맙다고 하자. 고맙다고 꼭 인사하자.

살았다는 생각이 들자 눈에서 눈물이 흘렀다. 눈물이 나는 잠시 동안 눈이 떠졌는데, 주변에 나처럼 누워 있는 사람들이 몇 보였고, 지하철역으로 내려가는 출구에서 마치 지옥의 입구처럼 무섭게 연기가 쏟아져 나오고 있었다. 소방관이 얼굴에 포켓 마스크를 덮었고, 나는 다시 눈을 감고 잠이 들었다. 응급차에 실려서 움직이고, 병원 응급실에 실려 가는 동안 간간이 깨어났다가 다시 깊이 잠이 들었다.

나는 병원 응급실에서 중환자실로 옮겨졌고, 중환자실에서 이틀 동안 혼수상태였다가 정신을 차렸다. 눈을 떴을 때 얼굴에는 여전히 마스크가 덮여 있고 코에는 튜브까지 꽂혀 있었다. 숨을 쉴 때마다 목과 가슴이 아팠다. 유독 가스를 들이마셔서 생긴 이 증세는 이후 몇 년 동안 나를 괴롭혔다.

나는 고개를 들었다가 환자복을 입은 내 모습을 내려다보고 놀랐다. 출근할 때 입은 양복은 어디 있지, 누가 옷을 갈아입혔지, 그런 생각이 들었다. 침대 맞은편의 텔레비전을 보았고, 화면 한쪽의 날짜와 시간을 보고 놀랐다. 이틀이 지난 것을 그제야 깨달은 것이다. 나는 4월 24일에 집에서 나와 지하철을 탔는데, 중환자실에서 정신이 돌아왔을 때는 4월 26일이었다. 어머니는 내가 중간중간 정신을 차렸다고 말했지만 기억에는 없었다. 최초의 기억은 텔레비전을 보고 놀랐다가, 너무나 지친 표정으로 침대 옆에 앉아 있던 어머니가 내가 눈을 뜨자 손을 잡은 것이었다.

"정훈아, 정신이 들어?"

나는 어머니의 손을 잡자 나를 구해 낸 크고 힘센 손을 다시 떠올렸다. 나를 구한 사람이 누구인지 아느냐고 어머니에게 물어보려는데 말이 잘 나오지 않았다.

"되도록 목을 쓰지 말라고 의사 선생님이 그랬어. 기관지를 많이 다쳤다고 하더라. 그래도 살아서 얼마나 다행이니."

어머니의 목소리에는 기운이 없었다.

"초인이 너를 구해 줬대. 초인 모르지? 텔레비전 뉴스에 나오고 있으니까 봐라."

어머니는 내가 정신을 차리기를 기다렸다는 듯이, 이 말을 전해 주려고 기다렸다는 듯이 말하고 리모컨을 들어 텔레비전 볼륨을 키웠다. 나는 어머니가 말한 '초인'이라는 단어에 당황하고 있었다. 초인이라니, 엄마가 방금 초인이라고 말했나? 초인이 나를 구했다고 말했나? 그게 무슨 말이람?

텔레비전에서는 속보를 내보내고 있었다. 동대입구 지하철역 화재 사고에 대한 소식이었는데, 화재는 이틀 전에 발생했으니 사건은 더 이상 속보가 아니었다. 그 속보는 화재가 아닌 '초인'에 대한 속보였다. 아나운서는 지하철 화재 당시 내부의 폐쇄 회로 카메라가 촬영한 영상이 경찰에 의해 공개되었다고 말하고 있었다. 자욱한 연기 사이로 초인의 모습이 운 좋게 찍힌 동영상이 언론에도 공개된 것이다.

동영상을 보다가 깜짝 놀랐다. 객차와 역 사이에 쓰러진 사람을 누군가가 부축해서 지상으로 데리고 오는 동영상이었는데, 그게 내 모습이기 때문이었다. 이제 유튜브를 통해서 전 세계 사람들이 다 봤겠지만, 쓰러져 있는 사람이 누구인지는 여전히 오직 나만 알고 있다. 나야, 저건 나야. 나는 중얼거렸다.

그리고 동영상 속에 초인이 있었다. 어두운 색 옷을 입고 모자를 푹 눌러쓴 덩치 큰 남자가 지하철역에 누워 있는 나를 부축해 일으켰다. 내 팔을 붙잡더니 어깨에 걸쳤다. 그리고 몇 걸음 걷다가 공중으로 떠올랐다! 발을 땅에 디디지 않은 채로, 마치 슈퍼맨처럼 날아서 역 내부를 지나 계단을 오르고 지상까지 가고 있었다. 그는 자욱한 연기 사이에서도 거리낌 없이 움직였다.

"이럴 수가……."

나는 기억을 더듬어 보았다. 힘센 손이 나를 데리고 아주 빨리 지상으로 올라왔던 기억은 분명히 있었다. 하지만 중간에 의식을 잃어서, 계단을 올라오는 전 과정이 모두 기억나지 않아서 그렇게 기억하는 줄로만 알았다. 그렇지 않았다. 정말 빠른 속도로, 말 그대로 날아서 올라왔던 것이다. 그날의 기억이 천천히 돌아오기 시작했다. 그가 나를 붙잡았던 순간과 지상으로 올라올 때까지가 조금씩 기억났다.

사람들에게 밟혀서 기절했다가 다시 깼을 때는, 이미 역 안의 불은 꺼지고 연기가 자욱했기 때문에 눈을 떠도 아무것도 보이지 않았다. 나는 바닥에 엎어진 채로 사람 살려 달라고 외쳤고, 연기를 들이마셔서 생긴 긴 기침을 시작했다. 그리고 남자가 내 팔을 잡았다. 나를 구하러 온 사람인가 보다고 나는 생각했다. 여전히 눈이 아파 누군지는 제대로 보지 못했다. 그저 고통의 신음만 입에서 흘러나왔다. 제발 남자가 나를 숨을 쉴 수 있는 곳으로 옮겨 줬으면 하는 마음뿐이었다. 그런데 이상했다.
이상해서, 그 순간을 잘 기억한다. 남자는 내 왼팔을 잡더니 마치 큰 물건에 달린 손잡이 잡아당기듯이 그냥 들어 올렸다. 내 몸은 팔에 끌려 올라갔고, 팔이 빠질 듯이 아팠다. 몸을 받칠 힘이 없던 다리는 후들거렸으며 남자가 팔을 놓자 나는 바닥에 다시 쓰러졌다. 팔꿈치와 어깨를 찢는 듯했던 통증이 여전히 기억난다. 이상한 일이다. 누가 사람을 그런 방식으로 들어 올리는가? 그다음 남자는 내 목과 넥타이를 동시에 잡아서 들어 올렸고 나는 숨이 막혀서 심하게 기침을 했다. 뭐 하는 거야? 이 사람은 다른 사람을 다치지 않게 드는 방법을 전혀 모르나?
두 번의 이상한 시도 후에야 남자는 방법을 알아냈다. 내 한쪽 팔을 자신의 목에 걸고 내 몸을 자신의 몸에 기대 중심을 잡도록 했다. 그렇다, 부축하는 자세다. 그 자세를 그제야 알아내서는 나를 일으켜 세웠다. 그리고 허공으로 몸을 띄웠다가, 몇 미터 떨어져서 착지했다. 그리고 다시 떠올랐고 이번에는 오랫동안 허공에 떠 있다가 중간에 방향을 바꾸기도 했다.

분명히 기억했다. 남자에게 매달려 허공에 떠 있는 동안 분명히 발이 계단이 닿지 않았다. 착각이 아니었다. 계단도 거의 밟지 않고, 디디지 않고 발로 스치면서 올라갔다. 나를 옮기고 있는 사람이 누구인지, 어떻게 이런 식으로 움직이는 건지 알고 싶었다. 하지만 연기 때문에 눈을 뜰 수가 없었다. 밖으로 나와서, 그가 나를 바닥에 눕히고 나서야 눈을 가늘게 뜨고 남자를 올려다보았다. 남자는 내 목과 가슴을 손으로 짚어 보면서 내 상태를 확인하고 있었는데, 내가 그의 얼굴을 본 것을 알았는지는 모르겠다. 중요한 건 내가 그의 얼굴을 봤다는 것이다.

나는 초인의 얼굴을 본 것이다.

"여러분은 지금 초인의 모습을 보고 계십니다."

아나운서는 반복해서 말했다. 아나운서는 초인적인 힘을 지닌 성인 남성의 모습을 한 어떤 존재가 동대입구 화재에서 부상을 입은 사람을 구했고, 때문에 큰 화재가 사망자 없이 열두 명의 경미한 부상으로만 그칠 수 있었다고 말했다. 초인, 초인, 초인. 하늘을 날아다니는 초인이 나를 구했다고? 슈퍼맨은 영화에나 나오는 것 아닌가? 나를 붙잡았던 커다란 손이 초인의 손이었다고? 나는 어머니를 돌아보았지만 어머니는 놀란 표정이 아니었다. 날아다니는 남자의 모습은 어머니에게도 이미 익숙한 것이다. 내가 잠들어 있는 동안 세상의 다른 사람들은 뉴스를 통해 초인의 모습을 접했다. 정작 초인이 구한 나는 그제야 상황을 알았다.

뉴스에서는 역 내부를 폐쇄 회로 카메라가 촬영한 다른 동영상들도 보여 주었다. 그곳에는 모자를 쓴 남자가 역에 쓰러진 승객들을 업거나 안고 역 안을 날아서 지상으로 옮기고 있었다. 어떤 때는 너무 빨리 움직여서 카메라에 잘 잡히지도 않았다. 아나운서는 이 남성, 가칭 '초인'의 정체가 아직 밝혀지지 않았으며 정부는 시민의 제보를 기다리고 있다고 전했다. 초인이 요청한다면 방송국에서는 언제든지 그와 인터뷰를 할 의사가 있음도 밝혔다.

'그래서 저 사람은 지금 어디 있어요?'

나는 그렇게 어머니에게 묻고 싶었다. 하지만 목소리가 나오지 않고 대신 기침이 나왔다. 말을 하지 말라니까, 어머니는 말했고 기침을 멈추지 못하자 간호사를 부르러 갔다. 길고 고통스러운 기침을 하면서, 나는 나에게 일어난 일을 받아들이려 애써 보았다. 평범한 출근길에 큰 사고를 겪었고, 죽을 뻔했다가 살아남았고, 초인이 나를 구했다는 사실을. 그 믿을 수 없는 일들을.

2012년 4월 24일 오전 8시 15분, 초인이 동대입구 지하철역 화재 사고에 등장했을 때 나는 그곳에 있었다.

관리자

'펑' 소리를 들었다.

초인의 소리다. 초인이 하늘을 날아가는 소리야. 분명했다. 나는 잠에서 깨어 벌떡 일어났다. 잘 떠지지 않는 눈꺼풀을 손으로 비벼 억지로 뜨고 창문을 보았더니 창문은 닫혀 있었다. 잘못된 자세로 잠을 잤는지 오른쪽 팔이 저렸는데, 저린 팔을 덜덜 떨며 힘들게 창문을 열었지만 방충망 너머의 하늘에는 구름만 조금 떠 있었다. 초인은 이미 지나갔을까?

슬리퍼도 신지 않은 맨발로 마당으로 나가 하늘을 올려다보았다. 하늘을 날아가는 초인을 찾는 동안, 쓰린 눈과 저린 팔의 감각이 천천히 돌아오고 잠도 달아났다. 소리의 원인도 알아차렸다. 종종걸음으로 마당을 가로질러 조용히 방으로 돌아왔다. 방바닥에서 울리고 있던 핸드폰의 알람을 끄고 한숨을 쉬었다.

초인이 하늘을 나는 소리와 알람 소리는 비슷하지도 않은데 그걸 착각하다니 어지간히 깊이 잠들었던 것이다.

어쨌든 알람에 의하면 약을 먹을 시간이었으므로, 나는 책상에 놓아둔 약봉지 입구를 찢고 알약들을 입에 털어 넣었다. 부엌으로 나가 냉장고에서 생수 통을 꺼내 물과 함께 약을 삼켰다. 그리고 아직도 저린 팔을 주물렀다.

"아무 소리 안 났어."

어머니가 말했다. 어머니는 마루에 앉아 케이블 텔레비전의 연속극을 보고 있었다. 내가 자다가 벌떡 일어나서 마당에 나갔다가 오는 모습을 지켜보고 하는 말이었다. 무안해진 나는 어머니의 등을 보며 무슨 말을 할까 하다가, 초인 뉴스가 나오면 알려 달라고만 말했다. 알았다고 어머니는 대답했지만 뉴스 채널로 바꾸지는 않았다.

괜히 부엌을 서성이다가 방으로 돌아가려는데, 어머니가 말을 걸었다.

"회기동 강도 사건은 어떻게 됐다니?"

"뭐?"

"회기동 강도 사건 몰라?"

어머니는 고개를 돌려 나를 보았다. 어머니의 말을 이해하지 못해서 멍하니 있다가, 어머니는 회기동 강도 사건을 어떻게 아는지 되물었다.

"너는 인터넷도 하는데 나보다 더 몰라?"

어머니는 다시 텔레비전으로 고개를 돌렸다. 나는 방으로 돌아왔다. 스마트폰을 켜고 포털 사이트의 뉴스와 즐겨찾기에 저장한 사이트들을 하나씩 방문하며 초인의 소식을 검색했다. 며칠 사이에 날이 더워진 탓에 얼굴에서 땀이 흘러서, 선풍기도 켜고 창문을 활짝 열었다. 갑자기 기침이 터졌고, 인상을 쓰면서 한참 숨을 고른 후에야 기침이 잦아들었다.

"경찰의 공식 발표가 있었구나."

네이버 초인 카페에서 관련 기사를 찾을 수 있었다. 인터넷 신문 기사를 스크랩하는 기사 게시판에 회기동 강도 사건에 대한 새로운 기사가 있었다. '회기동 강도 사건'은 최근 몇 개월 동안 서울에서 일어난 강도 사건 중 가장 유명한 사건인데, 바로 초인이 범인을 검거한 첫 번째 사건이기 때문이다. 2012년 4월 27일, 동대입구 지하철역 화재 사고가 일어난 지 사흘 후에 일어난 일이다. 내가 아직 병원 침대에 누워 콜록콜록 기침을 하고 있을 때 일어났고, 나도 그때 텔레비전에서 회기동 사거리 호프집에 든 강도를 초인이 붙잡았다는 뉴스를 보고 놀랐다.

"화재가 벌써 넉 달 전 일이네. 시간 참 빨리 간다."

밤 두 시, 가게 문을 닫고 정리 중이던 주인 앞에 칼을 든 강도가 나타나 주인을 협박하며 금품을 요구했다. 이들 앞에 초인이 나타난 것이다. 초인은 강도를 힘으로 제압했고, 호프집 주인은 경찰에 신고했다. 경찰이 도착했을 때 초인은 떠난 다음이었다. 이 사건은 초인이 범죄자 검거에 도움을 준 첫 사례기 때문에 유명하다. 동대입구 지하철역 화재 사고에도 초인이 나타났지만 화재는 범죄 사건이 아니다.

그동안 경찰은 사건 수사보고서의 일부만 공개했다가 오늘 전체 문서와 기타 자세한 정보를 언론에 공개한 것이다. 어머니는 그 뉴스를 케이블 텔레비전에서 본 것이었다.

처음 초인이 회기동 강도 사건을 해결했을 때 사람들은 초인이 도둑을 잡았다는 사실에 상당히 흥분했다. 이제 초인이 온 나라의 범죄자를 모두 잡아들일 것이라는 성급한 예측도 있었다. 하지만 초인은 사람들의 예상대로 행동하지 않았다.

"초인이 서울 안에서만 움직일 줄은 아무도 몰랐지."

나는 기사를 즐겨찾기에 등록했다. 카페 회원들이 경찰청 사이트에서 가져와 카페 자료실에 업로드한 수사보고서도 다운받은 다음 이메일로 보내 저장했다.

그리고 배가 고파져서 부엌으로 슬그머니 나가 보았다. 어머니는 여전히 케이블 텔레비전의 드라마 재방송을 보고 있었다. 나는 조심스럽게 말했다.

"나 아침밥 안 줘?"

"지금이 몇 신데 아침을 달라고 그래?"

어머니는 돌아보지도 않고 대답했다.

"나 점심 안 줘?"

"연속극 끝날 때까지 기다려 봐."

어머니는 여전히 돌아보지 않고 대답해서, 나는 방으로 돌아와 컴퓨터로 회기동 관련 기사를 다시 읽고, 수사보고서도 읽었다. 읽다 보니 이전 기록과는 다른 새로운 정보가 몇 있어서 꼼꼼히 읽느라 시간이 많이 걸렸다.

"정훈아, 밥 먹어라."

내가 방에서 나와 식탁에 앉자 어머니는 다시 텔레비전 앞으로 돌아갔다.

내가 어머니의 등을 바라보며 어머니가 하루에 몇 시간이나 텔레비전 앞에서 보내는지를 생각하는데, 어머니가 갑자기 돌아보더니 말했다.

"너 돈 있니?"

"무슨 돈?"

"우리 먹고살 돈."

"아니, 없는데."

드디어 생활비가 떨어진 걸까. 큰일이었다. 내 통장에는 퇴직금도 저축도 거의 남아 있지 않았다. 내가 없는 돈이 어머니에게 있을 리가 없고, 어쩌면 좋지.

어머니는 말했다.

"돈 벌어 와. 엄마 맛있는 것 좀 먹고 살자."

내가 먹던 장조림을 내려다보자 어머니는 선언했다.

"앞으로 고기반찬 없다."

나는 죄책감을 참으며 말없이 밥을 먹었고, 어머니는 한숨을 쉬었다.

"약 열심히 먹고 있는데 정신병이 왜 안 낫니."

"정신병 아니라 외상 후 스트레스 장애야."

내가 항의하자 어머니는 시큰둥하게 말했다.

"아무튼 미친 거잖아."

"엄마도 참."

나는 어이가 없어서 웃고 말았다. 어머니는 직장을 구해야지 않겠냐고 당부했다. 나는 대충 고개를 끄덕이며 밥을 먹었다. 내가 식사를 끝내고 대충 식탁을 치우는 동안에도 어머니는 케이블 텔레비전의 연속극을 보고 있었다.

방으로 들어가기 전 나는 어머니에게 말했다.

"텔레비전에서 초인 뉴스 안 나와?"

"초인 뉴스야 매일 나오지."

하지만 어머니는 뉴스 채널로 돌리지 않았다. 나는 얌전히 방으로 돌아왔다. 내 방에도 텔레비전 하나 놓고 하루 종일 뉴스를 보고 싶었다. 하지만 텔레비전을 새로 살 돈이 어디 있는가. 뉴스야 스마트폰으로 검색하면 되니까, 라고 애써 마음을 먹어도 기분은 좋지 않았다.

"내가 도대체 뭘 하는 거지."

사고 이후 나는 깊이 잠들지 못한다.

밤마다 연기가 가득한 지하철역을 빠져나가지 못하는 악몽을 꾼다. 밤새 잠을 못 이루고 뒤척이는 탓에 하루 종일 머리가 멍하다. 텔레비전에서 화재가 나는 장면을 보면 숨이 막힌다. 지하철은 상상만 해도 몸이 덜덜 떨릴 만큼 무섭다. 사고 이후 역으로 내려갈 수가 없다. 땅 밑으로 내려가는 계단만 봐도 무섭다. 사람 많은 곳도 무섭다. 서로 몸을 밀치게 될 만큼 북적이는 장소에서도 숨이 막혀 온다. 정신과 의사는 외상 후 스트레스 장애라는 진단을 내렸고 우울증과 공황장애에 좋은 약을 처방해 주었다. 약만 잘 먹으면 치료된다고 했지만 차도는 있으나 완전히 없어지지는 않았다.

연기나 지하철은 이유를 알겠지만 아예 이유를 모르겠는 증세도 많았다. 감정이 통제되지 않는다. 하루 종일 우울하다가 간혹 화가 치솟는데 한번 화가 나면 도통 절제가 되지 않는다. 건망증도 심해졌다. 타이머를 맞춰 두지 않으면 약 먹는 시간 같은 건 그대로 잊어버린다.

그리고 기침이 있다. 화재 현장에서 유독 가스를 들이마신 폐가 손상되어 얻은 기침이었다. 처음 병원에 입원했을 때 사흘 동안은 목에서 시커먼 가래가 나왔다. 기침이 한번 터지면 기관지가 타는 듯이 쓰라렸다. 그칠 때까지 그냥 기다리며 고통을 참는 방법밖에 없다.

벌써 4개월째다. 때문에 병원에서 나와서도 증세가 나아지질 않아 복직하지 못하고 회사를 그만두었다.

"앞으로 언제나 좋아질까."

지하철 타기도 무섭고, 사람 많은 곳도 싫고, 기침도 멈추질 않아서 집 밖으로 거의 나가지 않았다. 사고 전의 나는 활발한 성격이었다. 새벽같이 일어나서 영어 학원을 가고, 밤늦게라도 시간이 있으면 운동과 공부를 하고, 바쁜 와중에도 휴가 내서 여행을 다녔다. 집에 늦게 들어왔을 때 혼자 기다리는 어머니를 보면 그러지 말고 친구라도 만나고 다니라고 오히려 내가 큰소리쳤다.

"내가 그런 사람이었나."

폐의 고통은 언제나 없어질까. 지하철을 무서워하지 않게 될까. 언제 다시 사람을 만날 수 있을까. 회사에 다닐 수 있을까. 하루하루 충실한 삶을 보낼 수 있을까. 나는 한숨을 쉬었다.

거실에서 집 전화기가 울렸다. 집으로 전화할 사람이 없는데 누구지? 나는 귀를 기울였다. 어머니가 받더니 끊고 방으로 다가와 노크했다.

"미영이 왔는데 만날 거야?"

나는 벌떡 일어나서 외쳤다.

"뭐?"

내가 제대로 듣지 못해서 다시 묻는 줄 알고 어머니는 말했다.

"여자 친구가 요 앞으로 왔다는데 만나 볼래?"

"오랜만이다."

쾌활하게 꺼내려고 했지만 입 밖으로 나온 말투는 어색했다. 여자 친구도 대답 없이 고개만 끄덕였다. 나는 괜히 헛기침을 하고 자리에 앉았다. 작은 카페에는 손님이 우리밖에 없었다. 직원은 카운터에 앉아 스마트폰을 만지고 있다가 우리를 돌아보고는 메뉴판을 들고 일어났다.

"동네에 이런 카페가 있었나?"

나는 계속 말을 걸었지만 여자 친구는 굳은 표정을 풀지 않았다.

나는 말했다.

"결혼식이라도 다녀오는 길이야?"

"아니."

화장을 하고 옷도 잘 차려입었기에 해 본 말이었다. 하기야 8월의 평일 오후에 결혼하는 사람은 많지 않을 것 같았다. 그렇다면 설마 나 때문에 차려입었나. 직원이 주문을 받으려고 다가왔고, 나는 메뉴판도 살펴보지 않고 그냥 차가운 아메리카노를 달라고 했다.

그녀는 말했다.

"전화해도 안 받아서 집으로 직접 걸었어."

나는 핸드폰으로 전화 오는 일이 드물어서 핸드폰을 거의 들여다보지 않는다고 거짓말을 했다.

그녀는 말했다.

"별일은 아니고, 그냥 얼굴도 보고 이런저런 미안하다는 말 하려고 왔어."

"그래? 나야 뭐 미안한 마음이 많지. 너한테 화도 많이 내고 두 달 동안 연락도 안 하고. 몸이 안 좋아서 연락하기가 그렇더라고. 다 나으면 연락하려고 했어."

"아니, 미안하다는 말을 들으려고 온 게 아니라 미안하다고 사과하려고 왔다고."

"뭐, 뭘 한다고?"

여자 친구의 대답이 이해가 가지 않아 말까지 더듬으며 되물었다.

그녀는 말했다.

"네가 나한테 화냈을 때는 나도 화가 많이 났는데, 두 달 동안 곰곰이 생각해 보니까 나도 잘못이 큰 것 같아."

사고 이후 항상 누군가에게 혼나는 것 같은 기분에 시달렸다.

집에서 어머니와 말을 할 때도 그랬지만 특히 밖으로 나와 만난 사람들 앞에서 더 그랬다. 친구들, 회사 직원들 그리고 여자 친구가 건네는 말들 때문이었다. 무심히 하는 그 말들. 위로한답시고 하는 말들. 사고는 사고지만 이제 정신 차리고 회사로 돌아가야지. 병원 다니고 있다면서 왜 차도가 없어. 돈은 벌어야 하잖아. 너 혼자만 겪은 것도 아니잖아. 겉으로 보기에는 멀쩡한데 왜 일을 못 하겠다는 거야. 세상 너 혼자 힘들게 사는 줄 알아. 다들 힘들지만 견디고 버티는 거야. 왜 너만 못 버티겠다는 거야.

그때마다 나는 화를 냈다. 여자 친구와의 싸움도 그래서 일어났다. 회사에 돌아가지 않을 거냐고 무심히 한 말에 내가 화를 낸 것이다. 너도 나를 이해 못 하냐는 한 문장으로 줄일 수 있는 횡설수설에 그동안 참아 온 모든 분노를 섞어 30분 동안 미친 듯이 떠든 다음 두 달 동안 연락하지 않았던 것이다.

그리고 오늘, 여자 친구는 말했다.

"회사에는 안 돌아갈 건가 봐?"

"응."

나는 대답했다. 두 달 전에 저 말 때문에 싸웠는데 지금은 아무렇지도 않게 대답하고 있구나. 그때 왜 미친놈처럼 화를 냈을까? 나는 우리의 과거를 하나씩 떠올렸다. 처음 만났을 때, 연애를 시작했을 무렵, 내가 취직하자 기뻐하던 얼굴, 내가 돈을 벌면서 집안 사정이 점차 나아졌고 이제 결혼해도 되겠다고 생각했을 때, 모든 일이 다 잘될 줄로만 알았던 때, 그리고 화재 사고.

나는 말했다.

"이제 취직해야지. 지하철 못 타면 버스 타고 다니면 되잖아. 약도 매일매일 먹고 있거든. 상태도 좋아지겠지."

미영은 말이 없었다. 미안하다는 말을 하겠다더니 아무 말도 없었다. 나는 말을 걸었다.

"혹시 네 주변 사람 중에 초인 본 사람 있어?"

미영은 그런 걸 왜 물어보냐는 표정이었고, 나는 되풀이해서 말했다.

"없어?"

"그걸 왜 나한테 물어? 너 하루 종일 컴퓨터로 초인 소식만 찾는다면서. 네가 더 잘 알 거 아냐."

"인터넷에서 읽는 소식 말고 직접 본 사람 이야기가 궁금해서. 네 주변에는 없어?"

"내가 너처럼 초인에 대해서 관심이 많은 줄 알아?"

미영은 짜증을 냈다.

"너는 왜 관심을 가지는 거야? 사건 일어났을 때가 기억도 안 난다면서. 초인이 너를 구했는지도 확실하지 않잖아. 다른 사람이 너를 지하철역에서 데리고 올라왔을 수도 있잖아. 너도 경찰에게 그렇게 말했다면서."

그렇다. 나는 경찰에게 그렇게 말했다. 거짓말을 한 것이다.

"너 꼴이 그게 뭐니? 세수는 했니? 나 만나러 오는데 얼굴이 그게 뭐야?"

세수했어, 라고 말하려다가 생각해 보니 면도를 안 했다. 여자 친구는 내가 깔끔하게 하고 다니지 않으면 짜증을 냈다. 그러고 보니 그녀가 왜 잘 꾸미고 찾아왔는지 궁금해졌다. 옷을 차려입고 올 만큼 중요한 일이 있는 걸까.

나는 말했다.

"너 다른 남자하고 결혼해?"

"갑자기 무슨 소리야. 우리 얼굴 안 본 지 두 달밖에 안 됐어."

그녀는 받아쳤고, 나는 두 달 만에 할 수도 있다고 대답하려다가 말았다.

"그러면 무슨 이야기 하려고 나보고 나오라고 했어?"

그녀는 대답했다.

"나 지난달에 자동차 샀어."

"너 차 샀어?"

"응."

"너 차 산 이야기 하려고 나 보자고 한 거야?"

"그게 아니고, 아무튼 차는 집에서 사 줬어."

"뭐로?"

"아버지 돈으로."

"아니, 내 말은, 차종이 뭐냐고."

"차가 중요한 게 아니고, 내가 하고 싶은 말은 지난주에 접촉 사고가 날 뻔했다는 거야."

나는 그녀의 말을 되짚어 봤지만 도대체 무슨 의도로 하는 말인지 이해가 가지 않았다.

"미영아, 네가 무슨 말 하려는 건지 나는 도저히 모르겠다."

"골목에서 큰길로 나오다가 트럭에 받힐 뻔했어. 만약 내가 조금만 더 빨리 골목에서 나왔다면 트럭이 내 옆을 그대로 들이받았을 거야. 별일 아닌데도 심장이 뛰어서 더 이상 운전을 못 하겠더라고. 그날 밤에 자는데 차 사고 당하는 꿈을 꾸고는 놀라서 깼어. 그리고 네가 생각났어. 너 병원에 입원했을 때 자다가 갑자기 일어나서 문밖으로 달려간 적 있어. 기억나? 자고 있다가 갑자기 불이야, 라고 소리치면서 벌떡 일어나더니 병실 밖으로 달려 나갔어. 나도 간호사들도 다 놀라서 비명 질렀다니까."

"기억 안 나."

정말로 기억이 나질 않았다. 나는 기억을 더듬다가, 지금도 매일 밤 자다가 벌떡 일어나서 문밖으로 달려가고 있는 건 아닌지 의문이 들었다. 혹시 어머니는 알고 있을까.

나는 그제야 미영의 말을 깨달았다.

"너…… 자동차 사고 나니까 내 심정을 이해하게 됐다는 말을 하려는 거야?"

"그래."

"그래서 미안하다는 거야?"

나는 화를 냈다.

"그깟 접촉 사고 겪어 보니까 내 마음을 알겠다고? 상식적으로 생각해 봐라, 불에 타 죽을 뻔한 것하고 접촉 사고가 같아?"

하루에 몇 번씩 그러듯이, 나는 치밀어 오르는 분노를 절제하지 못했다.

"그깟 게 뭐 대수라고 지금 내 앞에서 약한 척해? 불 속에서 죽을 뻔했는데 그 심정을 네가 안다고? 네가 나를 이해한다고? 나는 넉 달째 밤에 잠을 제대로 못 자. 내 마음 이해하는 사람은 아무도 없어. 그걸 네가 이해한다고?"

소리를 지르다가 기관지가 자극을 받아 기침이 터져 나오기 시작했다. 기침은 오랫동안 멈추지 않았다. 나는 기침 사이로 숨을 고르면서 직원에게 물 한 잔만 가져다 달라고 힘겹게 말했고, 직원은 컵을 들고 허겁지겁 달려와서 테이블에 내려놓았다가 내가 손으로 가슴을 붙잡고 있느라 컵을 들지도 못하자 직접 건네주기도 했다. 나는 물을 마신 다음 오랫동안 가래를 뱉었다. 여자 친구가 건네준 냅킨 뭉치로도 모자라서 테이블에 침을 흘리고 말았다.

"죄송합니다."

간신히 기침을 멈추고, 나는 직원에게 말했다. 직원은 괜찮으시냐고 재차 묻고는 카운터로 돌아갔다.

나와 미영 사이에는 한동안 말이 없었다. 나는 커피를 홀짝이며 목을 달랬고, 이윽고 미영은 조용히 말했다.

"나도 용기 내서 말하러 온 거야."

"방금 소리 안 났어?"

나는 미영의 말을 자르고 물었다. 뻥 소리를 들었기 때문이다. 그 소리였다. 분명히 그 소리였다. 나는 벌떡 일어나서 방금 소리 안 났냐고 직원에게 외쳤다. 직원은 대답했다.

"제 핸드폰으로 카톡 온 소리인데요."

"카톡 말고 뻥 하는 소리요. 뻥! 소닉 붐! 초인이 날아가는 소리요. 못 들었어요?"

소닉 붐을 동네에서 듣다니. 나는 카페 밖으로 달려 나갔다. 하늘에는 초인이 보이지 않았다. 길에는 물어볼 사람이 없었다. 나는 주변을 두리번거리다가 다시 카페로 돌아왔다. 이제 보니 카페에는 음악 소리가 요란했다. 혹시 내가 들은 게 그저 음악 소리가 커지는 부분이었을까? 아니야, 음악 소리와는 분명히 다르다. 분명 초인이 하늘을 날아가는 소리다. 초인이 이 동네에 무슨 일일까? 아니면 이 동네를 지나가는 소리일까? 나는 테이블에 앉아 생각을 거듭했다.

그리고 정신을 차려 보니 앞에 앉아 있던 여자 친구가 없었다. 처음에는 화장실에 간 줄 알았는데 뒤를 돌아보니 카운터에서 커피 값을 계산하고 있었다.

"나는 할 말 다 했어."

여자 친구는 말했고 카페를 나갔다. 나는 따라 나가며 계속 말을 걸었다. 미안해, 내가 잘못했어, 조금만 더 이야기하자, 나도 하고 싶은 말 많아, 사과할 것도 많고. 그녀는 들은 척도 안 하고 빠른 걸음으로 가 버렸다. 나는 그 뒤를 따라가다가, 길에서 하늘을 올려다보고 있는 아저씨와 마주쳤다. 나는 아저씨에게 조용히 물었다.

"혹시 뻥 하는 소리 들으셨나요?"

"소리 안 났어!"

걸어가던 여자 친구가, 이제는 여자 친구가 아닌 그냥 친구인 여자가, 나를 돌아보고 꽥 소리치더니 다시 걸어갔다.

터덜터덜 집으로 돌아오다가 문득 걸음을 멈추고 뒤를 돌아보았다. 내가 무슨 일을 저질렀는지 깨달은 것이다.

"여자 친구와 화해할 수 있는 마지막 기회를 놓쳤구나."

핸드폰을 꺼내 전화를 걸었으나 그녀는 받지 않았다. 그녀가 아직 근방에 있을 것이라 생각하고, 한여름 땡볕이 달구고 있는 길을 걸어 카페로 다시 돌아와 주변을 헤맸다. 이마에서 땀방울이 쉬지 않고 흘렀다. 숨이 차오르자 가슴이 아팠고, 가슴을 움켜쥔 채 다음 길 그리고 그다음 길로 움직였다. 여전히 그녀는 보이지 않았다. 어느 길로 들어갔을 때 나는 경찰차와 마주쳤다. 경찰과 사람들이 작은 빌라 건물 앞에 모여 있었다. 그냥 지나치려다가 사람들의 말 사이에서 '초인'이라는 단어가 들렸다.

우습게도, 나는 여자 친구고 더위고 가슴의 고통이고 뭐고 다 잊어버리고 말았다.

"초인이 나타났습니까?"

나는 사람들 사이에 끼어서 발돋움을 했고, 건물 입구에 있는 경찰차와 구급차, 경찰과 소방대원을 보았다. 물어볼 만한 주변 사람들을 찾아 두리번거리다가 열심히 수다를 떨고 있는 동네 아주머니들에게 다가가 초인이 왔는지를 물었다. 아주머니들은 대낮에 강도가 들었고 강도가 집주인을 칼로 위협하다가 초인이 나타나 강도를 붙잡았다고 설명했다. 뻥 소리가 나서 집에서 나와 하늘을 올려다보니까 뭔가 날아가는데, 새인가 비행기인가 싶었다가 자세히 보니 사람이었다고 아주머니들은 말했다.

나는 혼자 중얼거렸다.

"초인이 올 걸 뻔히 아는데 누가 강도짓을 하지?"

"우발적인 일이니까요."

내 옆에 서 있던 안경을 쓴 키가 작고 마른 남자가 대답했다. 우발적인 일이라면 말이 된다. 빈집인 줄 알고 들어간 도둑이 사람을 만났을 때 잡히는 대로 아무거나 집어 공격하면 강도가 되니까. 이 강도도 사람이 있는 줄 모르고 들어갔다가 집주인과 마주쳤다면, 집에 있는 식칼을 집어 들고 위협했다면, 그래서 집주인이 사람 살려 달라고 외쳤다면 초인이 나타났을 것이다.

그는 나에게 물었다.

"초인을 찾아오셨나요?"

"찾아온 건 아니고 제가 이 근방에 사는데 소리를 들었습니다. 그래서 혹시 초인인가 해서……."

소리, 그렇구나. 펑 소리는 진짜 초인의 소닉 붐이었다. 카페 안에서 아주 작게 들렸지만 맞았던 것이다.

"초인은 이미 떠난 거죠?"

나는 물었고 남자는 고개를 끄덕였다. 그리고 이상한 질문을 꺼냈다.

"네이버 초인 카페 아십니까?"

"네. 알죠."

"카페 가입하셨나요?"

"네……."

"제가 관리자입니다."

나는 깜짝 놀랐다.

"관리자요? 초인 카페 관리자세요?"

남자는 고개를 끄덕이고 되물었다.

"저처럼 초인을 찾아다니십니까?"

"그런 셈이죠."

나는 대답했다.

관리자는 말했다.

"잠깐 이야기 좀 할 수 있을까요?"

관리자는 마른 체격에 작은 얼굴에 안경을 썼고 목소리가 작고 가늘었다. 얼굴에 표정이 잘 드러나지 않는 사람이라서 처음에는 별로 미덥지 않았지만, 차츰 그가 풀어내는 초인 이야기에 빠져들어 정신을 차려 보니 나중에는 내가 더 적극적으로 말을 걸고 있었다.

나는 관리자를 데리고 근처 편의점으로 들어갔다. 참을 수 없이 더운 길거리보다는 에어컨도 있고 시원한 음료도 마실 수 있는 그곳이 이야기하기 편했다. 관리자는 바지 양쪽 주머니를 다 뒤져서 동전을 모으더니 차가운 캔 커피 두 개를 사서 하나를 나에게 건넸다. 우리는 편의점 안의 테이블에 앉았다.

"저도 정훈 님처럼 초인에게 도움을 받은 사람입니다."

관리자는 큰 비밀을 털어놓는 것처럼 엄숙한 표정으로 말했다. 그가 초인을 만난 건 석 달 전에 겪은 교통사고에서라고 했다. 몰고 가던 자가용이 교통사고로 전복됐을 때 초인이 나타나 자신을 차 밖으로 끌어냈고 덕분에 살아남았다는 것이다. 그 일을 계기로 네이버에 초인 카페를 개설해서 초인에 대한 뉴스와 정보를 올리고 있다고 했다.

"초인에 대해서는 뜬소문이나 잘못된 기사가 지나치게 많죠. 이런 상황에서 초인이 불필요한 오해를 사고 있고요. 올바른 정보 제공을 카페의 최우선 목표로 정하고 운영해 왔습니다. 초인 덕분에 목숨을 건졌으니 그 정도 보답은 하자는 생각에서요."

헛소문은 정말 많다고 나는 관리자에게 맞장구쳤다. 관리자는 처음에는 관리가 힘들었으나 이제는 초인 관련 인터넷 커뮤니티 중 가장 크고 중요한 곳으로 자리 잡았다고 말했다. 그건 나도 잘 알고 있었다.

"사실상 공식 카페잖아요."

나는 대답했다가 괜히 관리자에게 뭔가를 들킨 기분이 들어서 입을 다물고 커피만 홀짝거렸다. 관리자는 잠시만 기다려 달라더니 주머니에서 스마트폰을 꺼내 트위터 어플리케이션을 열어 초인 소식을 검색했다.

관리자는 말했다.

"별다른 소식은 없군요. 초인을 봤다는 사람은 없습니다."

"제가 근처 카페에 있다가 소닉 붐을 들었거든요. 그렇다면 아직 근방에 있는 건 아닐까요? 초인이 날아온 소리만 있고 떠난 소리는 없잖습니까."

"아뇨. 정훈 님이 카페에서 들은 소리가 떠난 소리입니다. 초인은 두 시간쯤 전에 왔다가 방금 떠났습니다. 급하게 왔을 테니 소닉 붐도 났을 텐데요. 정훈 님은 두 시간 전쯤 무슨 소리 못 들으셨나요?"

잠에서 깼을 때 들었던 소리가 떠올랐다. 핸드폰 알람으로 착각했다고 생각한 그 소리가 소닉 붐이 맞았던 것이다. 시간도 정확히 안다. 오전 11시 15분이 약 먹는 시간이다. 지난 두 시간 동안 초인이 근처에 있었다고 생각하니 팔에 소름이 돋았다. 혹시 미영을 만나러 카페에 오는 동안, 그리고 미영을 찾아서 동네를 돌아다니는 동안 초인과 마주쳤던 건 아닐까. 키가 크고 어두운 옷을 입은 남자를 본 적 있던가, 나는 기억을 더듬었다.

관리자는 핸드폰을 나에게 내밀었다.

"혹시 오늘 경찰이 공개한 동영상 보셨어요? 초인의 모습이 찍힌 동영상요. 초인이 범죄자를 잡은 첫 번째 사건 아시죠? 회기동에서 일어난."

"회기동 사거리 호프집 강도 사건요? 그때 영상이 있습니까?"

"경찰에서 CCTV에 녹화된 영상을 공개했습니다."

나는 관리자의 핸드폰 액정을 뚫어져라 바라보았다. 동영상에는 어두운 길을 뛰어가는 초인의 모습이, 큰 키와 덩치, 청바지와 회색 점퍼, 검은색 스키 마스크로 가린 얼굴 등이 그대로 녹화되어 있었다. 회기동 강도 사건이 벌어진 호프집 근방에 폐쇄 회로 카메라가 있었는데, 호프집에서 범인을 붙잡은 다음 나오는 초인의 모습이 찍힌 것이다. 관리자는 경찰이 수사보고서와 함께 공개한 자료라고 설명했다.

나는 관리자에게 물었다.

"이건 어디서 구하셨어요?"

"초인 카페 자료실에 있습니다."

아니다, 내가 자료실을 봤을 때는 없었다.

"공개 자료실이 아니라 소모임 회원 자료실에만 있습니다. '구조자 클럽' 아세요? 카페 내부에 따로 개설한 모임인데, 초인을 만난 사람만 들어올 수 있는 소모임입니다."

"압니다. 가입이 까다롭더라고요. 그래서 저는 가입 안 했죠."

관리자는 한동안 캔만 만지작거리며 말이 없다가, 조심스럽게 물었다.

"처음 초인 카페를 운영하면서는 올바른 정보를 수집하고 전달하는 것이 목표였지만 커뮤니티가 급속히 커지면서 새로운 목표가 생겼습니다. 저나 정훈 님처럼 초인에게 도움을 받은 분들이 카페에 가입하기 시작했는데, 이분들에게 도움이 될 만한 커뮤니티를 만드는 거죠. 초인의 도움을 받아 다행히 목숨은 건졌지만 사고 때 생긴 육체적, 정신적인 상처 때문에 괴로워하는 분들이 많았거든요. 이런 분들만 모아서 '구조자 클럽'을 만들었습니다. 초인에게 구조를 받은 사람들의 모임이라는 뜻으로요. 게시물로 정보를 공유하고 정기적인 채팅을 통해 서로 힘든 일을 털어놓고 위로하기도 합니다. 가끔 오프 모임도 갖고요. 정훈 님은 가입할 생각 없으세요?"

글쎄요, 라고 나는 말을 흐렸다. 관리자는 말했다.

"정훈 님은 초인을 어떻게 만나셨나요? 동대입구 지하철역이라는 건 말하셨고……."

"기억이 잘 안 납니다. 사실 초인이 저를 구했는지도 정확히 모릅니다. 정황상 구했다고 추측만 하고 있습니다. 지하철역 안에서 연기 때문에 의식을 잃었고 그다음 정신 차리니까 밖에 있었거든요. 아마도 초인이 구해 줬을 걸로 추측만 하는 거지 직접적인 증거는 없습니다."

나는 경찰에게도 신문기자에게도 그렇게만 말했다. 사실대로 털어놨다가는 귀찮아질 것 같았기 때문이다. 관리자는 캐물었다.

"실례지만 직업을 여쭤 봐도 될까요?"

"그냥 집에서 놉니다. 사고 이후 지하철을 못 타서요. 직장 다니기가 그렇더라고요. 폐가 안 좋아져서 숨도 금방 차고……."

나는 관리자의 질문을 받자 마치 여자 친구 앞에 앉았을 때처럼 혼나는 기분이 되어 말을 흐렸다. 관리자는 고개를 끄덕였다.

"정훈 님만 그런 것 아닙니다. 구조자 클럽에도 같은 증세를 보이는 분들이 많습니다. 저만 해도 사고 이후로 한동안 자동차를 못 탔습니다. 큰길에서 빠르게 다니는 차만 봐도 덜덜 떨었어요. 아까 말했듯이 소모임에서는 이런 상처를 서로 위로합니다. 좋은 병원이나 의사, 약물에 대한 정보도 공유하고, 모여서 단체로 상담을 받는 일도 있습니다. 정훈 님도 약물치료 받으시나요? 저는 받지 않는데, 약물 복용하시는 분들 말 들어 보면 몸에 정확히 맞는 약물 찾기가 어렵다고 하더군요."

나는 약물치료도 진작 받고 있었지만 효과가 별로라고 말하려다가 지나치게 사적인 이야기 같아서 그만뒀다. 관리자는 말했다.

"그 밖에도 여러 활동을 하고 있습니다. 모금도 합니다. 초인이 날아다니거나 범죄자를 제압하다가 기물을 파손하는 경우가 있죠. 초인 카페에서 모금 활동을 벌여서 모은 돈으로 이 파손을 배상합니다."

"제가 요즘 돈이 없어서……."

모금 운동은 나도 잘 알고 있었다. 초인이 소닉 붐을 일으킬 때 가끔 건물 유리창이 깨지거나 한다. 카페에서는 이런 손해를 보상해 주자는 모금 운동을 주기적으로 벌인다. 초인 카페에서만 하는 것도 아니다. 시민 단체에서도 가끔 한다. 나도 돈을 내고 싶은 마음은 있었지만 백수 신분이라서 그동안 미뤄왔다.

"강제적으로 걷는 건 아닙니다."

관리자는 말했다. 나는 점점 할 말이 없어졌고, 이제 관리자와 대화를 끝내고 집으로 돌아가야겠다고 생각했다. 지금쯤 미영도 집으로 돌아갔을 것이다. 전화를 하면 받을까?

그런데 관리자가 뜬금없이 거창한 질문을 했다.

"정훈 님은 초인이 어떤 존재라고 생각하세요?"

당연히도 나는 대답을 머뭇거렸다.

"무슨 뜻으로 하는 질문인지……."

"정훈 님은 초인의 특징을 아십니까? 가장 큰 세 가지 특징을요."

"특징이야 잘 알죠. 첫 번째 특징은 인간보다 훨씬 힘이 세고 인간이 없는 초능력을 갖고 있는 거죠. 하늘을 날거나 자동차를 들어 올리는 것 같은 물리법칙으로는 불가능한 능력을 가지고 있죠. 신체도 인간과 다르게 단단하고요. 사거리 호프집 강도 사건 때만 해도, 강도가 초인을 칼로 찔렀는데도 칼이 튕겨 나갔잖아요."

나는 넉 달 동안 초인에 대한 자료를 상세히 모았다. 초인 카페의 소모임 자료실에 들어가지 않아도 다른 좋은 정보는 얼마든지 모을 수 있다. 커뮤니티가 초인 카페만 있는 것도 아니다. 아마 관리자보다도 더 많은 정보를 알고 있을 거라고 나는 자신했다.

관리자는 말했다.

"두 번째 특징도 아십니까?"

"초인은 서울 안에서만 활동하죠. 서울 행정구역 밖으로는 나가지 않아요. 처음 초인이 등장했을 때는 초인이 전국을 다 돌아다니면서 사람들을 구하고 범죄자를 붙잡을 줄 알고 다들 기뻐했죠. 더 이상은 인명 사고도 없을 것이고 경찰과 소방관이 필요 없어질 거라는 섣부른 예측도 있었고요. 하지만 아무리 시간이 지나도 서울 밖에서는 초인이 목격되지 않아서 사람들이 실망했죠. 처음에는 초인이 서울을 중심으로 활동하고 먼 곳에는 뜸하게 가는 것 아니냐 등등 여러 추측이 있었지만, 초인이 등장하고 3주 뒤 과천의 농협에 은행 강도가 들었을 때 초인이 범인들을 잡으러 오지 않으면서 확실해졌죠. 당시 은행 강도는 총으로 무장하고 있었기 때문에 위험한 상황이었고, 과천은 초인이 오려면 얼마든지 올 수 있었는데 오지 않았죠……. 이런 거야 뭐 다 아는 이야기고요."

"하지만 세 번째 특징은 모르는 사람이 많죠."

관리자는 말했고, 나는 고개를 끄덕였다.

"세 번째는 사람들이 의외로 잘 모르는데, 초인은 생명이 관련된 사건에만 개입합니다. 인명 사고에만 와서 사람을 구하죠. 같은 교통사고라도 부상이 없거나 생명에 지장이 없는 경미한 부상을 입은 사고에는 오지 않습니다. 범죄도 강도가 총이나 칼 같은 흉기를 들고서 명백하게 생명을 위협하는 행동을 했을 때 오고, 소매치기 같은 경범죄에는 오지 않습니다. 이건 계속 소문으로만 돌다가, 초인이 등장한 후 2개월이 지났을 때 경찰이 초인은 인명 상해 사건에만 개입하는 것 같으니 경찰도 이에 맞춰 대응하라는 지침을 서울 각 경찰서에 하달하면서 공식적으로 확인됐죠."

"왜 그럴까요?"

관리자는 말했다. 나는 되물었다.

"뭐가요?"

"세 가지 특징요. 왜 그럴까요?"

그거야 초인이 직접 대답하지 않으면 모르지 않느냐고 하려는데 관리자가 말했다.

"초인은 왜 초능력이 있을까요? 하늘을 날고, 힘이 세고, 빨리 움직이잖습니까. 사람보다 시력이 좋죠. 청력도 뛰어나고요."

"그건 과학자들도 모른다고 하던데요."

"현상이 먼저잖아요, 설명은 그다음입니다. 과학자들이 초능력은 과학적으로 불가능해, 라고 외치고 싶어도 초인은 서울 하늘을 열심히 날아다니고 있죠. 그러니 질문에 다른 대답을 내놔야 합니다. 초인은 미국에서 만든 로봇을 한국에서 실험 중이라는 설도 있고, 알려진 적 없는 새로운 인류라는 설도 있죠. 외계인이라는 설도 있고요. 하지만 외계인이라면 그동안 어디서 뭘 하다가 갑자기 나타났습니까? 왜 초인 한 명이죠? 그리고 왜 서울일까요? 왜 살인 사건에만 개입할까요?"

"그거야……."

"소모임에서 이런 문제를 토론하고 있습니다. 그것이 소모임의 세 번째 목표입니다. 소모임 자료실에는 다른 곳에 없는 자료가 많습니다. 이를 바탕으로 활발히 토론을 벌이고 있고요. 정훈 님도 초인에 대해 관심이 많으신 것 같으니 소모임에서 뵈었으면 좋겠습니다."

하지만 초인에 대해 토론하려고 소모임에 가입할 필요까지는 없다. 그건 인터넷 전체에서 활발히 벌어지는 일이고 서점에 가면 수십 권의 책이 쌓여 있다. 소모임에만 올라온 색다른 정보야 있긴 있겠지만, 그렇다고 꼭 가입하고 싶은 마음은 들지 않았다.

"제가 초인을 만난 이야기를 해 드릴까요?"

관리자는 말했다. 글쎄요, 라고 내가 대답하려는데 관리자는 말을 이었다.

"사실은 음주운전이었습니다."

관리자는 죄를 지은 사람처럼 테이블을 내려다보며 말했다.

"친구들과 만나서 새벽까지 술을 마셨죠. 많이 안 취했다고 생각했습니다. 비가 오는 날이었죠. 친구를 바래다주고 집으로 돌아오는 길에 커브길에서 미끄러졌습니다. 차가 몇 바퀴나 굴렀습니다. 정신을 잃었다가 깨어났는데 차가 뒤집어져 있고 문이 열리지 않았습니다. 뒤집어진 채로 안전벨트를 풀었더니 천장 쪽으로, 차가 뒤집어져 있었으니까요, 떨어져서 아예 움직이지 못하게 됐죠. 사람 살려, 라고 외쳤고 이렇게 죽는구나 싶었는데 빵 소리가 들렸습니다. 소닉 붐이었죠. 차 쪽으로 다가오는 남자를 보고 초인인 줄을 단박에 알았습니다. 키와 덩치가 생각보다 커서 놀랐습니다. 얼굴은 스키 마스크를 쓰고 있어서 못 봤습니다. 초인은 차 문과 핸들을 맨손으로 뜯고는 저를 꺼냈죠. 눈으로 보면서도 믿어지질 않더군요. 초인은 저를 도로변에 앉혀 놓고는 사라졌습니다. 신고는 제가 핸드폰으로 했죠. 그리고 자동차가 폭발했습니다. 불타는 자동차를 보면서 저 안에 있었으면 죽었겠구나 생각할 때쯤 구급차가 도착했죠."

나는 도대체 뭐라고 말을 해야 좋을지 몰라서, 끔찍한 이야기네요, 라고만 말했다.

"정훈 님도 소모임에 가입해서 이런저런 사연을 함께 나누면 좋겠습니다."

관리자는 자리에서 일어났고 나도 천천히 뒤를 따랐다. 우리는 편의점 근방에서 헤어졌다.

돌아오는 길에 나는 초인이 왔다 간 빌딩 앞을 지나왔지만 구급차도 경찰차도 사람들도 떠나고 없었다. 집으로 들어가자 어머니는 미영에 대해 물었고, 나는 별일 없었다고만 대답했다. 어머니도 더 이상 묻지 않았다. 나는 방으로 들어가 선풍기 앞에 앉아 더위를 식혔다. 주머니에서 핸드폰을 꺼내 확인했더니 그새 관리자에게 문자가 와 있었다.

– 카페 소모임 가입신청 하고 쪽지 보내 주시면 바로 가입승인 해 드리겠습니다. 힘들어도 기운 내세요.

그리고 미영의 문자도 있었다. 그녀를 찾아다닐 때 어디에 있는지, 더 이야기하고 싶다고 보낸 문자에 대한 답장이었다.

— 됐거든!

핸드폰을 던져 놓고 한동안 누워서 몸을 식혔다. 기운을 차린 다음에는 컴퓨터를 켰다. 초인 카페에 들어가 한동안 망설이다가 소모임에 가입신청을 했다. 소모임 공지를 읽어 보니 가입허가를 얻으려면 가입인사를 올리고 언제 초인을 만났는지를 가입인사에서 확실히 밝히라는 조건이 있었다. 나는 동대입구 지하철역 화재 사고에 초인의 도움을 받았고, 소모임은 그동안 망설이다가 오늘에야 가입하니 잘 부탁드린다고 썼다. 놀랍게도 바로 답들이 달렸다. 관리자도 바로 쪽지를 보냈다.

— 정훈 님 반갑습니다. 추적자라니 멋진 닉네임입니다. 제 닉네임과도 비슷해서 괜히 정감이 가네요. 추적자 님의 소모임 가입을 승인합니다. 소모임에서 다시 만나서 반갑습니다. 같은 처지의 사람들끼리 잘 지냈으면 좋겠습니다.

"나는 당신들하고 달라."
나는 중얼거렸다. 나는 관리자와 다르다. 카페의 자칭 '구조자'들과도 다르다. 나는 초인에 대해 더 많은 걸 알고 있었다. 초인의 얼굴을 봤으니까. 그리고 똑똑히 기억하고 있으니까. 힐끗 봤을 뿐이지만 절대로 잊을 수 없다. 목숨을 구해 준 사람의 얼굴을 잊을 수는 없는 것이다. 다시 보더라도 알아볼 수 있다. 오늘 길을 가다가 본 사람 중에는 없었다. 하지만 나중에 언제라도 우연히 길에서 마주치거나 한다면 분명히 알아볼 수 있다.

아무튼 나는 답글에 다시 답글을 달고 관리자에게 날아온 환영 인사 쪽지에도 답장을 보냈다. 소모임의 자료실에 올라온 자료들도 훑어보았다. 관리자의 말대로 새로운 자료가 많아서 대충 읽고 저장하는 데만도 꽤 시간이 걸렸다. 관리자가 핸드폰으로 보여 준 동영상도 다운 받아 두세 번 돌려 보았다. 핸드폰에서 알람이 울렸고 다시 약을 먹었다. 시간 가는 줄도 모르고 초인 소식에만 매달려서, 어머니가 저녁 먹으라고 불렀을 때 창밖을 보니 완전히 저녁이 되어 있었다.

"벌써 밤이야?"

부엌 식탁에 앉아서 묻자 어머니는 말했다.

"하루 종일 컴퓨터만 하니까 모르지."

어머니는 식탁에 저녁을 차려 놓은 채 여전히 케이블 드라마를 보고 있었다. 젓가락으로 장조림을 집어서 한입 먹은 다음, 나는 말했다.

"엄마, 나 나가서 살아야 할 것 같아."

"왜?"

어머니는 나를 돌아보았다.

"이렇게 집에만 있다가는 아무것도 안 될 것 같아서."

나가서 아르바이트라도 하고 살겠다고, 그러다 보면 외상 후 스트레스 장애가 좋아질지도 모르지 않겠냐고 말했다. 괜찮겠냐고 묻자 어머니는 대답했다.

"나야 너 밥 안 해 줘도 되니까 좋지."

어머니는 전세까지는 어렵고 월세 보증금 정도는 마련해 주겠다고 말했다.

"보증금을? 돈이 어디 있어서?"

"너 결혼 자금으로 모아 둔 돈은 있지."

돌아보는 어머니의 얼굴이 갑자기 늙어 보였다. 언제 엄마가 저렇게 늙었을까. 그동안은 왜 몰랐을까.

나는 머릿속으로 천천히 계획을 세워 보았다. 집은 서울 한가운데에 얻어야 한다. 서울 한가운데가 초인이 가장 많이 지나다니는 지역일 것이다. 뉴스를 보려면 텔레비전도 있어야 한다. 그리고 또 뭐가 필요할까.

"집은 옥탑으로 구해야겠어."

나는 어머니에게 말했다. 그래, 옥탑으로 해야 싸게 구할 수 있겠지. 어머니도 고개를 끄덕였다. 여름과 겨울에는 힘들겠지만 그래도 반지하보다는 옥탑이 나을 것이라고도 말했다. 하지만 내가 옥탑을 원하는 진짜 이유는 따로 있었다. 초인이 날아가는 하늘을 보고 싶기 때문이었다.

사장

「추적자: 이것은 제가 피해자와 직접 인터뷰한 내용, 목격자 증언, 경찰 수사보고서, 언론 기사 등을 종합해, 2012년 4월 27일에 회기동에서 일어난 '사거리 호프집 강도 사건'을 재구성한 것입니다. 카페 회원님들 읽어 보시라고 올려 봅니다.」

2012년 4월 27일, 서울은 사흘 전 동대입구 지하철역 화재 사건에 나타난 초인 때문에 여전히 혼란스러웠다.

사람들은 하늘을 날아다니는 존재가 나타나 사람을 구한다는 사실을, 영화나 만화 속이 아니라 그들이 살아가는 현실의 서울에서 실제로 벌어지고 있다는 사실을 아직 받아들이지 못했다. 그들은 텔레비전 뉴스를 통해 정부의 발표를 들었지만, 높은 사람들 역시 별로 아는 것이 없다는 사실에 당황했다. 뉴스에서는 지하철 사고 피해자 대부분이 경상을 입은 수준에 그쳤고, 중환자실에 입원한 사람이 한 명 있으나 생명에는 지장이 없다는 보도만 반복되었다. 그 밖의 별로 중요하지 않은 소식들, 초인의 등장 이후 인터넷 사용량과 전화 통화가 갑자기 늘었고 술 소비량이 늘었다는 통계도 가끔 보도했다.

"확실히 평소보다 손님이 많아."

회기동의 사거리 호프집 사장은 가게를 둘러보며 중얼거렸다. 사장은 가게 손님들이 평소보다 더 격양된 감정으로 대화를 하는 모습을 물끄러미 지켜보았다. 화제는 항상 초인이었다. 그녀는 회기동에서 8년 동안 장사를 해 왔지만, 사람들이 대통령 선거나 올림픽 월드컵이 아닌 일로 뉴스를 그렇게 열심히 보는 모습은 처음이었다. 그녀는 가끔 손님들의 대화에 끼어들기도 했는데, 뉴스에는 나오지 않지만 외국의 반응이 심상치 않고 특히 북한에서 공격적인 반응을 보인다는 소문에 다소 걱정이 들었다. 가게의 주요 고객층인 대학생들은 소식이 빨랐다. 인터넷 때문일 것이라고 사장은 생각했다. 어떤 남학생은 동대입구역에 직접 갔다 왔다고도 말했다. 하지만 그저 역 앞에 다녀왔을 뿐이고, 어차피 내부는 통제 중이어서 누구도 들어갈 수 없었다. 지하철도 동대입구역은 운행하지 않고 지나쳤다.

어떤 학생은 왜 초인이 텔레비전에 나와서 인터뷰를 하지 않는지 모르겠다고 말했다. 자신이 누구인지 왜 사람을 구했는지 왜 초능력이 있는지 설명하지 않는 이유를 모르겠다는 것이다. 그러자 다른 학생은 아마도 초인은 정부와 이미 만났고 그저 공개적으로 나오지 않았을 뿐이라고 주장했다. 사람들은 그 생각이 그럴듯하다고 여기고 있었다.

어떤 학생은 인터넷에서 벌어지고 있는 모금 운동 소식을 사장에게 말해 주었다. 광화문에 현수막을 걸자고 인터넷에서 모금을 하고 있다는 것이다. 서울 시민들은 초인과 대화하고 싶으니 응해 주십시오, 라는 내용의 현수막을 교보생명에 걸자고 누군가 제안했고 찬성한 사람들이 돈을 모으고 있다는 소식이었다. 그러면 현수막을 본 초인이 자신이 누구인지 왜 사람을 구하는지 공개적으로 밝히지 않겠냐는 것이었다. 가게 주인은 나쁜 아이디어는 아니라고 생각했지만, 사람들이 그 많은 돈을 정말 낼지는 의심스러웠다.

가게는 두 시에 닫았고, 아르바이트하던 학생 둘은 먼저 돌아가고 사장 혼자 남아서 카운터를 정리했다. 사장은 가게에 혼자 있었는데도 문을 잠가 놓지 않았다. 안전할 거라고 생각했던 것이다. 강도 사건 이후로 늦은 시간에는 남편이나 아이들이 와서 도와주고 그러고도 문을 잠가 놓지만, 그때는 큰길에 있는 술집이니까 안전할 줄만 여겼다. 열린 문으로 누군가 들어왔는데, 사장은 처음에는 알바 아이가 물건을 놓고 가서 다시 온 줄 알았다. 하지만 아니었다. 문 쪽은 어두워서 얼굴이 보이지도 않고 어떤 남자가 서 있는 것만 보이는데도, 퍼뜩 느낌이 왔던 것이다. 강도구나. 강도가 들었구나.

그녀는 '강도야!'라고 외치려고 했으나 강도가 더 빨랐다. 그는 사장을 잡았고, 그녀는 몸을 비틀었다. 한동안 몸싸움이 벌어졌다가 그동안 그녀가 사람 살려, 라고 외쳤다. 한 번 더 외치려는데 강도는 손으로 사장의 입을 틀어막고 칼을 꺼내서 조용히 하지 않으면 죽이겠다고 협박했다. 범인은 전과 3범의 40대 남성이며 여사장이 홀로 있는 호프집을 주로 노렸고 이전 두 건의 범죄에서 5백여만 원의 금품과 신용카드를 갈취해 이미 수배 중이었다.

강도는 사장을 가게 안쪽으로 끌고 와서는 밧줄로 묶고 입에는 천 조각을 넣어서 소리를 못 내게 만든 다음 테이블 밑으로 밀어 넣었다. 사장은 어두운 그곳에서 꼼짝도 못 하고 엎드려 있었다.

범인이 금전등록기에 들어 있던 돈을 담고 있을 때였다. 밖에서 '펑' 하는 커다란 소리가 들렸다. 테이블 밑에 묶여 있던 사장은 자동차 지나가는 소리로 생각했다. 일대는 차도와 가까워 원래 소음이 많았던 것이다. 그리고 그때는 초인이 이동할 때 뻥 소리가 난다는 걸 그녀도 강도도 알 턱이 없었다. 잠시후 천천히 문이 열리더니 가게로 사람이 들어왔다. 계단을 올라오는 소리는 안 들렸기 때문에, 문이 열리고 닫히는 소리를 듣고 사장도 놀랐다. 강도가 놀라서 묻는 소리가 들렸다. 누구야? 그러므로 들어온 사람은 공범이 아니었다. 강도의 말에 상대방은 대답하지 않았다. 그러자 강도는 '지금 장사 안 하니까 다른 가게 가 보세요'라고 말했다. 상대방은 역시 대답이 없었다. 사장은 도와 달라고 말하고 싶었으나 입이 막혀 있어서 끙

끙 소리밖에 내지 못했다.

초인은 호프집으로 들어오자마자 범인 앞을 지나쳐 테이블로 다가왔고, 테이블을 내려다보았다. 마치 그 밑에 사장이 묶여 있는 줄 미리 아는 것 같았다고 강도는 경찰에게 진술했다. 사장은 구조를 청하기 위해 몸을 움직여 테이블 밑에서 기어나왔고, 머리를 들자 초인이 보였다. 물론 그때는 남자가 초인인 줄 몰랐다. 그녀를 내려다보는 덩치 큰 남자와 눈이 마주쳤을 뿐이다.

강도는 칼을 꺼내 들고 남자의 등 뒤로 다가왔다.

그녀가 조심하라고 경고할 틈도 없이 강도는 칼로 남자의 허리 쪽을 찔렀다. 그런데 칼이 들어가질 않았다. 강도도 그렇게 진술했으며 사장도 확실히 보았다. 어두웠지만 분명히 보였다. 칼이 돌에 부딪힌 것처럼 쨍 소리가 나면서 들어가지 않았던 것이다. 그다음에는 범인이 발로 남자를 걷어찼는데도 남자는 꿈쩍 않았다. 강도는 마치 큰 쇠뭉치를 발로 차는 기분이었다고 경찰에게 말했다. 그때부터 범인은 뭔가 이상하다고 생각했지만, 여전히 눈앞에 있는 남자가 초인이라고는 짐작 못 했다.

그동안 남자는 그녀를 빤히 내려다보기만 했다. 마치 그녀를 관찰하는 것처럼. 얼굴에는 머리 전체를 덮는 검은색 마스크를 쓰고 있어서 표정은 보이지 않았지만 그녀가 받은 느낌으로는 그랬다. 그리고 강도가 다시 남자한테 칼을 휘둘렀는데, 남자는 돌아보지도 않고 손으로 칼을 잡았다. 칼과 손이 부딪힐 때 쇠하고 돌이 부딪히는 것 같은 쨍 소리가 났다. 그다음 남자는 몸을 돌려 범인의 손을 비틀어 칼을 바닥에 떨어뜨리도록 만들었다. 그리고 칼을 주워 들어서는 두 손으로 잡아서 부러뜨렸다.

그때쯤 되자 사장도, 당연히 강도도 뭔가 이상하다는 것을 알았다. 강도는 뒷걸음질 쳤고, 그곳에서 도망치려 했다. 남자는 훌쩍 몸을 날려서는 한 손으로 강도의 넓적다리를 꽉 붙잡았는데, 강도는 몸부림쳐도 다리를 빼질 못하더니 갑자기 비명을 지르면서 주저앉았다.

강도는 처음에는 초인의 힘이 너무 세서, 초인이 손에 힘을 준 다음에는 고통 때문에 도저히 움직일 수 없었다고 진술했다. 의사의 진찰 결과 초인은 범인의 오른쪽 허벅지 근육을 손으로 파열시켰다. 영구적인 손상은 아니지만 굉장히 고통스러웠을 거라고 의사는 증언했다.

강도가 바닥에 쓰러져 움직이지 못하는 동안 초인은 사장 쪽으로 다가와 그녀를 내려다보았다. 초인은 사장을 풀어 주질 않고 보고만 있었다. 그녀가 풀어 달라는 뜻으로 끙끙대니까 그제야 테이블에서 끌어내서는 줄을 풀었다. 줄이 풀리자마자 사장은 그대로 호프집에서 달려 나와 길 한복판에서 사람 살리라고, 강도야, 사람 살려, 라고 외쳤다. 이웃 가게와 주택가에서 바로 사람들이 나왔다. 사장은 가게에 강도가 들었고 모르는 사람이 강도하고 싸우고 있다고 사람들에게 설명했다. 그녀는 제대로 말했다고 생각했는데 나중 이웃 주민들 증언으로는 그녀가 완전히 횡설수설하고 있었다고 했다.

사람들이 그녀에게 진정하라고 할 때, 초인이 가게에서 나왔다. 2층에서 내려오는 계단을 발로 밟지 않고 날듯이 훌쩍 건너뛰어서 천천히 길에 착지했다. 사람들은 초인이다, 라고 중얼거리기 시작했고 사장도 그제야 깨달았다. 저 남자가 초인이구나. 초인이 길에 내려왔을 때 초인과 사장의 눈이 마주쳤는데, 그녀는 인간의 눈빛과 완전히 다르다고 생각했다.

사람들을 말없이 둘러보던 초인은 사람들에게서 등을 돌려서 빠르게 걷더니 곧 뛰기 시작했다. 모여 있는 사람들 누구도 초인을 따라갈 엄두를 내지 못했다. 초인은 길모퉁이를 돌아서 시야에서 사라졌는데 동시에 펑 소리가 났다. 그제야 몇 명이 따라가서 확인했는데 초인은 이미 길에 없었다. 하늘로 날아간 것이다.

사람들은 사장을 다른 가게로 피신시켰고, 남자 다섯 명이 모여서 호프집으로 들어갔다. 그때쯤 경찰도 신고를 받고 호프집에 도착했다. 강도는 사장을 묶었던 그 줄에 묶여 있었다. 초인이 줄을 어찌나 단단하게 묶었는지 경찰도 푸는 데 오래 걸려서 애를 먹었다. 경찰에서는 부러진 칼과 밧줄을 증거품으로 가져가 지문을 채취했지만 초인의 지문은 나오지 않았다. 사장도 강도도 초인은 장갑을 끼고 있지 않았다고 증언했으나, 지문은 현장에서 나오지 않았다.

추적자

「사장님이 방금 하신 말씀 중에요. 이해가 가지 않는 부분이 있어서 다시 묻고 싶습니다. 초인과 눈이 마주쳤을 때 인간의 눈빛과 다르다고 하셨는데, 그게 정확히 어떤 눈빛인지 구체적으로 말해 주시겠어요?'

'뭐랄까⋯⋯. 감정이 없었어. 아무것도. 사람이라면 그런 감정 상태가 아닐 거 아냐, 안 그래? 방금 칼에 찔리고 강도를 밧줄로 묶고 공중을 날아서 내려왔는데⋯⋯. 그런데 감정이 없었어.'

'네⋯⋯. 그리고 마지막으로 여쭤 볼 것이⋯⋯. 초인이 카메라에 찍힌 걸 봤습니다. 지난달 경찰이 그 동영상을 언론에 공개했죠. 그 카메라는 어디쯤 있습니까?」

핸드폰에 녹음한 인터뷰를 듣던 나는 한숨을 쉬고 방바닥에 누웠다. 그다음 벌어진 일을 생각하니 참을 수 없이 부끄러웠기 때문이다.

나와 사장은 카메라를 찾아 가게 밖으로 나갔고 사장이 카메라를 손으로 가리켰다. 그동안 핸드폰에서는 가게 직원들이 오가는 소리, 막 도착한 직원이 다른 아르바이트생에게 묻는 소리, '인터뷰하러 왔대', '초인이 여기 왔었잖아', '저런 손님 가끔 있어' 등의 대화가 작게 들렸다.

곧 흥분한 내 목소리가 들리기 시작했다. 공개된 동영상을 녹화한 카메라 말고 다른 카메라를 발견한 것이다. 그 카메라는 호프집 옆 치킨집 입구의 전봇대에 있었는데, 만약 초인의 모습이 찍혔다면 경찰이 공개한 동영상 속의 초인보다 더 상세한 모습이 있을 것 같았다. 나는 치킨집을 찾아가 카메라에 녹화된 동영상에 대해 물었고, 치킨집 사장은 처음에는 자신은 모르는 일이라고 말하다가 나중에는 영상은 경찰이 진작 가져갔고 지금은 없다고 말을 바꿨다. 나는 경찰도 기자도 아니고 데이터를 확인해 보고 싶을 뿐이니 방법이 없냐고 처음에는 점잖게 부탁했다가, 나중에는 흥분해서 당장 데이터를 내놓으라고 소리 질렀다.

내가 씩씩대며 호프집으로 들어오는 소리, 호프집 사장이 기껏 인터뷰해 줬더니 태도가 그게 뭐냐며 빨리 꺼지라고 화를 내는 소리, 내가 핸드폰을 집는 덜그럭 소리와 함께 음성 파일은 끝났다.

"내가 왜 그랬지."

파란미디어 도서목록

Imagine

상상의 경계를 허문다
이야기의 힘을 믿는다

파란

e-mail paranbook@gmail.com
cafe cafe.naver.com/paranmedia
facebook facebook.com/paranbook
tel 02. 3141. 5589 **fax** 02. 3141. 5590

킬러에게 키스를 김상현 지음 | 값 11,000원

그동안 고마웠어. 그 말을 끝으로 이메일 주소 하나 남기지 않고 깨끗이 사라졌던 여자 친구가 실은 킬러였다!

그녀에게 묻고 싶은 말이 있어 국가정보부의 작전에 동참한 평범한 한 남자의 슬프고도 웃긴 이야기.

고스트 에이전트 김상현 지음 | 값 12,000원

《킬러에게 키스를》 두 번째 작품.

당안리 화력발전소를 노린 폭탄 테러, 서울 전역에서 테러리스트가 출몰하고 급기야 국가정보부가 공격당한다! 그 누구도 절대 막을 수 없다!

유령 리스트 방진호 지음 | 값 12,000원

죽은 자들이 움직이고 산 자들은 토막이 난다!

가는 곳마다 시체를 부르는 '작가' 방의강이
한 자루 권총에 의지해 파헤치는 유령 리스트의 비밀!
잠시 숨 돌릴 여유도 없이 몰아치는 액션! 액션! 액션!

왼팔 방진호 지음 | 각 권 11,000원 (전2권)

사상 최강 최악의 캐릭터 장도검!
기계로 된 왼팔을 휘두르며 그가 온다!

기계팔, 기계 음성, 무자비한 집행자 장도검의 액션 활극!

이순신의 나라 임영대 지음 | 각 권 12,000원 (전2권)

이순신이 살아남은 조선!
새로운 바람이 분다, 새로운 나라가 온다!

임진왜란이라는 절체절명의 국난에서 우리 민족을 구원한
이순신 장군. 그런 이순신 장군이 만일 죽지 않고 살아남았다면
과연 무슨 일이 벌어졌을까?

드래곤 킨 시리즈 1 **드래곤 조련하기**

G. A. 에이켄 지음 | 박은서 옮김 | 각 권 12,000원 (전2권)

미국 아마존 로맨스 소설 최고 화제작
패러노멀 로맨스 완결판!

아름다운 외모를 가진 최고 바람둥이 드래곤 그웬바엘과
영리하지만 연애에는 숙맥인 공주 다그마의 로맨스.

드래곤 킨 시리즈 2 **드래곤의 위험한 관계**

G. A. 에이켄 지음 | 박은서 옮김 | 각 권 12,000원 (전2권)

〈트와일라잇〉, 〈트루 블러드〉를 잇는 패러노멀 로맨스의 완결판!

언제 어디서나 '남심'을 저격하는 케이타는 자신을 볼모로
잡고 있는 번개 드래곤 라그나와 궁으로 가기 위한 여정을
함께 하며 그를 유혹하기 위한 내기를 한다.

드래곤 킨 시리즈 3 **나를 사랑한 드래곤**

G. A. 에이켄 지음 | 손수지 옮김 | 각 권 11,000원 (전2권)

뱀파이어, 늑대인간, 좀비와의 로맨스
이제는 드래곤이다!

노스랜드 군대의 사령관인 비골프와
사우스랜드 군대의 하사관인 로나의 위험천만한 모험 로맨스.

황제의 영혼

브랜던 샌더슨 지음 | 노은아 옮김 | 값 10,000원

2013년 휴고상 베스트 노벨라 부문 수상작!

영혼까지도 위조할 수 있는 최고의 포저, 완샤이루
제국의 운명이 그녀의 손에 달려 있다!

세계 정복은 가능한가

오카다 토시오 지음 | 레진 옮김 | 값 12,000원

애니메이션이나 만화에 끊임없이 등장하는 '세계 정복'
그런데 대체 '세계 정복'이란 정말로 무엇인가?
당신이 지배자가 되면 어떤 타입이 될 것인가?
세계 정복을 위한 철저 가이드!

뇌신 사냥꾼 윤현승 지음 | 각 권 13,000원 (전6권)

뇌신의 포효는 산과 바다를 울리고 무사의 복수는 칼끝에 머문다!

동혜 나라 산들의 주인, 뇌신.
뇌신을 잡아먹는 괴물이 세상을 휩쓴 지 삼 년.
고요 속에 불길한 평화가 지나가고 뇌신 사냥꾼 흑호가
다시 돌아왔다!

살해하는 운명 카드 윤현승 지음 | 값 11,000원

다섯 장의 카드, 다섯 개의 운명.
모두가 승리할 수도 있고, 모두가 패배할 수도 있다.

인생 막다른 골목에서 받아들인 위험한 초대.
오직 운명을 거역한 사람만이 승자가 된다!

눈사자와 여름 하지은 지음 | 값 13,000원

《얼음나무 숲》의 작가 하지은이 선보이는 유쾌발랄 코믹 추리극!

평화로운 작은 도시 그레이힐에서 벌어진
대문호 오세이번 독살 사건!
진상에 다가갈수록 진실에서 멀어지는
예측불허의 대반전이 시작된다.

루월재운 이야기 조선희 지음 | 각 권 11,000원 (전2권)

한국판타지문학대상에 빛나는 조선희 작가의
치밀하고 놀라운 환상의 세계를 만난다!

가장 많은 눈물을 흘린 자가 주인이 되느니,
사랑을 위해 목숨을 버리는 사람들!
그들의 운명이 아로새겨진 서라벌의 하늘.

19 씩씩하게 아픈 열아홉 감성현 지음 | 값 12,000원

달려 루다, 멈추지 말고, 끝까지 달려

어른도 아이도 아닌 열아홉,
달리기를 좋아하던 난, 열아홉 살이 되던 해.
더 이상 달릴 수 없게 되었다.

쥐구멍이라도 있으면 들어가고 싶었다. 왜 감정을 통제 못할까. 초인이 찍힌 동영상을 꼭 확인할 필요도 없다. 어차피 어두운 밤에 얼굴은 다 가리고 있었고 그 모습을 본다고 달라질 것도 없다. 초인이 희미하게 찍힌 사진이나 동영상은 얼마든지 있다. 다른 동영상과 다를 바 없는 정보를 왜 확인하겠다고 떼를 쓰고 화를 냈을까? 설령 화가 날 일이었어도 어렵게 인터뷰에 응해 준 사장 앞에서는 참아야 했다. 도대체 무슨 실례인가.

"내가 왜 그랬을까."

핸드폰 액정을 보니 오후 5시 12분이었다. 나는 불면증 때문에 지난밤 한숨도 못 잔 채로 오전 중에 버스를 타고 회기동에 가서 호프집 사장 아주머니와 인터뷰를 하고 돌아왔다. 버스에서 꾸벅꾸벅 졸다가 집으로 돌아오자마자 바닥에 누워 자다가 깨다가를 반복한 다음 오후 늦게야 정신이 들었고, 훌쩍 다섯 시가 넘은 것이다.

나는 머리를 흔들었다.

"적어도 오늘만큼은 맑은 정신으로 있자."

핸드폰을 들고 집 밖 옥상으로 나갔다. 하늘에는 화려한 저녁노을이 펼쳐져 있었다. 낮에는 덥지만 저녁이면 시원한 바람이 부는 것이 가을이 다가오고 있었다. 노을 위로 초인이 날아가는 광경을 보면 좋을 텐데. 옥상 한쪽에 둔 의자에 앉아서 담배를 피우며 핸드폰으로 인터넷을 검색했다.

"보충 인터뷰가 필요할지 모르는데, 나는 왜 주인한테 화를 냈지."

나는 중얼거렸다. 어머니와도 떨어져 혼자 살게 되니 중얼거리는 버릇이 더 심해졌다. 치킨집 사장도 사장이지만 호프집 주인에게까지 화를 낸 점이 마음에 걸렸다. 내가 왜 그랬지? 요즘은 감정을 통제하기 어렵다. 아니, 요즘이 아니라 사고 난 후부터 계속 그랬지.

"약을 열심히 먹는데도 낫질 않네."

핸드폰으로 호프집 주인에게 화를 내서 죄송하고 인터뷰 사례비는 계좌번호로 보내겠다고 문자를 보냈으나 답장은 오지 않았다. 담배꽁초를 의자 옆 깡통에 버리고 방으로 돌아왔다. 컴퓨터를 켜고 인터넷에 접속해 네이버 초인 카페로 들어갔다. 카페에 로그인하자 쪽지가 도착해 있다는 알림이 스피커에서 울렸다. 관리자가 보낸 쪽지였다.

「추적자 님이 어젯밤에 올린 게시물을 두고 여러 회원의 신고가 있었습니다. 욕설은 삭제해 주세요. 그리고 공지 읽으셨나요? 정기 채팅이 아홉 시에서 열 시로 옮겨졌습니다. 채팅 때 뵙겠습니다.」

어젯밤 카페에 게시물을 올렸는데 그것이 회원들의 심기를 불편하게 만든 모양이었다.

"관심 없어."

누가 화를 내든 말든 신경 쓰고 싶지 않았다. 나뿐 아니라 초인 카페 회원들은, 특히 카페 내부 소모임의 회원들 역시 그렇다. 다들 쉽게 화를 내고 쉽게 잊어버린다. 서로의 변덕스러운 행동에 익숙한 것이다. 모두가 무언가에 화가 나 있는 걸 서로 잘 알기 때문이었다.

그리고 정확히 뭐에 화가 나 있는지는 다들 모른다.

나는 어젯밤의 게시물을 클릭했다. 이런 제목의 글이었다.

「씨발 태그에 언더바 좀 붙이지 마!」

그리고 게시물에 달린 스무 개의 리플을 천천히 읽었다.

트위터 사용자들은 특정 소재에 대한 글을 쓸 때는 검색하기 편하도록 '#'를 붙인다. 해시태그라고 부르는데, 트위터 사용자 간의 약속인 셈이다. 초인에 대해 트윗을 올릴 때는 '#초인은지금'이라는 해시태그를 사용한다. 그런데 '#초인은_지금'이라고 쓰는 사람이 간혹 있다. 볼 때마다 화를 참을 수가 없다. 편하자고 정한 약속을 왜 안 지키나? 띄어쓰기는 왜 하는데? 그 트윗들을 읽어 보면 대부분 맞춤법도 엉망이다. 그런데 해시태그에서 띄어쓰기는 굳이 왜 지켜? 생각을 하면 할수록 화가 치미는 것이다. 제발 태그에 언더바 좀 붙이지 맙시다, 이 멍청한 놈들아!

초인 카페 회원들은 언더바 붙이지 말란 말은 이해하는데 욕은 왜 하냐고 불평했다.

「카페에는 미성년자도 많으니 욕설은 자제하세요.」

「추적자 님은 왜 항상 화만 내요? 추적자가 아니라 분노자야.」

「어휴 저 분노의 추적자 어쩌면 좋담.」

나는 카페 관리자에게 미안하다고 사과하는 답장 쪽지를 보낸 다음 게시물에서 욕설을 지웠다. 이제 제목은 '태그에 언더바 좀 붙이지 마!'가 되었다.

나는 초인 카페의 게시물을 죽 읽었고, 오늘 하루 서울에서 초인이 목격된 기록이 있는지를 확인했다. 그중에는 지난밤 은평구에서 소닉 붐을 들었다는 게시물이 있었다. 오전 두 시에 은평구 구파발 쪽에서 소닉 붐을 들었다는 것이다.

"그럴 리가 없는데."

지난밤 두 시라면 잠이 오지 않아 괴로워하면서 핸드폰을 들여다보고 있을 때였다. 그때는 인터넷 어디에도 소닉 붐 뉴스는 없었다. 한밤중에 소닉 붐이 들렸다면 반드시 누군가 인터넷에 올렸을 것이고 오전에라도 정보가 퍼졌을 것이다. 한밤중에는 정말로 크게 들리기 때문이다. 그리고 은평구에 범죄 사건이 일어났는지 누군가 경찰서에 확인해 인터넷에 정보를 올렸을 것이다. 하지만 오후가 된 지금까지 그런 정보는 없었다.

게다가 글에는 초인이 구파발에서 범죄자를 붙잡아 경찰에 직접 인도했다는 소문 또한 있다는 댓글이 달려 있었다. 나는 어이가 없어서 웃고 말았다.

"말도 안 돼. 그랬으면 뉴스가 온통 난리 났겠지."

나는 게시물에 리플을 달았다.

「소닉 붐은 없었을 겁니다. 그랬다면 새벽에 이미 인터넷이 한참 시끄러웠을 겁니다. 정보가 오후인 지금에야 나올 리가 없습니다. 게다가 초인이 경찰서에 범죄자를 인도했을 확률은 전혀 없습니다.」

그러자 바로 댓글이 달렸다.

「왜 추적자 님은 항상 자신의 의견이 옳다고 단정하세요? 소닉 붐이 들렸을 수도 있잖아요. 경찰을 만났을 수도 있고요. 만났는지 안 만났는지 확인도 안 해 보고 자신의 의견만 옳다고 주장해요?」

닉네임을 확인하니 지난밤에 내가 올린 욕설 글에 불쾌하다고 댓글을 단 사람 중 한 명이었다. 어떻게 바로 댓글을 달지? 내가 카페로 로그인해 글을 쓰기만을 기다리고 있었나? 나도질 수 없다는 생각에 댓글을 달았다.

「최근 초인은 초음속으로 날아다니지 않습니다. 소닉 붐 때문에 생기는 고층 건물 파손을 주의하는 것 같습니다. 또한 초인은 이전에도 단 한 번도 경찰과 접촉한 적 없으며 근래에는 경찰의 접촉을 더욱 회피하고 있습니다. 초인이 경찰서에 갔을 리 없습니다.」

어리석은 인간들. 초인에 대해 아무것도 모르면서. 초인이 경찰을 만났을 리 없어. 왜냐하면,

"경찰이 초인을 추적하고 있으니까."

처음 초인이 서울에 나타났을 때는 경찰을 피하지 않았다. 범죄자를 붙잡은 후 경찰이 도착할 때까지 기다린 적도 있다. 하지만 최근에는 그러지 않는다. 분명 초인이 경찰을 피하고 있는 것이다. 초인이 경찰을 피한다면 이유는 한 가지밖에 생각할 수 없다. 경찰이 초인을 추적하고 있기 때문인 것이다.

조금 후 게시물을 확인하자 상대방이 다시 달아 놓은 댓글이 있었다.

「당신이 초인에 대해 다 안다고 생각하지 마세요. 우습군요.」

"너야말로 초인에 대해 아무것도 몰라."

누구도 내가 쓴 글을 좋아하지 않는다. 너무 아는 척한다는 것이다. 하지만 나는 모든 게시물에 내 의견을 올렸다. 사람들

은 원하지 않더라도 정확한 정보를 알 의무가 있기 때문이다.

인터넷 창을 닫고 워드 프로그램을 열었다. 핸드폰을 가져와 모니터 옆에 놓고 인터뷰를 녹음한 음성 파일을 클릭했다. 이제 인터뷰를 녹취할 시간이었다. 음성 파일을 플레이하자 사장의 목소리가 흘러나왔다. 가게 오픈을 준비하던 아르바이트생에게 사장이 맥주를 가져오라는 소리, 아르바이트생이 맥주 두 잔과 팝콘도 한 그릇 주는 소리도 들렸다. 나는 내가 맥주를 마시는 소리를 들었다. 사장은 말했다. 초인을 조사한다고? 인터뷰가 신문이나 잡지에 실리거나 하는 건 아니지? 어디 실리면 귀찮거든. 경찰도 귀찮고. 경찰서도 네 번이나 갔어. 원래 이런 사람은 아니었는데, 사건 이후로는 의심이 많아져서. 경찰도 아니고, 그러면 그냥 초인에 대해 궁금한 게 많은 사람인가? 그런 사람도 가끔 호프집에 찾아와. 중요한 사건이라고 그러더라고.

사장은 핸드폰을 꺼내 녹음 버튼을 누르자 미심쩍은 표정으로 날 봤었다. 녹취하겠다고 사전에 허락을 받았는데도 막상 상황이 닥치니 마음에 걸리는 것 같았다. 강도 사건을 겪고 나서 의심이 많아졌다지만 내가 보기엔 원래 의심이 많은 사람 같았다.

핸드폰으로 카카오톡 메시지가 도착하는 소리가 두 번 이어졌다. 액정을 확인하니 호프집 사장이 보낸 메시지였다. 사과를 받을 테니 너무 신경 쓰지 말라는 대답과 애니팡 하트가 하나 날아와 있었다. 나는 어이가 없어 중얼거렸다.

"요즘 누가 애니팡 한다고."

하지만 기분은 나아졌다. 나는 그녀의 목소리에 귀를 기울이며 천천히 타이핑을 시작했다. 채팅 전까지는 카페 자료실에 올려놓고 채팅 때 의견을 듣고 싶었다.

[사장: 나를 왜 인터뷰한다는 거야, 총각 기자야?

정훈: 기자 아닙니다. 그냥 초인에 관심이 있어서 그렇습니다. 초인 목격자를 찾아다니면서 인터뷰 중입니다.

사장: 인터뷰가 신문이나 잡지에 실리거나 하는 건 아니지?

정훈: 아뇨. 그냥 개인적인 관심사입니다.

사장: 요즘 경찰이 초인을 찾으려고 수사를 한다는 소문이 있어서.

정훈: 저는 경찰과는 아무 상관 없는 사람입니다.

사장: 그러면 자료는 왜 모으나? 그냥 초인에 관심이 많아서? 책이나 뭐 그런 걸 쓰려고 하나?

정훈: 아직 구체적인 계획은 없는데 책을 낼 생각은 있습니다. 물론 인터뷰 내용을 책에 그대로 싣진 않겠습니다. 잘 아시겠지만 이 호프집이 초인이 처음 목격된 장소라서 중요한 정보가 될 겁니다. 경찰이 걱정되세요? 경찰 때문에 힘드셨나요?

사장: 경찰서에서 자꾸 오라 가라 해서 힘들었지. 네 번이나 갔어. 내가 원래 의심이 많은 사람은 아니었는데, 강도 사건 때문에 경찰하고 기자한테 하도 시달려서 의심이 많아졌어.

정훈: 저는 경찰이 아니니까요, 편하게 이야기해 주시면 됩니다. 사건이…… 2012년 4월 27일에 일어났죠?

사장: 지하철 사고 사흘 뒤였어.

정훈: 동대입구역 지하철 화재 사고요. 사고가 4월 24일에 일어났으니까, 그 뒤로 사흘 뒤의 일이죠. 4월 27일 오전 두 시에…….]

열 시가 되자 나는 텔레비전과 형광등을 끄고 모니터 옆에 둔 스탠드를 켰다. 컴퓨터 앞에 앉은 다음 선풍기를 가까이 끌어당겨 바람을 쐬었다. 카페에 접속해 채팅방으로 들어갔더니 관리자만 있었다.

「관리자: 안녕하세요, 추적자 님.」

「추적자: 안녕하세요.」

관리자에게 인사를 하고 한동안 기다렸지만 다른 회원들은 채팅방에 들어오지 않았다. 오늘 채팅은 안 하는 건지 물어보려는데 관리자가 말했다.

「관리자: 채팅을 시작하겠습니다.」

사람을 더 기다려야 하지 않겠냐고 말했더니, 관리자는 대답했다.

「관리자: 두 사람이면 충분하지 않을까요?」

인터뷰를 열심히 녹취해서 자료실에 올렸고 사람들의 의견을 듣고 싶었는데 막상 채팅방에 아무도 오지 않다니 실망이었다.

"나 때문인가?"

사람들이 나를 싫어해서 채팅에 오지 않는 걸까. 저번 채팅 때 지나치게 공격적으로 굴었던 탓일까. 아니면 오늘 낮의 그 댓글 때문인가. 하지만 다른 사람들이 하는 말을 듣다 보면 답답할 때가 한두 번이 아니다. 채팅 때도 관리자 정도를 빼면 대부분은 헛소리만 한다.

"그래도 그렇지 아무도 안 들어오다니."

두 명이 채팅할 거면 차라리 그만두는 편이 좋지 않을까 생각하는데, 관리자가 말했다.

「관리자: 추적자 님이 자료실에 올리신 인터뷰 잘 읽었습니다. 귀한 자료 감사합니다. 인터뷰까지 하시고 초인 카페에서도 추적자 님처럼 열의가 넘치는 사람은 없는 것 같습니다. 인터뷰를 찬찬히 읽어보니 초인이 가진 새로운 초능력이 밝혀졌더군요.」

관리자의 말은 별 뜻 없이 한 것 같지만 날카로운 질문이 숨어 있었다. 나는 그의 의도를 바로 알아차렸다.

「추적자: 그렇죠. 초인에게 투시 능력이 있었습니다. 초인이 사거리 호프집에 들어왔을 때 바로 탁자를 내려다봤다고 범인이 진술했죠. 그 밑에 사장이 묶여 있는 걸 투시 능력으로 알아낸 겁니다. 그래서 망설임 없이 사장에게 다가간 거고요. 경찰은 왜 이런 정보를 정리해서 발표하지 않는지 모르겠습니다. 초인을 다룬 어떤 책이나 글에도 이런 점을 다루질 않으니 답답합니다.」

「관리자: 초인에게 투시 능력이 있었다니 의외입니다.」

「추적자: 그런가요? 저는 당연히 있다고 생각했습니다.」

「관리자: 추적자 님은 초인이 청력에 주로 의존한다고 주장했잖아요. 초인은 서울에서 생기는 모든 소리를 들을 수 있는 청력이 있어서, 그중 사람 살려 달라는 외침에 반응한다고요.」

「추적자: 그렇습니다. 초인이 사건 현장에 나타난 시간을 체크해 보면 항상 위기에 빠진 사람이 살려 달라고 외친 다음 몇 분 후에 나타납니다. 이번 호프집 사장과의 인터뷰에서도 알 수 있습니다. 처음 강도에게 붙잡혀서 '사람 살려'라고 외쳤고, 몇 분 후에 초인이 도착했죠. 초인은 '살려 달라'는 소리에 반응해서 사람을 구하러 옵니다.」

「관리자: 그렇군요. 청력과 투시 능력 중 어느 쪽을 더 비중 있게 사용할까요? 아무래도 투시 능력일까요? 살려 달라는 외침을 들으면 그 방향을 투시해서 상황을 살핀 다음 사건 현장으로 날아오는 걸까요?」

「추적자: 저는 청력을 더 많이 사용한다고 봅니다. 아무래도 초인은 모든 소리를 동시에 들을 수는 있지만 모든 상황을 동시에 보는 능력은 없는 것 같습니다.」

「관리자: 뒤통수에 눈이 달려 있다면 모를까, 아무래도 그렇겠죠.」

「추적자: 그리고 초인은 사람의 외침에서 감정을 읽어 내는 것 같습니다. 얼마나 다급한 상황인지 소리로 구분하는 것이죠. 예를 들어서 '사람 살려'라는 외침은 정말 다급한 상황에서 쓰이긴 하지만 농담삼아서도 할 수 있습니다. 하지만 장난삼아 살려 달라고 외쳤을 때는 초인이 나타나지 않습니다. 생명이 위급한 상황에서 외칠 때만 도와주러 오죠. 그래서 청력을 시력보다 더 많이 사용하는 것 같습니다.」

「관리자: 시각적으로 불충분한 정보를 청각으로 대신한다?」

「추적자: 저는 그렇게 확신합니다.」

「관리자: 그 반대가 되어야 하지 않을까요? 청각으로 불충분한 정보를 시각으로 대신하는 쪽이 합리적이죠. 사람 살려 달라는 목소리를 듣는 것보다는 직접 눈으로 보는 것이 더 확인이 쉽겠죠. 초인이 투시가 가능하다면 왜 청각을 주로 사용할까요? 어차피 서울 모든 곳의 광경을 다 볼 수 있잖아요. 마치 파놉티콘의 간수처럼 서울 전체를 감시하다가 위급한 상황이 생기면 그곳으로 날아가면 되지 않습니까.」

파놉티콘이 무슨 말인지 몰라서 검색해 보니 일종의 건축 양식인데, 한 명의 간수가 모든 수용자를 감시할 수 있는 감옥을 일컫는다고 한다. 나는 말을 이었다.

「추적자: 아닙니다. 당시에는 초인은 시각보다 청각을 더 많이 쓸 수밖에 없었습니다. 왜냐하면…….」

nudlenudle 님이 입장하셨습니다.

채팅방에 새로운 사람이 들어오면서 대화가 중단되었다. nudlenudle이라는 닉네임의 처음 보는 회원이었다. 성별은 남자였고 나이는 30대라고만 표시되어 있었다. 이전에 본 적 없었는데 누구일까. 나는 끊겼던 대화를 이었다.

「추적자: ……왜냐하면 당시 초인은 인간에 대해서 잘 몰랐기 때문입니다. 회기동 강도 사건이 일어난 시기를 생각해 보세요. 초인이 처음 서울에 등장한 후 사흘 만에 일어났습니다. 초인이 인간의 범죄에 대해 경험이 많지 않을 때입니다. nudlenudle 님 안녕하세요. 처음 뵙겠습니다.」

내가 인사를 했더니 대뜸 뜬금없는 질문이 날아왔다.

「nudlenudle: 초인은 왜 서울 안에만 있나요?」

이 사람은 도대체 뭐지? 나는 어이가 없어서 말했다.

「추적자: 그런데 님은 누구신가요? 처음 뵙는 것 같은데 왜 자기소

개도 없이 다짜고짜 질문부터 해요?」

「관리자: 오늘 가입한 회원분이십니다. 아직 채팅 규칙을 잘 모르시는 것 같으니 참으세요. 제가 쪽지로 설명드리겠습니다. 일단 그냥 듣고 계시라고 하고요. 추적자 님 너무 버럭 화를 내지 마세요. 자꾸 그러니까 사람들이 채팅방에 안 들어오려고 하죠. 하던 이야기 계속해 주세요.」

관리자의 변호가 어딘가 이상했으나, 아무튼 나는 말했다.

「추적자: 당시 초인은 인간에 대해 잘 몰랐습니다. 초인의 행동을 자세히 살펴보면 알 수 있습니다. 초인은 호프집으로 들어온 다음 투시 능력으로 테이블 밑에 묶여 있는 사장을 확인했지만 바로 구하지 않았습니다. 범인이 가지고 있는 칼도 투시로 확인했을 텐데 바로 빼앗지도 않았습니다. 그 이유는 초인이 한 사람은 칼을 들고 있고 다른 사람은 묶여 있는 상황이 어떤 뜻인지를 모르기 때문입니다.」

「관리자: 설마요. 아무리 초인이 인간을 모른다고 해도, 칼이 위험한 물건이거나 사람의 신체가 구속되어 있는 상황의 위험성 정도는 쉽게 유추할 수 있습니다.」

「추적자: 정확히는 한 사람이 다른 사람을 묶어 놓고 위협하는 행동이 얼마나 위험한지를 모르는 겁니다. 상황을 보세요. 초인은 단지 사람 살리라는 목소리에 담긴 다급함만을 듣고 날아왔죠. 그것이 여자가 낸 목소리인지조차 몰랐을 겁니다. 장사 끝났으니 다른 곳으로 가 보라고 말한 범인의 목소리를 듣고서야 앞서 살려 달라고 한 것이 테이블 밑의 사장 목소리임을 알았을 겁니다. 하지만 사장을 구출해야 하는 방법은 여전히 모릅니다. 사장이 끙끙 신음 소리를 내자 그제야 다가가서 줄부터 풀려고 했죠. 당황한 범인이 칼로 초인을 찌르자 그제야 칼을 빼앗고 범인을 제압했고요. 범인이 도망치려고 했을 때도 마찬가지입니다. 다리를 붙잡아 근육을 파열시켰는데, 이상한 일이죠. 다른 방식으로 범인을 붙잡을 수도 있거든요. 굳이 다리 근육을 망가뜨릴 필요 없이 기절시킬 수도 있고 줄로 묶어 놓을 수도 있습니다. 초인이 다른 방법을 몰랐기 때문일 겁니다. 범인이 도망가지는 못하게 막아야 하는데 어떻게 해야 좋을지 방법은 모르고, 걷지 못하게 만들어야 도망을 못 갈 것이라 판단하고 다리를 망가뜨린 겁니다.」

「관리자: 그렇군요.」

관리자는 한동안 말이 없었다. 그동안 나는 nudlenudle이 채팅방에 들어와서 다짜고짜 던진 질문과 이어진 관리자의 변명을 생각했다. 카페를 검색해 봤지만 nudlenudle은 아직 인사말이나 자기소개를 남기지 않았다. 나중에라도 꼭 확인하자고 마음먹었다. 관리자가 그를 감싸는 이유가 궁금했다. 혹시 둘은 아는 사이인가?

아니면 내가 별것 아닌 일에 지나치게 신경을 쓰는 건가.

관리자는 말했다.

「관리자: 그리고 초인의 초능력이 또 하나 확인됐는데, 범인이 초인을 칼로 찔렀을 때 돌을 찌르는 것 같았다고 했죠. 이를 보면 초인이 신체를 경화하는 능력이 있는 것 같습니다. 이거야 뭐 널리 알려진 사실이죠. 증인도 많고요. 저도 초인이 맨손으로 차 유리창을 깨는 장면을 봤으니까요. 몸이 돌처럼, 아니 돌보다 더 단단하지 않으면 불가능하겠죠.」

「추적자: 초인은 신체 구조를 자유자재로 변형할 수 있는 것 같습니다. 단단함은 물론이고 크기나 모양 등도 변형 가능한 것 같습니다.」

「관리자: 정말요?」

「추적자: 신체 전체가 항상 단단한 게 아니고 칼이 들어오는 순간이나 유리를 깰 때처럼 필요할 때마다 딱딱하게 만들 수 있는 겁니다. 초인은 무기를 가지고 다니지 않습니다. 이 능력만으로도 범죄자들을 얼마든지 상대 가능하기 때문일 겁니다.」

「관리자: 그렇군요. 정말 초인은 무기를 가지고 다니지 않죠. 흥미로운 추측이군요. 하지만 모양이나 크기도 바꾼다는 추측은 좀 이르지 않나요? 이를 뒷받침할 증거가 있습니까?」

「추적자: 신체를 단단하게 만드는 능력이 있다면 당연히 다른 식의 변형도 가능할 겁니다. 하늘을 초음속으로 날아갈 때는 신체를 유선형으로 바꾼다거나, 얼굴을 계속 바꿔서 경찰이 추적을 못 하도록 할 수도 있습니다. 초인이 장갑을 끼고 있지 않았음에도 불구하고 경찰이 밧줄과 칼에서 지문을 채취하지 못한 것도 당연한 일입니다. 초인은 손에서 지문을 지웠을 겁니다.」

「관리자: 그걸 증거라고 하긴 어렵군요. 초인에게 애초에 지문이 있었을까요?」

"있었을까……."

나는 중얼거렸다. 요즘 가장 많이 고민하는 문제였다. 초인은 당연히 지문이 없어야 한다. 하지만 낮에도 댓글로 논쟁했을 때처럼, 최근 초인에 대한 정보를 접하면 접할수록 초인이 경찰을 피하고 있다는 인상을 받는다. 그렇다면 경찰이 초인을 추적하고 있다는 얘기다. 경찰은 초인을 어떻게 추적하고 있을까? 인상착의나 지문으로 신분을 알아내 뒤를 캐고 있다는 말인데, 초인이 서울 거주민으로서의 신분 기록이 있을 리 없다. 초인은 사람이 아니니까.

「추적자: 초인은 인간의 외모를 똑같이 흉내 냈으니 지문도 만들었을지도 모릅니다. 나중에 지문이 신분 인식 수단으로 쓰인다는 걸 알고 지웠을 수도 있습니다.」

「관리자: 초인은 인간으로의 신분이 없죠. 그러니 애초에 지울 일이 없고요. 지문은 그냥 없었을 겁니다.」

「추적자: 그렇군요. 그건 관리자 님 말이 맞습니다.」

초인은 사람이 아니니까 신분이 없다. 하지만 경찰이 초인의 신분을 파악하고 추적 중인 것 같다. 이 두 가지 모순된 상황을 설명할 답은 없을까.

관리자는 말했다.

「관리자: 초인은 정체가 뭘까요?」

관리자는 왜 뜬금없이 저 말을 하는 건지. 나는 다소 당황해서 대답했다.

「추적자: 그건 채팅방 열릴 때마다 하는 토론이잖습니까. 너무 많이 해서 이제는 지겹습니다. 더 이상 할 말도 없고요. 왜 갑자기 그런 말을 하세요?」

「관리자: 오늘은 새로운 회원이 오셨으니 한번 해 보죠. 추적자 님의 의견을 nudlenudle 님에게도 들려주세요. 초인의 정체는 뭘까요? 외계인? 로봇? 생체 병기? 초능력자? 뭐라고 생각하십니까?」

의견을 들려주라고? 인사도 아무 말도 없는 사람한테 뭘 말하라는 거야? 말을 하고 싶으면 자기가 알아서 토론에 참여하면 될 것 아닌가. 관리자 이 사람 진짜 왜 이러지.

「추적자: 그때마다 말했듯이 저는 딱히 더 할 말이 없습니다. 굳이 하나를 고르라면 외계인을 고르겠습니다. 초인의 능력은 인간의 과학기술을 뛰어넘었으니까요. 뛰어난 과학기술을 가진 외계 지성체라는 설명이 그나마 가장 과학적입니다.」

「관리자: 초인이 사람일 가능성은 없을까요?」

「추적자: 물론 고민해 봤습니다. 아직 과학이 예측하지 못한 초능력을 가진 사람일 수도 있죠. 하지만 초인이 사람이라면 제가 앞에서 말한 논리들이 전부 무너지죠. '초인은 인간을 잘 모른다'는 가장 중요한 가정이 맞지 않게 되니까요.」

「관리자: 저는 추적자 님의 의견 중에 그 부분이 마음에 걸립니다. 초인이 인간에 대해 잘 모른다는 거요. 정말 초인은 인간과 관련 없는 미지의 존재일까요? 초인이 애초에 인간에 대해 잘 모른다면 왜 인간을 도울까요?」

"왜 인간을 도울까······."

채팅을 하는 동안 밤이 깊었다. 동네에서 들리는 일상적인 소음은 사라졌다. 나는 바닥에 누워 천장을 올려다보면서, 키보드를 누르느라 피곤해진 손을 주물렀다. 방에는 모니터에서 나오는 불빛밖에 없었다. 선풍기 바람이 내 발치에서 맴돌았다.

초인은 왜 인간을 돕는가, 가장 중요한 문제다. 사람들은 초인은 누구인가 왜 초능력이 있는가에 주로 집중하지만, 사실

더 중요한 문제는 왜 초인이 인간을 돕느냐는 것이다. 이 의문을 풀면 초인이 누구인가에 대한 해답이 나올 것이다.

하지만 초인이 직접 말해 주기 전에 의문을 풀 수 있을까.

"왜 나를 구했습니까?"

나는 중얼거렸다.

"내 말 다 듣고 있죠. 서울의 모든 소리를 다 듣는다면 내가 지금 하고 있는 이 말도 듣고 있겠죠."

마치 기도라도 하듯이, 나는 대답이 돌아오지 않을 질문을 초인에게 했다.

"왜 나를 구했나요? 인간도 아니면서 왜 인간을 돕나요? 정작 경찰은 싫어하고요. 경찰에게 협조하면 더 쉽게 사람을 도울 텐데 협조하지 않잖아요. 이런 행동을 보면 인간이나 인간 사회를 좋아하는 것 같지도 않은데, 하지만 사람의 목숨은 구하죠. 그 이유는 절대로 말해 주지 않으면서요. 왜 저를 구했나요? 지하철에서 살려 달라고 말했을 때 왜 내 앞에 나타났나요?"

한동안 누워서 생각에 잠겨 있다가 고개를 돌려 모니터를 올려다보니 관리자가 말을 걸고 있었다.

「관리자: 추적자 님이 낮에 남긴 댓글 중에 초인이 경찰을 피하고 있는 것 같다고 하셨잖아요. 혹시 초인이 인간이기 때문에 그런 건 아닐까요? 경찰과 접촉하면 신분이 노출돼 추적을 받을까 봐 피하는 거죠.」

낮에 남긴 댓글까지 기억하고 있다니 관리자는 내 글을 다 찾아보는 건가? 다른 회원들에게는 이렇게까지 하진 않을 텐데. 내가 말썽을 부리는 사람이기는 하지만 모든 댓글 하나하나를 다 기억할 필요까지는 없을 것이다. 아무튼 나는 관리자의 의견이 맞을 수도 있으며 여러 가지 가설을 계속 고민 중이라고 답을 할 생각이었다. 하지만 손가락이 아파서 손을 먼저 더 주무르고 있을 때였다.

「nudlenudle: 왜 초인은 서울 안에서만 활동하나요?」

나는 nudlenudle의 태도에 화가 치밀어서 벌떡 일어나 모니터 앞에 앉아 키보드를 두들기기 시작했다.

「추적자: 당신은 도대체 누군데 채팅방에 들어와서 같은 말만 반복하고, 정체가 뭐야?」

하지만 nudlenudle에게서도 관리자에게서도 대답이 돌아오지 않았다. 뭐지, 이 두 사람은. 왜 아무 말 없는지 따지려는데 관리자가 말했다.

「관리자: 추적자 님, 혹시 인터넷 포털 사이트 뉴스 보고 계신가요?」

「추적자: 아뇨.」

「관리자: 초인이 막지 못한 살인 사건이 발생했답니다. 오늘 오후에 댓글 달았던 게시물 생각나시죠. 은평구에서 소닉 붐이 들렸다는 글요. 사실인가 봅니다. 은평구에서 살인 사건이 일어났답니다. 한데 초인이 막질 못했나 봐요.」

나는 창을 두 개 열어 트위터와 포털 사이트를 띄웠다. 검색할 필요도 없었다. 포털 사이트에 속보 기사가 떠 있었고 트위터에는 '#초인은지금'이라는 해시태그로 쉴 새 없이 글이 올라왔다. 나는 인터넷 기사를 클릭했다. 지난밤 한 시경 은평구 북한산로에서 살인 사건 발생. 강도가 젊은 여성 살해 후 금품을 빼앗고 도주. 범인은 수색 중. 초인 등장 이후 초인이 막지 못한 최초의 살인 사건. 내일 아침 경찰의 기자회견이 있을 예정. 왜 초인이 살인 사건을 막지 못했는지 이유는 확인되지 않았음…….

강도

「추적자: 이것은 제가 직접 인터뷰한 목격자 증언, 경찰 수사보고서, 언론 기사 등을 종합해, 2012년 8월 19일에 지축에서 일어난 '북한산로 강도 살해 사건'을 재구성한 것입니다. 카페 회원님들 읽어 보시라고 올려 봅니다.」

그날 밤, 피해자는 원래 다니던 길로 가지 않았다. 집으로 들어가는 길 입구의 가로등이 꺼져 있었기 때문이었다. 버스 정류장에서 내려 도로를 따라 걷다가 골목으로 들어가서 150미터를 더 걸어야 그녀가 사는 빌라가 나왔다. 그날은 골목 초입의 가로등이 꺼져 있었다.

어젯밤만 해도 그렇지 않았다. 그녀는 골목 입구에 서서 잠시 망설였다. 밤 한 시에 어두운 골목을 홀로 걸어가자니 겁이

났던 것이다. 친구에게 전화라도 하면서 가면 좋으련만 핸드폰은 배터리도 없었다. 고민 끝에 그녀는 더 멀지만 밝은 길로 돌아가는 쪽을 택했다. 도로를 죽 따라 올라가면 사거리가 나오고, 그곳에서 오른쪽으로 돌아서 가다가 다시 오른쪽 골목으로 들어가면 빌라로 가는 다른 길이 있었다. 그쪽 가로등은 켜져 있을 것이다.

이전의 북한산로는 외진 지역이 아니었다. 재개발과 함께 아파트 단지가 들어섰는데 아직 입주민이 많지 않아 어두운 아파트 단지에, 도로에는 열린 가게 하나 없이 거친 바람만 부는 곳이 되었다. 하지만 곧 상가가 들어오면 이렇게 늦은 시각에도 무섭지 않을 거라고 그녀는 생각했다. 유난히 차도 사람도 없는 날이었다. 그녀는 걸음을 서둘러 사거리에 도착했고, 왼쪽 건너편에 있는 편의점을 잠시 돌아보았다. 편의점에서 핸드폰을 충전할까 고민하다가, 그냥 빨리 집에 가자고 생각했다.

그러나 오른쪽으로 돌아서 길을 걸어가려는 순간 멀리 낯선 남자가 가로등 밑에 서 있는 것이 보였다.

움찔 놀란 그녀는 바로 뒤로 돌아, 왔던 방향으로 길을 걸어 내려갔다. 핸드백에서 핸드폰을 꺼내 통화를 하는 척했다. 그녀는 다시 버스 정류장에 도착했고, 그곳에는 막차 버스가 도착해서 사람들을 내려 주고 있었다. 사람들 사이에 있으니 마음이 놓였지만, 사람들은 아파트 단지 쪽으로 들어갔고 골목으로 가는 사람은 없었다.

그녀는 정류장에 혼자 서서 생각했다. 왜 밤 한 시에 가로등 밑에 남자가 있을까. 누굴 기다릴 만한 장소는 아니었다. 강도일까. 그녀는 아닐 것이라 판단했다. 서울에 초인이 나타난 이후로 강도 사건은 거의 없었다. 여자들은 이 사실을 잘 알았다. 남자들은 잘 몰랐는데, 그녀는 남자들이 잘 모른다는 점이 의아했다.

그녀는 집으로 향하는 골목 입구를 들여다보았지만 가로등은 꺼져 있었다. 지나가는 사람도 없었다. 그렇다고 큰길에 마냥 서 있을 수도 없었다. 택시를 잡아서 집 앞까지 가 달라고 할까도 생각했지만 택시가 없었다.

그녀는 고민하다가 다시 도로를 걸어서 올라갔고, 사거리에서 오른쪽을 바라보았다. 이제 가로등 밑에는 아무도 없었다. 아까의 남자는 어디론가 사라진 것 같았다. 골목은 계단을 내려가면 더 큰 골목으로 이어지고 그쪽 가로등은 모두 켜져 있었다. 그녀가 안심하고 길을 계속 걸어서 골목으로 막 들어가려고 하던 때였다.

휘파람 소리가 들렸다. 한밤중에 휘파람이라니, 누가 누구에게 부는 휘파람일까. 그녀는 걸음을 멈췄는데, 그때 계단 밑의 어둠 속에서 남자가 튀어나왔다. 가로등 밑에 있던 그 남자였다. 그녀는 비명을 지르며 골목을 뛰어나왔다. 사람 살려, 라고 외치며 큰길을 뛰었다. 주변에 도움을 청할 사람은 보이지 않았다. 건물마다 불이 모두 꺼져 있었다. 그녀는 도로를 가로질러 건넜다. 빨간 신호등이었지만 차가 없었기 때문에 뛰어서 건넜다. 길 건너편에는 자동차가 보였고 등이 켜져 있었다. 차로 다가갔지만 안에는 사람이 없었다. 그것이 범인이 세워 놓은 차인 줄은 그녀도 몰랐다.

그녀는 뒤를 돌아보았고 도로를 건너오는 남자를 보았다. 그녀는 뛰었고, 계속 위쪽으로 올라갔다. 그녀는 북한산로에 들어서고 있었다. 그곳은 행정구역 상으로 경기도였다. 그녀가 건너온 도로가 서울과 경기도의 경계였던 것이다. 도로를 건넌 순간 서울 행정구역에서 벗어나 경기도로 진입했음은 몰랐다. 그리고 그녀가 주택가에서 점점 멀어지고 있는 것도 몰랐다. 눈에 보이는 집들은 보기보다 멀었고, 그 사이에는 야산으로 향하는 길목이 있었다. 그 길은 큰 나무가 많아서 밤이면 어두웠다. 그녀는 그 사실을 몰랐다. 사람 살려, 그녀는 다시 외쳤지만 소리를 들은 사람은 없었다. 근방 주민 중에서도 들은 사람은 아무도 없었다.

그때 하늘에서 펑 소리가 들렸다. 소리를 들은 사람은 그녀뿐이었다. 범인도 듣지 못했다. 그녀는 그 소리가 소닉 붐이라고 판단했다. 그녀의 외침을 초인은 들은 것이다. 곧 초인이 하늘에서 내려와 남자를 붙잡을 것이다. 그녀는 하늘을 바라보았다. 그곳은 야산으로 가는 길과 주택가로 이어지는 길이 갈라지는 곳이었다. 도로 쪽으로는 펜스가 세워져 있어서 주변으로부터 시야가 차단되는 곳이었다. 그녀는 펜스가 없는 도로로 내려가려고 했을 때 남자와 마주쳤다. 남자는 가까이 다가와 있었다. 그녀는 어디선가 그들을 지켜보고 있는 시선을 느꼈다. 분명 초인의 시선이라고 그녀는 생각했다. 하지만 초인은 오지 않았다. 남자가 그녀를 붙잡고 목을 졸랐다.

　그때 북한산로를 향해 날아오던 초인은 속도를 늦추고 건물 옥상으로 내려왔다. 그곳에서 북한산로를 바라보았다. 길 위에서 버둥거리는 범인과 피해자를 내려다보면서도, 피해자의 비명과 점점 작아지는 숨소리를 들으면서도 그곳에서 움직이지 않았다. 초인은 범인이 피해자의 가방을 들고 주위를 둘러보면서 내려와 자동차를 타고 사라지는 모습을 지켜보았지만, 여전히 움직이지 않았다.

샌드위치맨

    나는 노트북의 모니터를 내려다보았다. 초인 카페의 채팅에 초대한다는 메시지가 날아와서 응답해야 하나 말아야 하나 망설이고 있었다.

    「관리자: 추적자 님 오랜만입니다. 바쁘세요? 잠시 대화 가능할까요?」

    "젠장."

    나는 한숨을 쉬고 키보드를 눌러 관리자와 대화를 시작했다.

    「추적자: 관리자 님 오랜만입니다.」

    「관리자: 네. 다른 일은 아니고, 한 시간 전 카페에 올린 게시물 잘 읽었습니다. 북한산로 강도 살해 사건에 대해 올리신 글요. 몇몇 분들이 잔인하다고 리플을 달았더군요. 그것 때문에 말을 건 건 아니고, 글 내용에 대해서 묻고 싶어서요. 추적자 님이 말하고 싶으신 게 뭔가요? 범인이 희생자를 의도적으로 경기도 밖으로 몰고 갔다는 겁니까? 초인이 구조하러 오지 못하도록?」

「추적자: 네.」

「관리자: 그리고 초인이 피해자를 구하러 왔지만 사건이 북한산로에서 벌어졌기 때문에, 그러니까 행정구역 상으로는 서울이 아닌 경기도에서 일어났기 때문에 돕지 않고 범인이 피해자를 살해하는 광경을 지켜보기만 했다고 생각하시나요?」

「추적자: 네.」

「관리자: 왜요? 왜 그렇게 생각하시나요? 범인은 피해자를 서울 밖으로 몰고 갈 생각이 없었고 도망가는 피해자를 따라가다 보니까 범행 장소에서 범죄를 저지르게 됐다고 진술했습니다.」

「추적자: 범죄자의 말을 그대로 믿으면 안 되죠.」

「관리자: 범행 시간에 북한산로 근처에서 초인이 목격됐거나 소닉붐을 들었다는 증거도 없습니다. 경찰이 주변 지역 주민들을 탐문해서 내린 결론이고요. 올리신 글은 전부 추적자 님의 상상 아닌가요? 글에서 피해자가 이렇게 생각했다 저렇게 생각했다는 것들도 상상이잖아요. 죽은 사람의 생각을 추적자 님이 어떻게 아십니까?」

「추적자: 물론 모릅니다. 몇몇 증거를 조합해 보고 얻은 심증입니다. 범인이 왜 북한산로에서 범행을 저질렀는지 그 이유가 궁금해서 살인 사건 장소 주변을 조사한 끝에 내린 결론입니다.」

「관리자: 사건 장소를 조사하셨다고요? 북한산로에도 직접 다녀오셨어요?」

나는 카페 밖의 사거리와 편의점과 버스 정류장을, 그리고 멀리 있는 북한산로를 돌아보았다.

마치 경찰들이 그러듯이, 근방을 돌아다니면서 사건을 상상해 왔다. 범행 당일 피해자는 버스를 타고 집에 돌아갔다고 경찰의 수사보고서에 나와 있다. 집 주소는 정확히 나와 있지 않았지만, 동네를 다니며 수소문해 피해자의 집을 알아냈다. 버스 정류장에서 집으로 가는 길을 조사했고, 당일 가로등이 고장 나 있었다는 사실은 경찰 보고서를 통해 알았으며, 그래서 피해자가 평소 다니지 않는 길로 갔으리라 짐작했다. 일대를 돌아다녀 보니 피해자 집으로 가는 다른 길도 있었다. 처음에는 우연히도 범행이 일어난 장소의 길 건너편이라고 생각했는데, 더 조사해 보고 우연이 아님을 깨달았다. 나는 밤늦은 시간에 범행 장소에 다시 가 보았다. 왜 그녀가 강도와 마주쳤을 때 편의점이나 주택가로 도망가지 않고 인적이 드문 북한산로로 갔는지 추측해 보았다.

"범인이 그쪽으로 몰고 갔다고밖에 생각할 수 없어."

가로등이 꺼져 있어서 다른 길로 가려던 피해자를 범인이 북한산로 쪽으로 몰고 간 것이다. 그렇다면 왜? 범인은 초인이 서울 밖에서 일어나는 범죄는 개입하지 않는다는 사실을 잘 알고 있을 것이다. 그 사실을 모르는 사람은 없다. 때문에 서울에서 범죄를 저지르기 더 쉬우리라고 범인은 생각했을 것이다. 정확히는 서울과 경기도의 경계에서 경찰도 사람들도 안심한 틈을 타서 범죄를 저지르면 대상을 물색하기도 쉽고 초인을 피할 수도 있다. 그래서 북한산로 근처에서 피해자를 기다렸을 것이다. 피해자는 자신이 더 밝은 길로 도망치는 줄 알았지 서울 밖으로 몰이를 당하는 줄은 몰랐을 것이다.

경찰이 왜 이 점에 주목하지 않았는지 나는 이해가 가지 않았다.

나는 키보드를 눌러 관리자의 질문에 대답했다.

「추적자: 네. 조사할 겸해서 한번 가서 훑어봤습니다.」

「관리자: 요즘도 계속 초인에 대해 조사하시나 봐요?」

「추적자: 그렇죠.」

「관리자: 카페에 댓글도 안 남기시고 접속도 안 하고 통 소식이 없다가 갑자기 게시물을 올리셨기에 반가워서 말 걸었습니다.」

관리자는 한동안 말이 없었다. 나도 말을 걸고 싶은 마음이 없었다. 다시 창밖을 보고 화창한 대낮의 길거리를, 그리고 그곳에서 석 달 전 일어난 일을 상상했다. 이번에는 피해자나 범인이 아닌 초인의 입장에서 어떻게 행동했을지 추측했다.

"어디였을까?"

초인은 분명 피해자의 살려 달라는 외침을 들었을 것이다. 범인도 피해자가 살려 달라고 여러 번 소리쳤다고 말했다. 초인은 외침을 듣자마자 지축으로 날아왔을 것이다. 날아오는 도중 사건이 서울이 아닌 경기도에서 벌어지고 있음을 알았을 것이다. 어디서 알았을까? 그리고 어디까지 날아왔을까?

"경계선까지 날아왔겠지."

서울과 경기도의 경계선에서 범죄 현장을 지켜봤을 것이다. 그곳에서 피해자나 범인이 서울 안으로 들어올 가능성을 기다렸을 것이다. 하지만 범인은 서울 밖에서 피해자를 잡았고 넘어뜨렸고 목을 졸랐다. 처음에는 피해자가 소리 지르지 못하게 입을 틀어막았지만 행동이 점점 거칠어졌고, 피해자는 결국 사망했다. 범인은 가방과 목걸이, 반지를 빼앗아 경기도로 달아났다가 3주 후 검거되었고, 11년 형을 선고받아 복역 중이다.

카페 밖을 내다보는데 중년 남자가 나타났다. 몸 앞뒤에는 간판을 매단 남자가 지나가는 사람에게 전단지를 나눠 주며 자신의 주장을 크게 소리쳤다.

"샌드위치맨……."

잠잠하던 관리자가 다시 채팅으로 말을 걸었다.

「관리자: 한 달 전에 인터뷰 내용 올리신 건 잘 봤습니다. 아주 훌륭했습니다. 그만큼 심도 깊은 인터뷰는 언론에서도 다룬 적 없습니다. 인터뷰를 통해서 초인이 인간에 대해서 잘 모른다는 사실을 도출해 낸 것도 흥미롭긴 했습니다. 카페 다른 분들은 동의하지 않는 것 같았지만요.」

「추적자: 감사합니다.」

「관리자: 글이 외부로 유출돼서 유감입니다. 카페 관리자로서 죄송하게 생각합니다. 누가 외부로 글을 퍼갔는지 모르겠습니다. 알아낼 방법도 없고…….」

"네가 했잖아."

나는 중얼거렸다.

처음부터 초인 카페에는 인터뷰 전문을 올리지 않았다. 밖으로 퍼가지 말아 달라고 부탁해도 분명 누군가 유출할 것 같아서였다. 외부로 유출되어도 문제없을 부분만 남겼다. 중요한 정보는 지우고 인터뷰 내용도 기존에 언론에 공개된 것만 썼다. 그리고 초인에 대한 글은 인터넷에 하도 많아서, 그런 글 중 하나에 내 글이 있다고 신경 쓸 것도 없다.

문제는 누가 퍼트렸냐는 것이다.

처음 인터넷 이곳저곳으로 내 글이 퍼져 나간 것을 알고 나는 바로 역추적을 시작했다. 가장 먼저 올라온 곳은 디시인사이드 초인 게시판이었고 이후 다른 커뮤니티로 천천히 퍼져 나갔다. 나는 게시물의 아이피 주소와 아이디를 전부 적어 두었다. 그리고 글을 올린 사람이 짧게 덧붙인 문장을, '한번 읽어 보세요'라든가 '초인 카페에서 퍼온 글입니다'의 띄어쓰기와 맞춤법과 말투를 천천히 곱씹었다.

관리자가 직접 퍼트렸다는 정확한 증거는 없다. 하지만 내가 카페에 올리는 글에 관리자처럼 관심이 많은 사람도 없었다. 관리자가 카페에 자주 접속하는 시간과 글이 인터넷에 올라온 시간이 비슷했다. 나는 관리자를 처음 만났을 때를 떠올렸다. 관리자의 표정과 말투를 되새겨 보았다. 관리자는 믿을 만한 사람인가?

관리자가 말했다.

「관리자: 늘 생각하는 건데, 추적자 님이 카페에 올리신 글은 모아서 책으로 내도 될 것 같아요.」

「추적자: 저는 출판 쪽은 잘 몰라서……. 그리고 이 정도 글은 인터넷에 얼마든지 있습니다.」

「관리자: 카페 회원 중에도 출판업에 계시는 분이 있을걸요. 문의해 보면 의외로 쉽게 출판사와 연결될지도 몰라요. 요즘은 초인 관련 책이 많이 나오는데 추적자 님 글은 독특하잖아요. 혹시 최근에 베스트셀러가 된 그 책 읽어 보셨어요? 초인이 미국에서 만든 생체 병기라는 내용을 실은 책요. 그럴듯하던데요.」

「추적자: 저는 말도 안 된다고 봅니다.」

「관리자: 왜요?」

「추적자: 말도 안 되는 이유는 간단합니다. 인간에게는 초인을 만들 과학기술이 없습니다.」

「관리자: 책을 읽어 보셨나요? 저자의 주장은 2차 세계대전 때 나치와 일본이 가지고 있던 생체 실험 자료가 일부 소련으로 넘어갔고, 소련이 무너졌을 때 미국에서 자료를 빼돌려서 초인을 만들었다는 건데, 나름대로 신빙성 있지 않나요?」

「추적자: 진시황제는 한국에 불로초가 있다고 생각했죠. 세상에 어딘가에는 신비한 뭔가가 있겠지라는 안일한 생각으로는 아무것도 설명 못 합니다. 나치도 일본도 소련도 그런 과학기술은 없습니다.」

라고 올리려다가 나는 얼른 삭제했다. 관리자에게 이런 말을 해서는 안 된다. 믿을 수 없지 않은가. 대신 관리자에게 해도 괜찮을 대답을 고민했다.

나는 일주일에도 두세 번 서점에 들러서 초인에 대한 책을 모두 읽었다. 도서관에도 틈만 나면 찾아갔다. 그리고 모든 책이 엉터리라는 사실만 계속해서 확인하고 좌절했다. 엉터리 과학, 말도 안 되는 논리, 억측이 뒤섞인 책들뿐이었다. 음모론 아니면 유사 과학을 나열한 책들이었다. 그리고 사람들은 책이 엉터리일수록 더 좋아했다. 하지만 그런 말을 관리자에게 할 수는 없다.

나는 짤막하게 답변했다.

「추적자: 나치가 그럴 수도 있겠군요.」

「관리자: 추적자 님은 왜 초인이 서울 행정구역 안에서만 행동하는지 아십니까?」

문득 관리자의 질문이 다급하고 공격적인 느낌이 들었다. 내가 대답을 회피한다는 인상을 주고 있어서일까.

"왜냐하면 초인은 인간에 대해 잘 모르기 때문이지."

나는 중얼거렸지만, 물론 그렇게 대답하지 않았다. 관리자가 들어도 좋을 대답을 타이핑했다.

「추적자: 그거야 초인을 만나서 직접 물어보기 전에는 누가 알까요?」

「관리자: 정부와 서울 안에만 있기로 합의를 했다는 가설은 어떻게 생각하세요? 사람들에게 가장 인기 있는 가설이잖아요.」

「추적자: 그럴지도 모르죠.」

「관리자: 추적자 님의 글을 다시 생각해 보니, 샌드위치맨의 의견과 비슷하군요. 범인이 의도적으로 피해자를 경기도로 몰고 갔고 초인도 이를 알고서도 범죄를 방치했다는 주장요.」

「추적자: 샌드위치맨을 아시는군요.」

「관리자: 그럼요. 카페에서 샌드위치맨 때문에 한동안 시끄러웠는걸요. 샌드위치맨은 만나 보셨습니까?」

「추적자: 아뇨.」

「관리자: 회기동 호프집 사장님처럼 혹시 직접 만나서 인터뷰하실 계획은 없으세요?」

「추적자: 제가 요즘은 바빠서…….」

「관리자: 아쉽네요. 추적자 님 인터뷰 읽고 싶은데.」

「추적자: 그러시군요.」

내가 계속해서 성의 없이 대답하자, 관리자는 바쁜 일이 있느냐 나중에 이야기하자 오늘 즐거웠다 등등 하나 마나 한 인사를 남기고 사라졌다.

채팅이 끝나니 마음이 괜히 허전했다. 담배를 피우려 했지만 카페에는 흡연 구역이 없었다. 담뱃갑을 테이블에 놓고 두 손으로 커피 잔만 만지작거렸다. 에스프레소는 다 식어 있었다.

"초인은 왜 서울 안에서만 움직이는가…….."

나는 중얼거렸다. 초인은 서울 밖에서 목격된 적 없다. 정확히는 서울의 행정구역 안에서만 움직인다. 더 정확히는 서울 행정구역 안에서 일어난 범죄에만 개입한다.

마하가 넘는 속도로 이동하니 서울 인근 경기도에서 일어난 범죄도 충분히 해결할 수 있지만 서울 이외의 지역에서 초인이 목격된 바는 없다. 처음 초인이 등장했을 때는 조심스럽게 제기된 가설이었으나, 시간이 흐르면서 이 사건처럼 서울과 경기도의 경계선에서 일어난 범죄에 초인이 개입하지 않으면서 확실해졌다. 지축은 행정구역 상으로 구파발의 진관동까지가 서울이고 그 너머는 경기도인데, 샌드위치맨의 딸인 피해자가 살해당한 북한산로는 서울과 경기도의 행정구역 경계선에서 경기도 쪽으로 삼십여 미터 떨어진 곳이다. 정말 가깝다. 서울과는 예순 걸음도 안 된다. 분명 초인은 경기도에서 일어난 범죄까지 개입할 수 있고 더 먼 곳에서 혹은 해외에서 일어나는 큰 범죄를 막을 능력도 있을 것이다. 하지만 그럴 의지는 보이지 않는다. 서울 안의 범죄만을 해결하기 위해 다른 곳을 포기하는 건데, 이유는 아무도 모른다.

"내가 알아낼 수 있을까."

담배를 챙겨 자리에서 일어났다. 카운터에서 테이크 아웃 커피를 한 잔 사서 카페 밖으로 나갔다. 담배에 불을 붙이고 잠시 서서, 카페 밖에서 지나가는 사람에게 전단지를 나눠 주는 샌드위치맨을 바라보았다.

샌드위치맨은 반복해서 소리치고 있었다.

"초인을 처벌하라! 초인을 처벌하라!"

평일 낮에 길을 지나가는 사람은 적었고, 샌드위치맨에게 눈길 주는 사람은 나밖에 없었다. 초인을 처벌하라, 초인을 처벌하라. 샌드위치맨은 전단지를 흔들며 외쳤다.

그는 북한산로 강도 살인 사건 때 사망한 피해 여성의 아버지였다. 몸 앞뒤에 간판을 걸고 길에서 1인 시위를 몇 달째 계속하고 있어서 인터넷에서는 '샌드위치맨'이라는 별명으로 더 알려져 있다. 샌드위치맨은 범인이 경기도 지역에서 초인이 범죄에 개입하지 않으리라는 추측을 바탕으로 범죄를 저질렀으므로 무기징역이나 사형을 언도해 가중처벌하고, 범죄를 방조

한 초인 역시 소환해서 처벌해야 한다고 주장했다. 그가 사람들에게 나눠 주는 전단지에는 그런 말들이 적혀 있었다.

주장에 법적인 근거는 없다. 초인은 인간이 아니므로 법에 따라 처벌할 수 없다. 설령 근거가 있더라도, 초인을 어떻게 붙잡아서 어떻게 처벌할 것인가.

나는 커피를 들고 샌드위치맨에게 다가갔다. 샌드위치맨은 곧바로 나를 알아보았다.

"오늘은 여기 계시네요. 저번에는 시청 광장에 계셨잖아요."

"저번에 인터뷰한 젊은이……. 시청에는 퇴근 시간 지나면 가 봐야지."

그는 커피를 받으며 고맙다고 말했다. 나는 처음 범죄 현장에 찾아왔을 때 길거리에서 전단지를 돌리고 있던 샌드위치맨도 인터뷰했다. 피해자의 집 주소나 다른 자세한 정보도 그에게서 얻었다. 샌드위치맨은 그동안 어떻게 지냈는지 글은 잘 쓰고 있는지 저번에 한 인터뷰는 내 '연구'에 도움이 됐는지를 캐물었다.

연구가 아니라 개인적인 관심 때문에 초인을 조사했다고 설명해도 샌드위치맨은 내가 뭔가를 연구하고 있다고 생각했다. 그는 같은 부탁을 여러 번 덧붙였다.

"나하고 한 인터뷰 말이야, 인터넷에 꼭 올려 줘."

자신의 입장을 더 많은 사람에게 알려 달라는 것이었다. 샌드위치맨은 인터뷰 때도 같은 말을 반복했었다. 내 말을 듣는 사람이 없어. 내 말이 맞는데 다들 틀렸다고 해. 초인 처벌하자는 사람이 없어. 다들 자기 일이 아니라고 생각하는 모양이야. 자기 딸이 죽었다면 그렇게 생각할까? 다들 왜 남의 일처럼 말할까?

오늘도 샌드위치맨은 상복에 먼지 하나 없이 깨끗하게 닦은 구두를 신고 있었다. 인터뷰 때도, 시청 앞에서도, 인터넷의 사진 속에서도 그는 언제나 단정한 차림이었다. 몸 앞뒤에 간판을 걸고 길에서 하루 종일 서 있기 쉬운 옷차림은 아니었다. 그 옷차림은 그의 결연한 각오를 상징하는 것 같았다.

지친 표정의 샌드위치맨과 잠시 이야기를 나눈 후 카페로 돌아왔다.

노트북을 챙기고 커피 값을 계산한 후 카페에서 나와 길을 건넜고, 사거리에 위치한 편의점 앞에 도착했다. 길 건너에서 샌드위치맨이 외치는 소리가 작게 들렸다. 편의점으로 들어갈까 망설이다가, 앞에서 담배를 피우며 생각에 잠겼다. 편의점 직원도 경찰이 조사했을 것이다. 하지만 직접 물어보고 싶었다.

"정말 초인이 날아오는 소리를 들은 사람이 아무도 없었을까……."

편의점에는 이전에 왔을 때는 못 본 직원이 있었다. 키 큰 남자 직원이었는데, 이전에 만난 편의점 직원들 말로는 사건이 일어난 날 일하는 직원은 낮 시간으로 바꿨다고 말했고, 남자가 그 직원인 것 같았다.

편의점으로 들어가 담배를 한 갑 주문했다. 등을 돌리고 말보로라이트를 찾는 직원에게 나는 말씀 좀 묻겠습니다, 라고 말했다. 직원은 나를 돌아보더니 담배의 바코드를 기계에 찍은 채 계속 들고만 있었다.

나는 되도록 공격적인 인상을 주지 않으려고 애썼다.

"여기서 일한 지 오래되셨나요?"

"네."

"얼마나 되셨죠?"

직원은 질문에 대답하지 않고 나를 빤히 보았다. 나는 직원의 손에서 담배를 받고 지폐를 내밀면서 자신을 소개했다⋯⋯. 이상한 사람 아닙니다. 초인에 대한 책을 쓰고 있습니다. 그래서 자료를 모으고 있습니다. 가끔 인터뷰도 합니다. 어디 기록되는 건 아닙니다. 단지 간단한 정보를 얻고 싶습니다. 몇 가지만 물어보겠습니다. 그래도 될까요?

직원은 고개를 끄덕였다. 북한산로 살인 사건을 바로 떠올린 모양이었다.

그는 질문했다.

"책을 쓰면 소설가세요?"

"아뇨, 소설을 쓰려는 건 아닙니다."

"그러면 기자세요?"

"기자도 아니고, 그냥 초인에 관심이 많은 사람입니다."

아, 네. 그는 중얼거렸다. 나는 말했다.

"초인 카페 아십니까?"

"네이버에 있는 거요?"

잘 모르고 별 관심 없다는 투로 대답했지만 네이버에 있는 카페라는 사실은 알고 있었다. 나는 그곳 회원이며 초인에 대한 정보를 글로 정리하고 있다고 대답했다.

"이 근방에서 살인 사건 난 건 아시죠? 석 달 전에요."

"그럼요."

"그때도 편의점에 계셨나요?"

"사건 일어난 날 밤에요? 그때 있었죠. 하지만 뭘 보거나 하진 못했습니다. 시체 발견되고 경찰차 찾아오고 한 다음에야 알았죠. 경찰에게도 그렇게 말했어요."

"혹시 그날 밤 이상한 소리 듣지 못하셨나요? 펑 하는 소리를……."

"소닉 붐요?"

직원은 뭘 물어보고 싶어 하는지 잘 알고 있었다. 이전부터 사건에 대해 하고 싶은 말이 많았던 것일까?

"비슷한 소리를 듣긴 했어요. 소닉 붐인지 정확히는 모르겠어요. 하지만 무슨 큰 소리를 듣긴 했어요. 경찰에게도 말했는데 경찰이 수사를 했는지는 모르겠어요."

"언제 소리가 들렸나요?"

"사건 일어났을 때쯤인 것 같아요. 정확한 시간은 모르겠어요."

"이 사실을 경찰에게도 이야기하셨습니까?"

"했죠. 이상한 소리를 들었다고."

소닉 붐과 비슷한 소리는 없다. 쉽게 착각하기 어려운 소리다. 직원이 들은 소리는 소닉 붐일 가능성이 높다. 내가 일대를 돌아다니며 동네 사람들에게 질문했을 때는 이상한 소리를 들었다고 대답한 사람은 없었다. 경찰도 그래서 직원의 증언을 무시했을 것이다. 직원은 정말 소리를 들었을까? 들었다면 근방 사람들은 왜 듣지 못했을까?

"어느 쪽에서 소리가 났는지는 기억나십니까?"

그건 모르겠다고 직원은 고개를 흔들었다.

"죽은 여자분은 안됐어요. 편의점으로 왔으면 안 죽었을 텐데."

직원은 편의점 밖으로 시선을 돌렸다. 그는 길 건너 카페 앞의 샌드위치맨을 보고 있었다. 직원의 말이 옳았다. 지금은 카페도 큰 상가도 있지만 사건 발생 당시에는 편의점만 있었다. 피해자가 평소에 이 편의점을 이용했을지도 모른다. 범인도 범행 대상을 물색하며 오가다가 편의점을 지나갔을지도 모른다. 직원은 사건이 일어난 이후 죽 그런 것들을 생각해 온 듯했다.

나는 질문에 대답해 줘서 고맙다고 인사하고 편의점을 나왔다.

"왜 피해자는 항상 여성일까."

범행 현장으로 다가가면서 생각했다. 편의점에서 나와 길을 건너자 샌드위치맨의 목소리는 더 이상 들려오지 않았고, 편의점 안에서 직원이 움직이는 모습도 보이지 않았다. 북한산로를 향해 천천히 걸었다.

회기동 강도 사건의 피해자인 사장도 여성이고 이번 피해자도 여성이다. 서울이라는 도시에서 여성으로 산다는 건 어떤 걸까. 혹시 여자들은 초인에 대해 남자들과 다른 관점을 가지고 있을까. 이전에는 깊이 생각해 보지 않았다. 피해자는 서울에 초인이 있기 때문에 안전하다고 믿었을까.

북한산로를 올라가다가 피해자가 발견된 지점에서 걸음을 멈췄다. 석 달이 지난 지금 사건 현장에는 그동안 없었던 가로등이 새로 놓여 있었다. 정부는 길을 가리던 펜스를 일부분 철거하고 애꿎은 나무도 몇 그루 베어 버렸다. 지금은 사라졌지만 이전에 왔을 때는 주변에 폴리스 라인과 피해자의 위치를 표시한 페인트 자국이 있었다.

얼마 떨어지지 않은 곳에서 샌드위치맨이 초인을 처벌하라고 외치고 있었다.

'사람들은 자기 일이 아니라고 생각하나 봐.'

샌드위치맨은 그렇게 말했다. 나는 아니다. 만약 서울이 아닌 다른 도시의 지하철에서 사고가 났다면 초인은 나를 구하러 오지 않았을 것이다. 타인의 일로 무시하지 않는다. 하지만 관리자는 그런 것 같다. 북한산로 강도 살해 사건을 심각하게 보지 않는다. 다른 사람들도 마찬가지다. 왜 초인이 피해자를 구하러 오지 않았는지 이유를 궁금해하지 않는다. 그저 나치니 미국의 실험 병기니 하는 조악한 설명에만 매달린다.

"당신이 왜 서울 행정구역 안에서만 활동하는지 정확한 이유가 궁금합니다."

나는 중얼거렸다.

"당신은 인간에 대해 잘 모릅니다. 회기동에서 당신이 구한 사람과 인터뷰를 하고 얻은 결론이죠. 당신은 인간과 인간들의 사회에 대해 느리게 학습하고 있습니다. 서울 안에서만 움직이는 이유도 학습의 일부분이 아닐까 합니다. 저는 당신이 어떤 실험을 하고 있다고 추측합니다. 당신이 사회를 완전히 통제하는 방식이 합리적인지 궁금해하는 것 같습니다. 당신은 이 실험을 위해서 한 사람의 생명을 구하지 않았는데, 이것이 만들어 내는 결과 또한 당신이 인간에 대해 학습하고 싶어 하는 정보의 일부분인 것 같습니다……. 제 가설이 맞는지 언젠간 확인하고 싶습니다."

그러나 확인할 방법은 없다. 초인이 직접 대답해 주지 않는 한.

길에 쭈그리고 앉아 하늘을 올려다보았다. 피해자가 누워 있었을 때의 시선이 궁금했다. 이전에 왔을 때도 여러 번 확인했다. 보이는 건 펜스 위로 솟아오른 아파트 단지뿐이다. 나는 아파트 꼭대기에도 가 봤는데, 만약 초인이 지축으로 날아왔다면 아마 옥상에서 내려다보지 않았을까 하는 추측에서였다. 하늘을 날아오다가 지상으로 내려오진 않았을 것이다. 사람들에게 목격될 가능성이 있으니까. 하지만 힘들게 올라가 본 아파트 옥상에는 별다른 것은 없었다.

초인이 오지 않았을 수도 있다. 증거는 없다. 나도 알고 있었다. 편의점 직원이 소리를 들었다고 했지만, 그게 소닉 붐인지 어느 집에서 문을 크게 닫는 소리였는지 누가 아나? 내 가정이 다 틀렸을 가능성도 있다. 지금까지의 조사와 고민과 생각이 모두 헛수고일지도 모른다. 그런 생각을 하면 숨이 막힐 듯 답답했지만, 가능성이 있음을 알기 때문에 더 답답했다. 정말로 나치가 초인을 만들었을지도 모르는 것이다. 고대 이집트를 방문한 외계인의 기술을 입수한 러시아에서 만들었을지도 모른다. 하늘을 날고 맨손으로 칼을 막아 내고 벽을 투시하는 초능력을 미국에서 시험 삼아 개발했을지도 모른다. 누가 알겠는가?

"초능력!"

나는 벌떡 일어났다. 초능력! 투시! 왜 그 생각을 못 했지? 초인은 사물을 꿰뚫어 볼 수 있다. 당연히 펜스나 나무도 투시한다. 펜스 위로 보이는 아파트 옥상이 아니라, 다른 건물 옥상에서 길을 내려다봤을 수도 있는 것이다. 어느 장소에서든 이 장소와 가장 가까운 곳이면 다 가능하다.

나는 길을 달려 내려가 펜스 뒤에 가려진 건물들을 보았다. 가장 가까운 건물은 편의점 옆의 건물이었다. 저 건물 옥상이었을까? 그래서 편의점 직원은 소닉 붐을 들었던 것일까?

가슴이 아픈 것도 잊고 뛰기 시작했다. 신호등도 기다리지 않고 그대로 달려서 도로를 건넜다. 편의점 옆의 건물 입구에 서야 뜀박질을 멈췄다.

"원룸 빌라……."

5층 건물이었다. 원룸과 투룸의 입주자를 찾는다는 광고와 부동산 전화번호가 문 앞에 붙어 있었다. 입구는 비밀번호를 넣어야 열 수 있는 디지털 도어였다. 어떻게 들어가지? 아무 집으로나 호출해서 잠시 옥상으로 올라가도 좋으냐고 물어볼까? 숨을 몰아쉬면서 건물 앞을 왔다 갔다 하는데, 트럭 한 대가 다가와 멈췄다. 상자 몇 개를 든 택배 기사가 트럭에서 내려서 다가오더니 그대로 문을 열고 빌라로 들어갔다.

"뭐야, 열려 있었어?"

나는 택배 기사가 나올 때까지 기다렸다가 안으로 들어갔다. 엘리베이터를 찾아 재빨리 맨 위층 버튼을 눌렀고, 좁은 엘리베이터 안에서 가쁜 숨을 몰아쉬었다. 노트북을 맨 가방이 유난히 무겁게 느껴졌다. 다행히도 옥상으로 올라갈 때까지 아무와도 마주치지 않았고 옥상으로 통하는 문도 열려 있었다.

청소를 오랫동안 하지 않은 지저분한 옥상이었다. 두 개의 건조대에서 빌라 사람들이 공용으로 빨래를 말리는 것 같았다. 아령과 바벨 같은 운동 기구가 몇 개 버려져 있었다. 먼지가 쌓인 에어컨 실외기도 두 대 있었다. 나는 북한산로 쪽 방향으로 다가가서 길을 내려다보았다. 근방이 모두 보였다. 사거리, 도로, 편의점 지붕, 카페, 샌드위치맨, 피해자가 발견된 길.

길은 펜스에 가려져 있지만, 초인에게는 또렷이 보였을 것이다.

나는 초인의 시선을 상상했다. 밤 한 시, 불이 켜진 편의점과 차가 다니지 않는 도로, 가로등, 멀리 아파트 단지를 초인은 돌아봤을 것이다. 길에서 피해자가 죽고 범인이 차를 몰고 사라지는 것도 봤을 것이다. 초인은 무슨 생각을 했을까. 피해자를 구할지 말지를 고민했을까. 경찰에 신고하자는 생각은 안

했을까. 얼마나 더 이곳에 있었을까.

피해자가 기적을 기다리는 동안 초인은 이곳에서 뭘 했을까.

나는 길게 한숨을 쉬고 담배를 꺼내 입에 물었다. 초인은 감정이 없다. 초인은 인간이 아니며 인간처럼 감정을 느끼지도, 감정을 바탕으로 판단하지도 않는다. 나는 그렇게 생각했다. 하지만 눈앞에서 사람이 죽어 가는 모습을 지켜보면서도 초인은 아무 느낌 없었을까. 초인이 인간의 사회에 들어온 지 벌써 몇 개월이 지났다. 그도 조금은 인간의 감정을 배우지 않았을까. 피해자의 외침을 그냥 무시할 수 있었을까.

한숨이 다시 나왔다.

"왜 인간은 나약할까."

인간은 나약하다. 기적을 기다릴 뿐이다. 하지만 피해자에게 기적은 일어나지 않았다. 마치 내가 연기 속에서 살려 달라고 외쳤을 때처럼 피해자는 도움을 기다렸지만, 초인은 이곳에서 그저 세상을 내려다보고만 있었다. 기적은 없다. 단지 하루하루 살아가는 것을 기적으로 여겨야 한다. 강도의 칼에 찔리지 않고, 길을 걸어가다가 머리 위로 떨어진 돌에 맞지 않고, 차에 치이지 않고, 집에 불이 나지 않기를 바라면서, 하루하루 살아가는 것을 기적으로 여기며 감사해야 한다.

착잡한 마음으로 담배를 피우다가 꽁초를 실외기 뒤에 버리고 옥상을 내려가려 했다. 나는 문득 동작을 멈췄다. 실외기와 옥상 난간 사이의 좁은 틈에 검은 천이 있었다. 그리고 이상하게도 천이 낯익었다.

정말 이상한 일이다. 검은색 천이 낯익을 이유가 있을까? 나는 담배꽁초를 든 채 생각이 날 듯 말 듯한 그 이유를 찾아 고민에 잠겼다. 검은 천. 내가 검은색 천을 어디서 봤지? 두꺼운 질감의 검은 천. 실외기 뒤의 그것은 오랫동안 그곳에 있었는지 먼지가 묻어 더러웠지만 분명 본 적 있었다. 검은 천. 검은 천으로 된 무언가를.

나는 그게 뭔지를 알아냈다. 허둥지둥 실외기 뒤쪽으로 팔을 집어넣었지만 틈이 좁아 잘 들어가지 않았다. 가방을 벗어서 내려놓고 팔을 걷어 다시 집어넣었다. 피부가 돌과 쇠에 긁혔지만 그런 통증에 신경 쓸 틈이 없었다. 힘들게 꺼낸 그것은 먼지가 묻어 더러웠다. 그리고 내 추측이 맞았다. 스키 마스크였다. 손이 떨리기 시작했다. 초인이 다녀간 곳으로 추측되는 장소에 초인이 쓰고 다녔을 법한 마스크가 있는 것이 우연의 일치일까?

이것이 초인의 스키 마스크인가? 만약 그렇다면 왜 여기 있을까? 초인이 남겨 뒀다는 뜻이다. 누가 찾아가기를 원해서 실외기 뒤에 숨겨 놓은 것이다. 그리고 내가 찾은 것이다.

나는 스키 마스크를 주머니에 넣었다. 누가 보기 전에 빌라에서 나왔다. 고개를 푹 숙이고 길을 걸었다. 버스를 초조하게 기다리다가 아무거나 잡아타고 지축을 벗어났다. 내가 맨 뒷좌석에 앉아 생각에 잠긴 동안 버스는 불광을 지나 역촌으로 향했고 상암 근방에서 차가 막히면서 속도가 느려졌다. 창밖의 인도에는 저녁이 다가오면서 퇴근하는 사람들, 학원에 가는 학생들이 걸어 다녔다.

나는 주머니 안의 스키 마스크를 손에 꽉 쥔 채로 생각했다. 초인은 알고 있을까. 누군가 발견하기를 기다렸다면 항상은 아니더라도 가끔은 확인할 것이다. 어느 순간에는 누가 가져갔다는 걸 초인도 눈치챌 것이다. 그러면 어떻게 될까. 찾아가 주길 기다렸다면 찾은 사람에게 초인이 다가올까.

"하지만 왜……."

나는 중얼거리다가 아차, 입을 다물었다. 초인은 모든 소리를 듣고 있다. 생각만 하자. 신중하게 행동하자. 이 복면은 증거다. 초인은 북한산로 강도 사건 현장을 지켜봤으며, 피해자를 돕지 않았고, 대신 마스크를 벗어 자신이 있던 자리에 숨겨놓았다. 그 사실을 추론해 내는 사람이 찾아내도록. 그리고 그 사람에게 초인은 찾아올 것이다.

"마스크는 제가 가지고 있습니다."

나는 용기를 내서 중얼거렸다. 먼지가 묻고 거의 썩어 가고 있어서 복면은 비닐봉지에 넣었다. 비닐봉지를 빈 택배 상자에 넣고 상자를 내려다보았다. 초인이 얼굴에 썼으니까 피부 조각이나 지문이 있을지도 모른다. 머리카락은 없었다. 복면 안팎을 꼼꼼히 살폈지만 찾아내지 못했다.

그리고 나는 중얼거렸다.

"제가 발견했습니다. 초인 당신의 물건인 것 알고 있습니다. 지축의 건물 옥상에서 찾았습니다."

바람이 세게 불었고, 나는 혹시 들려올 소닉 붐이나 발소리를 기다렸다. 하지만 들리지 않았다. 옥상에 나가 서성였으나 그날 밤 내내 초인은 오지 않았다. 밤늦게 잠들기 직전에도 문을 열어 어두운 옥상과 밤하늘을 내다보며 한동안 기다렸으나, 내 예상과는 달리 초인은 오지 않았다.

테러리스트

「추적자: 이것은 제가 직접 인터뷰한 피해자 증언, 목격자의 증언, 경찰 수사보고서, 언론 기사 등을 종합해, 2013년 4월 24일에 광화문 일민미술관에서 벌어진 테러 사건을 재구성한 것입니다. 카페 회원님들 읽어 보시라고 올려 봅니다.」

여고생은 일민미술관 앞에 서 있는 세 명의 남자를 보고 있었다.

세 남자는 똑같이 생긴 큰 스포츠 가방을 들고 있었다. 들고 있는 자세로 봐서는 무거운 물건이 안에 있는 것 같았다. 그들과 눈이 마주치려고 할 때 여고생은 자신을 부르는 아버지를 향해 고개를 돌렸고, 세 남자의 얼굴을 자세히 보진 못했다. 대충의 인상착의는 기억했다. 셋 다 검은색과 군청색과 국방색의

점퍼와 추리닝과 군복을 섞어서 입었고 두 명은 키가 크고 한 명은 키가 작았다. 그리고 한 명은 아주 긴장한 얼굴이었고 두 명은 정반대로 키들키들 웃고 있었다. 긴장한 남자는 20대 초중반 같았고, 웃고 있는 두 남자는 각각 30대 후반과 40대 후반 정도로 보였다. 그들은 점심시간을 맞아 길에 쏟아져 나온 회사원들 사이에서 눈에 띄는 차림새면서도 눈에 띄지 않으려 애쓰는 것 같았다. 남자들은 잠시 담배를 피우고 오자는 말을 하는 것 같았으나 등 뒤에서 들려온 말이라서 확실하지 않았다. 그녀는 그들을 지나쳐 아버지와 어머니를 따라 일민미술관으로 들어갔다.

4월 말, 아직 5월이 되지도 않았건만 벌써 초여름이 찾아온 것처럼 유난히 더운, 그리고 하늘은 구름이 흐리게 끼어 있던 날이었다. 일민미술관에서 열린 초인 사진전을 보러 온 그녀는 당시 고등학교 1학년이었다. 4층으로 올라가는 엘리베이터 앞에는 많은 사람이 차례를 기다리고 있었다. 아버지는 그녀의 앞에, 어머니는 그녀의 팔을 붙잡고 있었다. 어머니가 사진전에 오고 싶어 해서 주말을 맞아 가족이 모두 나온 것이다. 어머니는 사람이 많으니 잠시 나가서 사람 없어지면 다시 돌아오는 편이 어떨지, 앞에서 간단하게 뭐라도 사 먹고 오면 어떻겠냐고 물었고 그녀는 괜찮다고 대답했는데, 그녀는 그 말을 평생 기억하게 될 줄 몰랐다.

여고생 가족은 4층으로 올라갔고 전시회장에서 사진을 관람했다. 그때쯤 테러리스트들은 청계천 근방에서 담배를 피우며 시간을 보내다가 일민미술관으로 돌아왔다. 세 사람 중 두 사람은 여전히 빙글빙글 웃는 얼굴이었고 가장 젊은 나머지 한 명은 긴장으로 하얗게 질려 있었다. 그들은 1층 정문으로 들어와 주변을 한동안 돌아본 다음 들고 있던 가방을 내려놓았다. 가방에서 긴 총을 꺼냈고, 탄창을 끼운 다음 사람들을 겨냥했다. 부산을 통해 밀수한 세 정의 AK47 총구가 사람들을 향했다. 그때까지도 1층에 있던 사람들은 무슨 일이 일어났는지 깨닫지 못했다.

테러리스트들은 사람들을 향해 총을 난사했다.

우주를 바라보고 있던 초인은 총성과 비명을 듣고 지구를 향해 고개를 돌렸다.

총소리를 듣고 누군가 중얼거렸다.

"이게 무슨 소리야?"

소리를 들었을 때, 여고생은 4층 전시회장에서 총을 든 군인의 사진을 들여다보고 있었다. 초인 사진전은 아직 한가했지만 오후가 되면서 조금씩 사람이 모여들고 있었다. 서울에 초인이 등장한 지 1주년이 된 기념을 맞아서 열린, 그동안 언론이 포착한 초인의 모습과 시민들이 찍은 초인의 사진을 모은 전시회였다. 초인 사진 전시회지만 초인이 제대로 찍힌 사진은 없었다. 이상한 일이면서도, 당연한 일이었다. 초인은 항상 사진에 포착되지 않을 만큼 빠르고 은밀하게 움직였기 때문이다. 여고생은 초인의 모습이 작게 찍힌, 크게 확대해 액자에 넣어 건 사진 속에서는 희고 검은 점 몇 개가 뭉쳐 있는 것처럼만 보이는 사진들을 차례대로 들여다보았다.

여고생은 대부분의 사진에서 별 감정을 느끼지 못했다. 사진 중에는 초인에게 도움을 받은 사람들인 자칭 '구조자'들이 등장하는 사진도 더러 있었지만 많은 수가 신분이 노출되는 것을 꺼려 얼굴이 보이지 않게 찍혀 있었다. 그리고 초인이 다녀간 범죄 현장이나 초인의 소닉 붐 때문에 부서진 유리창, 초인이 붙잡아 놓은 범인을 경찰이 검거하는 모습 등도 있었다. 가끔은 서울 풍경 사진도 있었다. 초인이 등장한 후 달라진 서울의 이미지를 사진에 포착했다는 설명이 팸플릿에 적혀 있었지만 여고생이 보기엔 그저 매일 보는 서울 풍경일 뿐이었다. 그녀는 사진을 따라 이어진 줄을 따라가며, 아버지와 어머니에게 가까이 갔다가 멀어졌다 하며 사진들을 바라보다가 총을 든 군인을 찍은 사진에서 잠시 머물렀다.

총을 든 군인은 왜 찍었는지 군인과 초인이 무슨 상관인지 확인하려고 팸플릿으로 고개를 숙였을 때, 그녀는 총소리를 들었다.

"이거 총소리 아냐?"

누군가 말했다. 전시회장 안의 다른 사람들 역시 무슨 소리인가 놀라 고개를 들었을 만큼 큰 소리였다. 그녀는 이전에 영화나 드라마에서만 총소리를 들었을 뿐 진짜 총소리는 몰랐다. 혹시 전시회장에서 영상을 전시하고 있어서, 영상에서 나오는 총성은 아닌지 추측해 보았다. 하지만 사진 말고 영상도 전시한다는 정보는 팸플릿에 없었다. 다시 총성이 들렸고, 이번에는 더 크고 길었다. 그녀는 가까이 있던 어머니에게 다가가 팔을 잡았다. 어머니는 중얼거렸다.

"어디서 공사를 하나?"

하지만 평일 종로 한복판에서 큰 소리가 나는 공사를 갑자기 시작할 것 같진 않았다. 몇 사람이 아래층으로 내려가 확인해 보려고 엘리베이터로 다가가 버튼을 눌렀는데 작동하지 않았다. 사람들이 웅성거리는 소리가 커졌고, 많은 사람들이 상황을 확인할 생각에 비상구와 계단을 통해 3층으로 내려갔다.

그녀와 어머니는 4층에 머물렀다. 광화문대로 쪽으로 난 창밑에 벤치가 하나 있어서 두 사람은 그곳에 앉았다. 두 사람은 나란히 앉아 창밖을 내다봤지만 별다른 일은 없었고 어머니는 고개를 돌렸다. 여고생은 계속 내려다보았다. 잠시 후 그녀는 사람 몇 명이 건물 밖으로 달려 나가는 모습과 천천히 걸어가던 어떤 남자가 길바닥에 쓰러지는 모습을 보았다. 쓰러진 사람은 바닥에 엎드린 채 더 이상 움직이지 않았다. 이상하게도 넘어진 남자를 도와주는 사람이 없었다. 어찌 된 일일까 의아해진 그녀는 길을 위아래로 훑어보았는데, 북적이던 길에 아예 사람이 없었다. 그녀는 아버지를 찾아 전시장을 두리번거렸지만, 아버지는 총소리를 확인하기 위해 다른 사람들과 함께 계단을 통해 3층으로 내려간 다음이었다.

초인은 지구에 도착했다.

그때, 여고생의 아버지는 계단에 몸을 숨긴 채 숨어 있었다. 그의 앞에는 사람들이 쓰러져 있었다. 총에 맞아 죽은 사람들이 계단 위아래에 뒤엉켜 있었고, 아버지는 그들의 뒤에 앉아 입을 틀어막은 채로 계단 아래의 3층을 내려다보았다. 총을 든 테러리스트들은 1층에서 2층으로 그리고 3층으로 올라오며 보이는 사람마다 총으로 쏘고 있었다. 여고생이 들은 소리는 정말 총성이었으며 비명 역시 총에 맞은 사람들의 비명이었다. 3층으로 내려갔던 아버지는 먼저 내려간 사람들이 총에 맞아 쓰러진 광경을 보고 몸이 얼어붙고 말았던 것이다. 그들은 그보다 1~2분 먼저 3층으로 내려갔을 뿐이었다. 도대체 무슨 일이 일어나고 있는 걸까? 아버지는 총을 들고 있는 테러리스트를 발견하고 몸을 숨긴 채 지켜보았다.

총을 어깨에 걸고 있는 남자가 있었다. 검은색과 군청색 옷을 입은, 40대 후반으로 보이는 남자였다. 다른 남자는 국방색 옷을 입은 30대 후반의 남자였다. 그들은 서로를 대장과 왼팔이라고 불렀다. 키가 작고 나이 많은 쪽이 대장이었고, 더 어린 쪽인 왼팔은 국방색 반팔 티셔츠 아래로 드러난 왼쪽 팔에 문신이 있었다. 대장과 왼팔은 머리 위로 손을 든 채 벌벌 떨고 있는 두 남자에게 총구를 겨눠 협박했다. 두 남자는 한 명은 전시회장 직원이었고 다른 한 명은 아버지처럼 사진전을 구경하러 온 사람이었다. 대장은 두 남자에게 바닥에 둥그렇게 쌓인

천 더미를 가리키며 건물 밖에 걸라고 명령했다. 두 남자가 들어 올린 천 더미는 현수막이었다. 두 남자는 힘겹게 현수막을 붙잡아 창밖으로 던진 다음 밧줄로 양쪽 끝을 창틀에 어설프게 묶어 고정했다. 두 남자가 작업을 끝내고 돌아보자 대장은 두 남자에게 총을 겨누더니 그대로 쏘았다. 아버지는 손으로 입을 틀어막아 비명을 참았다. 두 남자는 쓰러졌다.

대장과 왼팔은 조용히 대화를 나눴다. 대화는 아버지에게 잘 들리지 않았고, 가끔 반복하는 단어 '초인'만 알아들을 수 있었다. 초인이 아직 오지 않았다는 이야기를 하는 것 같았다.

아버지 역시 초인이 왜 오지 않는지를 생각했다. 초인은 범죄가 벌어지면 2분 안에 도착한다. 서울 사람이라면 모두 알고 있는 사실이었다. 총소리와 비명이 들린 지 벌써 몇 분이 지났는데 초인이 오지 않다니 이상한 일이었다. 두 남자는 다행히도 아버지가 앉아 있는 계단으로 다가오지 않고 3층의 다른 곳으로 움직여 아버지의 시야 밖으로 사라졌다. 아버지는 소리가 나지 않도록 극히 조심하며 재빨리 4층으로 올라갔다.

그동안 테러리스트들은 3층을 돌아다니며 사람을 죽였고 가끔 창밖으로도 총을 난사했다. 총알의 일부분은 행인들에게 부상을 입혔고 맞은편의 동화면세점까지 날아가 유리창을 부쉈다. 지나가던 자동차가 멈추고 행인들은 비명을 지르며 흩어졌다.

초인은 대기권에서 급강하했다. 한국에서, 서울로, 그리고 광화문 상공으로 속도를 줄이지 않고 날아왔다. 대기와의 마찰 때문에 초인의 신체는 초고온으로 달아올랐으나 초인은 속도를 늦추지 않았다.

아버지는 4층으로 돌아왔고, 사람들이 사라져 텅 빈 전시회장에서 멀거니 그를 기다리고 있는 아내와 딸을 발견했다. 여고생은 아버지에게 손가락으로 창밖에 쓰러진 사람을 가리키며 이상한 일이 일어나고 있다고 말했지만, 아버지는 무슨 일이 일어나는지 이미 알고 있었다. 세 사람은 엘리베이터로 다가갔으나 엘리베이터는 여전히 작동하지 않았고 작동하더라도 타고 내려가는 위험을 감수할 수는 없었다. 세 사람은 계단을 통해 5층으로 올라갔지만 위층으로 통하는 비상구의 문이 잠겨 있었다. 먼저 올라간 사람들이 잠근 것이었다. 그렇다고 밑으로 내려갈 수도 없었다.

"초인이 곧 올 거야. 몇 분만 버티면 돼."

아버지는 말하고 그들은 4층으로 돌아갔다. 전시회장에는 숨을 곳이 없었다. 화장실도 테러범들이 당연히 뒤질 것이라고 아버지는 판단했다. 세 사람은 4층 전시실 옆의 사무실로 들어갔으며 사무실 문을 잠근 다음 책상 밑으로 숨었다. 어머니와 여고생이 같은 책상 밑으로 들어가자, 아버지는 그래선 안 된다고 말하고 여고생을 따로 떨어진 책상 밑으로 넣었다. 세 사람은 숨죽인 채로 한동안 그렇게 있었다. 그녀가 혼자 있기 무섭다고 말하고 책상 밑에서 나오려고 할 때, 복도를 걸어오는 발소리가 들렸다. 소리는 문으로 다가왔고, 문손잡이를 돌리다가 그것이 잠겨 있자 군화를 신은 발로 문을 몇 번 걷어차 연다음 안으로 들어왔다.

대장이었다. 그는 사무실의 캐비닛을 전부 열고 책상 밑을 들여다보며 사람이 숨어 있는지 일일이 확인했다. 아버지도 어머니도 여고생도 몰랐으나, 사무실에는 그들 외에 또 다른 사람이 숨어 있었다. 40대 회사원인 그 남자는 세 사람보다 먼저 테러범에게 발각되었고, 살려 달라고 애원하는 그를 대장이 총으로 쏘았다. 대장은 여고생이 있는 책상으로 천천히 다가왔다. 그리고 그 사실을 여고생의 아버지도 어머니도 알고 있었다. 여고생이 숨어 있는 책상 밑을 대장이 들여다보려고 했을 때였다.

"안 돼!"

책상 밑에서 튀어나온 아버지가 외쳤다. 대장은 아버지에게 총을 쏘았고 또 책상에서 나온 어머니에게 붙잡혔으나 뿌리친 다음 그녀를 총으로 쏘았다. 두 사람은 바닥에 쓰러졌으며 다시 움직이지 않았다.

대장은 그들을 내려다보다가 이윽고 중얼거렸다.

"안 된다고?"

왜 '안 된다'고 소리쳤을까? 그게 무슨 뜻이었을까? 책상 밑을 들여다보면 안 된다는 뜻이었을까? 그 밑에 누가 있기 때문일까? 하지만 책상 밑을 확인해 봐도 아무도 없었다. 나머지 모든 책상과 캐비닛을 확인해도 아무도 없었다. 사무실 뒷문으로 나오고 손잡이를 돌려 문을 닫던 대장은 문이 열려 있음을 깨달았다. 들어온 문은 잠겨 있었지, 이 문은 왜 열려 있지? 방금 누군가 문을 열고 나갔을까? 대장이 두 사람에게 총을 쏘느라 눈이 팔린 사이 사무실에 숨어 있던 누군가가 복도로 도망친 것일까? 하지만 복도에는 사람은 없었다. 그저 3층에서 계단을 통해 복도로 올라온 왼팔과 마주쳤을 뿐이었다. 올라오면서 그리고 복도를 걸어오는 동안 누구 보지 못했냐고 대장은 왼팔에게 물었고, 왼팔은 아무도 없었다고 대답했다.

대장은 왼팔에게 말했다.

"나는 5층으로 올라갈 테니까 너는 3층으로 내려가서 거기 인질 데리고 있어. 꼬마는 인질 몇 붙여서 1층으로 내려 보내고. 초인 나타나면 바로 신호 보내."

그리고 두 사람의 엇갈리는 발소리가 멀어졌다.

숨죽이고 있던 여고생은 천천히 숨을 내쉬고 다시 들이쉬었다. 좁은 소화전 안에서 여고생은 자신의 숨소리와 심장 뛰는 소리를 들었다. 복도 벽 소방 호스와 소화기를 넣어 두는 소화전에 여고생은 숨어 있었다. 테러리스트들은 벽에 있는 덮개를 열면 그 안에 사람이 있으리라 생각 못 한 것이었다. 어두운 그곳에서 여고생은 계속 숨어 있어야 할지 밖으로 나가 더 안전한 곳으로 가야 할지 고민했다. 그곳에 있고 싶지 않았지만 언제 그들이 돌아와 복도를 뒤질지 모를 일이었다. 그렇다고 세 명의 테러리스트를 피해서 건물 밖으로 나갈 수 있을 것 같지 않았다. 어떻게 해야 좋을지 모르겠다고 생각했을 때였다. 건물 전체에 굉음이 울려 퍼졌다. 마치 뭐가 폭발하기라도 한 것 같았다.

초인이 일민미술관 위에서 멈췄을 때, 감속하지 않고 갑자기 멈춘 탓에 주변의 공기가 흔들리며 무시무시한 소음이 서울 하늘에 울려 퍼졌다. 구름이 사방으로 흩어지고 초인의 몸에서 연기가 솟았다. 광화문, 종로 일대의 행인들은 환한 하늘에 마치 운석이 떨어지듯이 불꽃과 구름이 직선으로 그어지다가 쾅 소리가 울려 퍼지는 광경에 놀라 걸음을 멈췄다. 소음은 멀리 효자동까지 들렸다. 일대의 교통도 정지했다. 다들 영문 모를 일에 어리둥절한 표정으로 하늘만 올려다보았다.

현장에 도착한 경찰 특공대 1개 소대는 일민미술관 주변을 포위하고 진입 지시를 기다렸다. 테러리스트를 최대한 빨리 사살하는 것이 인질의 안전을 확보할 유일한 방법이라고 판단했으나, 정보가 엇갈리고 있었다. 테러리스트들이 건물 한 곳에 모여 있는지 곳곳에 나눠져 있는지가 파악되지 않았다. 그리고 일민미술관 건물 상공에 초인이 등장하면서 진입이 중지되었다. 그들은 초인의 행동과 이에 따른 테러리스트들의 행동을 예측할 수가 없었다. 1층에 있던 꼬마는 경찰이 건물을 포위했다고 3층의 왼팔과 5층의 대장에게 보고했다. 5층 창가에서 하늘을 올려다보던 대장도 3층의 왼팔과 1층의 꼬마에게 말했다.

"초인이 왔다."

하지만 그 사실은 말할 필요도 없었다. 초인이 만든 거친 바람이 건물의 모든 유리창을 흔들고 있었다. 테러리스트에게 붙잡혀 있던 인질들도 창밖을 보았다. 하늘에 멈춘 초인은 테러리스트들에게 말했다.

무기를 버리고 항복하라.

소화전 안의 여고생은 커다란 목소리를 들었다. 무기를 버리고 항복하라. 아마도 테러범에게 하는 말 같았다. 그런데 누구의 목소리일까? 아주 커다란 목소리였는데, 사람의 목소리를 성능 좋은 스피커로 크게 확대한 것 같았다. 그렇기 때문에 인간의 목소리 같지 않은 구석이 있었다. 지나치게 크고 또렷해서 비인간적으로 느껴졌던 것이다. 마치 신의 음성 같다고, 여고생은 생각했다.

무기를 버리고 항복하라.

"초인에게 반대한다."

대장은 초인에게 대답했다.

"인간은 초인의 지배에서 벗어나야 마땅하다. 이것이 우리가 테러를 저지른 이유다. 인간 스스로 지킬 힘을 가져야 한다. 초인은 인간의 친구인지 적인지 알 수 없는 존재다. 인간이 초인에 의존해 나약해진다면, 초인이 인간의 적이 되어서 공격할 때 자신을 방어할 수 없을 것이다. 이미 서울 시민들은 초인에 의존한 삶에 익숙해졌다. 자신을 방어하는 방법을 잊어버렸다.

때문에 나는 초인에 반대한다. 사람들은 우리를 아무 이유 없이 사람을 사살한 살인마라고 말할 것이다. 하지만 아니다. 우리의 살인은 가장 고귀한 차원의 살인이다. 오늘의 살인 때문에 인간은 초인에게서 자유로워질 것이다."

대장은 초인에게서 몸을 돌렸고, 인질을 향해 총을 난사했다.

허공에 있던 초인은 유리창을 깨고 5층으로 들어와 대장의 목을 붙잡았다.

여고생

"신의 음성 같은 목소리였어요."

여고생은 말했다.

우리가 일민미술관 1층에서 엘리베이터를 기다리는 동안, 그녀는 차근차근 설명했다. 그녀가 1년 전 오늘 이곳에서 겪은 끔찍한 고통을 고려하면 놀라울 만큼 침착한 태도였다.

"복도에 숨어 있는데 소리가 들렸어요. '무기를 버리고 항복하라'는 목소리가요. 사람의 목소리 같지 않았어요. 하늘에서 울리는 것 같은, 꼭 천둥이 치는 것 같은 목소리였어요."

"초인의 성대가 인간과 다르기 때문에 목소리도 다르게 들렸을 겁니다. 신의 음성이라, 그렇게 느낄 법도 합니다."

나는 말했다.

"저는 직접 듣지는 못했습니다. 현장에 도착했을 때는 사건이 모두 끝난 다음이었죠. 당시 우연히 광화문 근방에 있던 사람들이 촬영한 동영상을 텔레비전 뉴스에서 봤습니다. 이전에는 초인이 인간과 대화를 시도한 적은, 그것도 공개적인 장소에서 그런 적은 없었습니다. 상황이 급박했기 때문에 그랬겠죠."

그때 나는 동대입구 지하철역에 있었다. 초인이 서울에 나타난 지, 그리고 내가 동대입구역에서 사고를 당한 지 1년이 되는 날이었다. 그날을 기념하려고 동대입구역으로 갔으나 외상 후 증후군 때문에 지하로 내려가지는 못했다. 그저 1년 전 내가 누워서 소방관의 치료를 받았던 출구 주변을 한동안 서성였을 뿐이었다. 버스를 타고 집으로 돌아오는 길에 광화문에도 들러 초인 사진전을 볼 생각이었다. 하지만 내가 광화문에 도착했을 때는 일민미술관이 참혹한 테러 현장으로 바뀌어 있었다.

여고생은 말했다.

"저도 나중에 추적자 님이 카페에 올리신 자료를 읽어 보고 알았어요. 추적자 님 글 정말 잘 읽고 있어요. 초인에 대해 많은 걸 알게 됐어요."

"감사합니다."

나는 손을 뻗어 창밖의 교보문고 부근을 가리켰다.

"근방에 있던 목격자들은 꼭 신이라도 재림한 줄 알았다고 하더군요. 하늘의 구름이 갈라지고 큰 소리가 들렸으니 그렇게 생각했을 법합니다. 초인이 대기권에서 급강하하다가 감속 없이 빌딩 위에서 정지했기 때문에, 하늘의 구름이 갈라지고 소닉 붐이 발생하면서 충격파가 하늘을 흔들었습니다. 목격자들은 그 광경을 본 것이죠. 소음이 효자동까지 들렸다고 하더군요. 그런데 초인이 왜 대기권 밖에 있었는지는 이유를 아직……."

엘리베이터가 도착하고 문이 열려서, 나는 말을 중단했다. 많은 사람들이 내리고 우리를 비롯한 다른 많은 사람들이 서둘러 올라탔다. 끔찍한 테러가 벌어진 곳이지만 그건 1년 전의 일이다. 공휴일인 오늘, 서울 중심가인 이곳에는 당연히도 손님이 많았다. 나는 엘리베이터의 문이 닫히기 전 1층의 카페에 앉아 커피를 마시는 사람들의 표정에서 긴장감을 찾아보았지만 실패했다.

나는 엘리베이터의 다른 사람들에게 들리지 않도록 작은 목소리로 말을 이었다.

"……이유를 아직 모릅니다. 열심히 자료를 모았지만 여전히 모르는 부분이 많습니다."

"추적자 님이 모으신 자료 정말 많던데요."

"대단치 않습니다. 경찰이 언론에 공개한 자료를 수집하고 목격자 인터뷰를 몇 번 했을 뿐이죠."

"저도 인터뷰 대상이고요?"

나는 고개를 끄덕였다.

1년 전의 테러로 부모를 잃은 그녀는 이후 초인 카페의 소모임인 '구조자 클럽'에 가입했다. 그녀는 클럽 회원들과의 정기적인 채팅이나 게시물에서 부모님을 잃은 슬픔, 공포, 불안감 등을 털어놓았고 카페 회원들은 서로에게 그러듯이 그녀를 위로했다. 그리고 나와도 친해진 것이다. 그녀와는 카페 쪽지나 메신저 창으로 여러 번 대화했으나 직접 만난 건 오늘이 처음이었다.

그녀를 직접 만나서 대화할 생각은 아니었다. 현장을 방문해서 그녀의 설명을 듣고 싶은 욕심은 있었지만 그녀에게는 지나치게 잔인한 일이라고 판단했기 때문에 포기하고 있었다. 그런데 여고생이 먼저 만나자고 요청했다.

나도 그녀도 카페에서의 닉네임이 편해서 서로를 여고생과 추적자라고 불렀다.

여고생은 말했다.

"부모님이 테러범의 총에 맞아 돌아가셨을 때 초인은 아직 도착하지 않았어요."

엘리베이터 문이 열리고 나와 여고생은 4층에서 내렸다. 여고생은 나를 전시장 한쪽으로 안내했다. 그곳은 작년에 그녀와 가족들이 테러범과 마주친 곳이었다.

그날 일민미술관에서는 초인이 서울에 등장한 지 1주년이 된 기념으로 초인을 주제로 여러 사진작가가 찍은 사진들과 언론의 보도사진들이 전시 중이었다. 1주년이었던 2013년 4월 24일은 수요일이었고, 개막식을 맞아 꽤 많은 관람객이 몰릴 예정이었다. 테러범들이 이곳을 테러 장소로 계획한 것도 바로 사진전 때문이었다.

총으로 무장한 세 명의 테러범은 건물 1층에서 카페 손님들에게 총을 난사한 다음 다른 희생자를 찾아 위층으로 올라왔다. 건물에 있던 사람들은 총소리를 듣고 엘리베이터나 비상구를 찾아 계단을 내려왔다가 테러범에 의해 사살되었다. 테러범들은 건물의 출구와 통로를 파악하고 있었으며 사람들이 선택할 도주로도 알고 있었다. 그런 식으로 마흔한 명이 사망했다.

건물 밖에서는 현수막을 보고 무슨 일인지 확인하려 사람들이 모여 들었는데, 테러범이 그들을 향해 총을 난사하자 놀라서 사방으로 흩어졌다. 그 때문에 행인 두 명이 부상을 입고 옆 건물인 동아일보의 유리창이 일부 파손되었다.

여고생은 말했다.

"아버지를 따라 5층으로 올라갔는데 비상구가 잠겨 있었어요."

"먼저 올라간 사람들이 잠근 거였죠."

"네. 열어 달라고 소리칠 수도 없었어요. 테러범이 들을까 봐서요. 그래서 다시 4층으로 내려왔어요."

다시 4층으로 내려온 그들은 전시장 옆의 비어 있던 사무실로 들어가 문을 잠그고 책상 밑에 숨었다. 그녀는 말했다.

"같은 책상에 숨지 않았어요. 아버지의 판단이었어요. 한꺼번에 발견되지 않기를 바라신 거죠."

그러나 4층에 도착한 테러범은 사무실 문을 부수고 들어와 책상 밑을 하나하나 살폈고 사람을 발견하면 총을 쏘았다. 가족들은 몰랐으나 사무실에는 그들 말고도 다른 사람이 숨어 있었다. 마흔여덟 살의 남자 회사원이었다. 그는 책상 밑에 숨어 있다가 테러범의 총을 맞고 즉사했다. 그녀가 숨어 있던 책상 바로 앞에서 벌어진 일이었다. 그녀도 그리고 아버지와 어머니도 테러범이 그녀에게 다가가는 것을 알고 있었다.

"정확히 이 지점이에요."

사건 발생 이후 사무실은 한동안 비어 있다 옆의 전시장과 통합되었다. 그녀는 전시장 중앙 비어 있는 바닥에 국화 두 송이를 내려놓았다.

테러범이 그녀가 숨은 책상 밑으로 고개를 숙이려는 순간, 아버지와 어머니가 그의 등 뒤에서 덤볐다. 하지만 무장한 테러범을 그녀의 부모가 이길 방법은 없었다.

"단지 테러범을 유인하려 그러셨던 거예요."

그녀는 테러범이 부모를 살해하는 사이 책상 밑에서 나와 복도로 도망쳤다.

"총소리를 들었는데…… 아버지와 어머니가 총에 맞는 소리였죠. 당시에는 그런 생각을 할 수가 없었어요. 살아야겠다는 생각밖에 없었어요. 비상구로 내려가려고 했는데 계단으로 누군가 올라오는 소리가 들렸어요. 뒤에서는 사무실에서 나오는 테러범이 있었고요. 숨을 곳은 복도밖에 없었는데, 복도 벽에 설치된 소화전을 봤고 열었어요. 안이 비어 있더라고요. 원래 소화전은 안에 소화기와 소방 호스가 들어 있어야 하지만 그 소화전은 비어 있었어요."

"소방법 위반이군요."

"건물 주인이 소방법을 지켰다면 저는 죽었겠죠."

테러범들은 4층을 돌아다니며 숨어 있는 사람을 찾아내고 사살했으나 소화전 안에 있는 그녀를 찾지는 못했다. 세 명의 테러범 중 한 명은 1층에서 건물 입구를 지켰고 다른 한 명은 4층을 수색했으며 나머지 한 명은 잠겨 있던 비상구를 부수고 5층으로 들어가 안에 있던 사람들을 대부분 사살하고 일부는 인질로 붙잡았다.

"소화전 안에 얼마나 오래 있었는지 정확한 시간은 기억 안 나요. 아주 길게 느껴지기도 하고 한순간 같을 때도 있어요. 그리고 초인의 목소리가 들렸어요. 마치 신의 음성 같았는데⋯⋯. 아, 이 이야기는 아까 했죠. 초인은 테러범들의 총소리를 듣고 온 거죠?"

"사람들의 비명도 들었을 겁니다."

그녀는 잠시 말이 없었다. 우리는 계단을 통해 3층으로 내려갔다. 그곳에는 테러에 목숨을 잃은 마흔한 명의 희생자를 위한 추모비가 있었다. 희생자 유족 단체가 세운 것이다. 전시장에는 평소보다 유난히 사람이 많았다. 기일을 맞아 찾아온 가족들과 친척들도 있겠지만 투표 때문에 온 기자들이 다수이리라.

비석 앞에 있는 많은 꽃다발 위에 그녀도 들고 있던 나머지 국화 다발을 놓았다.

잠시 말이 없던 그녀는 말했다.

"추모비를 볼 때마다 기분이 이상해요. 피해자가 이렇게 많은데 살인자는 아직도 살아 있다니."

일민미술관 상공에 나타난 초인은 테러범에게 무기를 버리고 항복하라고 경고했다. 초인은 테러범이 인질을 잡고 있었고, 함부로 그들을 제압하려고 하면 인질이 위험함을 알고 있었을 것이다. 때문에 바로 제압하지 않고 우선 경고를 알렸다. 그때 테러범은 계획한 대로 1층, 3층, 5층에 한 명씩 남아 각각 인질을 데리고 있었다. 그리고 역시 사전에 계획한 대로, 초인의 경고를 듣자 그 자리에서 인질에게 총을 쏘기 시작했다. 초인은 그대로 5층 유리창을 깨고 들어가 그곳에 있던 테러범을 붙잡았다. 그때쯤 도착한 경찰 특공대도 바로 1층으로 진입했다. 안타깝게도 1층의 인질은 구하지 못했다. 1층의 테러범은 인질을 모두 사살한 다음 총으로 자신을 쏘아 자살했다. 3층의 테러범은 경찰이 오자 항복했고 체포되었다. 1층과 5층의 테러범과 달리, 3층에 있던 테러범은 인질을 살해하지 않았으며 1층의 테러범처럼 자살하지도 않았다.

경찰이 5층에 도착했을 때는 그곳에 있던 인질도, 그리고 테러범마저 전부 사망한 다음이었다. 초인은 건물을 떠나고 없었다. 부검 결과 5층의 테러범은 초인이 죽인 것으로 확인됐다고 경찰은 발표했다. 사망 원인은 목과 얼굴에 입은 화상으로 인한 질식이었다.

여고생이 말했다.

"죽은 테러범이 초인이 죽인 첫 번째 사람이라고 들었어요."

어떻게 말을 꺼낼까 혹은 입을 다물고 있을까 고민하다가, 나는 입을 열었다.

"저는…… 초인은 테러범을 죽일 생각이 없었을 거라고 봅니다."

"추적자 님은 우발적인 사고라고 생각하신다고 들었어요."

여고생은 내가 카페에 올린 글을 흥미롭게 읽었다고 다시 한 번 말했다.

나는 회기동 호프집 사장을 인터뷰한 글이 인터넷으로 퍼져 나간 후 한동안 초인 카페에서는 활발히 활동하지 않았다. 하지만 테러 사건 이후에는 카페에 자주 글을 남기고 게시물이나 채팅 때 벌어지는 토론에도 참가했다. 특히 초인이 테러범을 죽였는지 죽이지 않았는지는 반드시 밝혀내야 한다고 판단했기 때문에 이에 관해서는 더 적극적으로 의견을 말했다.

나는 말했다.

"초인은 단지 테러범을 저지하려 목을 잡았을 겁니다. 그러나 대기권을 비행하는 동안 공기와의 마찰이 초인의 신체를 고온으로 달궜고, 뜨거운 손으로 테러범을 저지했다가 테러범의 목에 화상을 입힌 것이죠. 그로 인해 기도가 부풀어서 질식했고요."

"경찰은……."

"경찰은 화상이 직접적인 원인이 아니며 초인이 테러범의 목을 졸랐을 가능성이 더 크다고 밝혔습니다. 꼭 목이 아니라 팔을 잡아도 되고 총을 빼앗아도 되긴 하죠. 하지만 살해할 의도는 없었을 겁니다. 초인이 테러범을 죽일 이유가 없습니다. 초인은 범죄자를 항상 생포했고 원칙을 굳이 깰 이유가 없었습니다. 불행히도 5층의 인질이 모두 사망했기 때문에 상황을 증언해 줄 증인이 없습니다. 시신 부검 결과로도 초인의 행동이 살인 행위인지 아닌지 결론을 내리지 못했습니다. 저는 초인의 행동이 일종의 과실치사였다 보고 있고, 쓰고 있는 제 책에서 이 점을 다루려 합니다."

15분 안 되는 시간 동안 마흔한 명이 사망한 테러다. 너무 많은 사상자에 경찰 간부 몇 명이 책임을 지고 직위를 내놓았다. 하지만 테러범의 목표가 되도록 많은 사상자를 내는 것이었으므로 경찰이나 초인이 이를 완전히 막을 방법은 없었다.

"초인에게 억압된 사회에 반대하기 위해 그런 일을 저질렀다고 테러범은 말했습니다."

살아남은 유일한 테러범은 경찰 조사에서 범행 동기를 말했다. 세 테러범은 각각 '대장'이라는 별명을 사용한 40대 후반 김 모 씨, '꼬마'라는 별명을 사용한 20대 중반 김 모 씨, '왼팔'이라는 별명을 사용한 30대 후반 박 모 씨였다. 대장과 꼬마는 부자 관계였고, 왼팔과 대장은 인터넷을 통해 만난 사이였다. 그들이 테러를 모의하며 남긴 여러 기록도 언론을 통해 공개되었다.

왼팔은 인간은 스스로의 힘으로 자신을 보호해야 하며 초인에게 의존해서는 안 된다고 주장했다. 초인은 인간이 아니며 어떤 의도로 인간의 사회에 있는지 이유를 모르는 만큼 오히려 초인을 경계해야 한다는 것이다. 지금처럼 인간이 초인에게 의존하는 모습은 인류의 생존 자체를 위협하는 행위라고 주장했다. 만약 인간들이 마음 놓고 있는 사이 초인이 인류에게 전쟁이라도 선포하면 어떻게 대처하느냐는 것이다.

때문에 그들은 초인이 보는 앞에서 살인을 저질러, 사람들과 초인이 만들었다고 믿었던 안전한 사회를 부수려 했다고 설명했다. '초인에 반대한다'는 현수막은 이와 같은 주장을 알리려고 건물 밖에 내걸었던 것이다.

여고생은 말했다.

"그리고 반대의 결과를 가져왔네요."

"그렇죠."

나는 말했다.

"그들도 초인법이 입법될 줄은 몰랐겠죠."

"올 것이 왔어요."

그녀가 말했다. 그녀가 초인법에 대해 말한 줄 알았는데, 그녀의 시선을 따라 고개를 돌리자 아니었다. 카메라를 든 기자들이 다가오고 있었다. 오늘 많은 기자들이 사진이나 자료 화면을 확보하기 위해 애쓰고 있다. 추모비는 좋은 자료 화면일 것이다. 기자들이 그녀를 만나리라고 예상했을지는 모르겠으나, 몇 명은 벌써 알아본 눈빛이었다.

여고생은 테러에서 살아남은 생존자 중 가장 많이 언론에 노출되었다. 그녀와 3층의 인질 네 명, 그렇게 다섯 명만이 살아남았는데 그녀가 가장 나이가 어렸고, 딸을 살리기 위해 대신 희생한 부모의 이야기도 극적이어서 언론은 그녀의 증언을 집중적으로 보도했다. 때문에 사람들이 그녀에게 쏟는 관심은 지금도 여전하다. 기자들은 그녀에게 달려오면서 성급히 묻는다. 테러 1주년을 맞은 느낌이 어떤가요? 초인법에 찬성하십니까, 반대하십니까? 오늘 투표하셨어요?

　"나는 미성년자라 투표권이 없는데……."

　그녀는 중얼거리고 나를 돌아보았다. 도망가요, 라고 그녀의 표정이 말하고 있었다. 우리는 기자들을 피해 비상구로 나간 다음 문을 닫고 잠갔다. 반대편에 남은 사람들이 문을 두들기면서 여고생의 이름을 불렀다. 나는 한동안 그들의 소리를 듣고 있었다. 거칠게 울리는 함성에, 문을 두들기는 거친 손들, 그 금속음에, 조용한 계단으로 울려 퍼지는 그 소음을 듣고 있었다. 나는 무언가를 떠올리고 한동안 다른 생각에 빠져 있었다.

　그래서 그녀가 손으로 눈을 비비는 줄은 몰랐다.

　"1년 전에 그런 일이 있었어요."

　그녀는 말했다. 나는 여고생과 눈이 마주쳤고, 눈물을 닦은 그녀는 멋쩍게 웃었다.

　"눈물이 안 날 줄 알았는데 나네요."

　"초인 카페 사람들도 투표 결과를 기다리고 있겠죠?"

　여고생의 말에 나는 고개를 끄덕였다.

　"그렇겠죠."

　"시청 쪽에 있을까요?"

　"아뇨, 초인 카페에 올라온 공지에는 다섯 시부터 시청 앞에서 모이자고 했습니다. 벌써 있지는 않을 겁니다."

　오늘은 초인에게 강남 8개 구에서 경찰과 동일한 권한을 부여하는 초인법의 찬성 여부를 서울 시민에게 묻는 주민 투표일이다.

테러 이후 대통령과 서울시장은 강력 범죄 재발을 막자는 취지로 초인에게 경찰의 권한을 부여하는 법인 '초인법'의 입법을 공표했다. 초인이 경찰의 역할을 돕거나 대신하면 어떻겠느냐는 여론은 이전부터 존재했다. 범죄자를 잡고 다니는 초인에게 아예 정식으로 자격을 주는 것이다. 서울 전체가 어렵다면 일부 지역에서라도 시행하면 어떠냐고 시민뿐 아니라 정치인들도 꾸준히 제기해 왔다. 언뜻 생각하기에 편하고 좋은 것 같다. 테러 이후 이런 여론이 커진 것을 이해한다. 끔찍한 범죄 이후 사람들이 더 안전한 치안을 원하는 심리도 이해한다. 유사 이래 단 한 번도 존재한 적 없는 '초인'적인 힘을 가진 어떤 존재를 이용한다면, 역시 유사 이래 존재한 적 없는 강력한 치안 체계를 갖추게 될지도 모른다.

하지만 실행에 옮기기까지는 복잡한 합의가 필수적이다. 우리가 부탁한다고 초인이 경찰 역할을 할 것인가? 그가 경찰의 권한을 가진다면 어떤 방식으로일까? 우리가 원하는 방식으로 순순히 따를 것인가? 초인이 경찰 역할을 완전히 대행하지는 않을 테니 경찰은 여전히 존재해야 할 것이다. 그렇다면 경찰은 초인과 어떻게 협조하나? 초인이 경찰 역을 대신할 때 안전을 보장받을 수 있는가? 좋든 싫든 세상에는 피의자의 인권이라는 것이 있다. 문제가 생기면 책임은 누가 지나? 초인에게 책임을 물을 수 있을까? 아니면 경찰에게?

찬성과 반대 여론 양쪽 지형도가 복잡하다. 반대 여론은 경찰 내부에도, 시민에도, 정부에도, 보수와 진보에도, 나이 많은 사람과 적은 사람, 서울에 사는 사람과 그렇지 않은 사람에게도 있었다.

"아직은 광화문 쪽에 모여 있을 겁니다. 지금 만나 봤자 신경만 쓰일 테니 시청 앞에 도착하고 나서 연락해 보죠."

우리는 청계천 소라탑 옆을 지나쳤다. 개표 방송까지 시간은 많이 남았기 때문에 두 사람은 느린 걸음으로 광화문을 벗어나 시청을 향해 걸었다. 저녁때도 다가오는데 뭐라도 먹으면 어떻겠냐고 그녀에게 말했으나 그녀는 배가 고프지 않다고 조용히 대답했다. 오후의 햇볕은 따가웠지만 해가 지자 어느새 공기가 선선해지더니 얼굴에 닿는 저녁 바람이 느껴졌다.

그녀는 말했다.

"오늘 초인이 나타났다는 제보는 없어요?"

"어디에도 없군요."

나는 스마트폰을 꺼내 네이버 초인 카페, 디시인사이드 초인 갤러리 그리고 트위터에서 해시태그 '#초인은지금'을 검색했지만 소식이 없었다. 나는 말했다.

"트위터가 가장 소식이 빠른데 트위터에 없으니까 없을 겁니다."

"오늘 서울 시내에 폭탄 테러를 하겠다는 협박 전화가 경찰서로 걸려 왔다는 뉴스 때문에 초인이 어디에선가는 보일 줄 알았어요."

"그 전화 때문에 경찰이 감시를 강화해서 오히려 더 안전할 수도 있습니다."

"초인은 어디 있을까요? 어디선가 조용히 소식을 기다리고 있을까요? 아니면 정말 정부 발표대로 서울시장과 접촉 중일까요?"

"나도 궁금합니다. 어쨌든 우리의 소리를 듣고 있겠죠."

우리는 청계천을 지나 시청 쪽으로 다가갔다. 사람들이 조금씩 시청으로 모여들고 있었다. 길을 건너기 위해 사람들 사이에 섞여서 지하도로 내려갔다. 나는 계단 밑의 어두운 지하도를 바라보며 잠시 망설였다. 증세가 많이 호전됐지만 지하철은 여전히 타지 않았고 지하도도 두려웠다. 하지만 그녀가 성큼성큼 내려가고 있었고, 따라오지 않는 나를 찾아 뒤를 돌아보았다. 그녀와 눈이 마주치기 전에 얼른 고개를 숙이고 계단을 내려갔다. 괜찮을 거야. 나는 마음속으로 반복해서 말했다. 괜찮을 거야. 벌써 2년 전의 일이니까.

그녀는 말했다.

"추적자 님은 동대입구 지하철역에서 초인을 만났다고 하셨죠?"

"네."

나는 고개를 끄덕인 뒤 물었다.

"동대입구 지하철역 화재 사고에 대해서 아시나요?"

"화재에 대해서는 잘 몰라요."

여고생은 말했다. 초인이 나타나 사람을 구하는 동영상은 여러 번 봤지만 어떤 사고였는지는 잘 모른다고 대답했다. 나는 그때 겪은 일을 설명하며 천천히 걸었다. 평범한 직장인이었던 이야기, 우연히 찾아온 사고, 죽을 뻔했던 경험 이후 인생이 뒤바뀌고, 초인을 연구하게 되기까지의 일을 설명했다. 그때까지만 해도 괜찮았다. 하지만 당시를 떠올리면서 그때의 공포가 되살아나고, 지하도 안에 사람들이 점점 많아지면서 나는 겁을 먹었다. 사람이 너무 많아. 너무 많아. 사람들이 개찰구에서 나와 각자의 출구를 향해 흩어지면서 우리는 사람들의 거친 흐름에 가로막혔다. 나는 걸음을 멈췄다. 사람이 너무 많아. 여고생은 내가 멈춘 줄 모르고 계속 걸어가다가, 나를 돌아보았다.

나는 큰 목소리로 말했다.

"사고 이후 외상 후 스트레스 증후군을 앓고 있습니다. 사람이 많은 곳이나 지하철역 근처로 갔다가는 정신이 아득해지고 호흡이 가빠져요. 그래서 직장도 그만두고 집에만 틀어박혀 있었죠. 그게 벌써 2년 전 일이군요. 다 나은 줄 알았는데 여전히 공포가 남아 있나 봅니다."

혼란스럽게 이어지는 내 말을 그녀가 자르고 물었다.

"괜찮으세요?"

"제 얼굴이 창백한가요?"

"네."

나는 숨을 들이쉰 다음 내쉬었고, 더 깊이 들이쉰 다음 내쉬었다. 여고생은 말했다.

"그래서……."

그래서 아까 기자들이 비상구를 두들겼을 때 움직이지 않았는지를 물어보려는 것 같았다. 하지만 그녀는 말을 꺼내는 대신 나를 붙잡고 천천히 걸음을 옮겼다. 가까운 계단을 통해 지상으로 올라갔고, 형광등 불빛이 아닌 햇빛을 보자 기분이 빠른 속도로 나아졌다.

여고생은 말했다.

"죄송해요. 지하도를 싫어하시는 줄은 몰랐어요. 더 걷더라도 지상으로 갈 걸 그랬나 봐요. 저쪽에 음료수하고 솜사탕 파는 가판대로 가요. 저는 솜사탕 좋아하거든요. 추적자 님도 드실래요? 뭐라도 먹으면서 시청 쪽으로 천천히 걸어가면 기분이 나아지실 거예요."

나는 고개를 끄덕였다.

여고생은 말했다.

"오늘 초인이 사람들 앞에 모습을 나타낼 거라고 생각하세요?"

"아뇨."

나는 대답했다. 나는 캔 커피를, 여고생은 솜사탕을 다 먹고 남은 막대를 손에 들고 있었다. 우리는 시청 앞 광장 주변을 천천히 배회했다. 사람들이 모여들고 있었지만 다들 근방을 걸어 다니고 있을 뿐 잔디밭은 거의 비어 있었다. 개표 시간이 되면 꽉 찰 것이다. 초인 카페 회원들은 아직 보이지 않았다. 관리자도 이쪽으로 오고 있겠지, 나는 짐작해 보았다.

"초인은 슈퍼맨과 다릅니다. 지금까지 사람들 앞에 모습을 드러내지 않았고 앞으로도 그럴 겁니다. 정부에서는 초인이 그럴 것처럼 암시하고 있지만 저는 정부 발표를 믿지 않습니다. 정부는 초인에 대해 신뢰할 만한 발표를 한 적 없습니다."

"초인이 마음을 바꿀 수도 있잖아요."

"바꿀 수 있다면 진작 바꿨다는 게 제 주장입니다."

나는 말했다. 하지만, 이라고 중얼거리던 여고생은 잠시 걸음을 멈췄다. 그녀는 샌드위치처럼 몸에 간판을 건 채로 지나가는 사람에게 전단을 나눠 주며 초인을 처벌하라고 소리치는 중년 남자를 보고 있었다.

"저 아저씨는 누군가요?"

"샌드위치맨을 모르세요?"

나는 되물었다. 생각해 보니 북한산로 강도 살해 사건은 광화문 테러보다 훨씬 전에 일어난 일이다. 초인에게 별 관심이 없던 여고생이라면 샌드위치맨을 모를 수도 있었다. 하지만 초인 카페에서 오랫동안 논쟁거리였고 여고생이 초인 카페에 올라온 이전 글들도, 특히 내가 남긴 글을 읽었다면 모를 리가 없는데, 이상한 일이었다. 그사이 여고생은 샌드위치맨에게 다가가더니 전단지를 받아서 읽기 시작했다.

그리고 돌아와서는 나에게 전단지를 내밀었다.

"이게 진짜인가요? 초인이 정말 서울 안에서 일어나지 않았다는 이유로 범죄를 방치했나요? 그래서 사람이 죽었고요?"

살인 사건 자체는 끔찍한 일이고 안타까운 일이다. 하지만 초인이 정말로 살인 사건을 방기했는지는 사람마다 의견이 다르며, 초인이 범죄 현장에 가까이 왔었다는 결정적 증거가 없다고 말했다. 샌드위치맨의 주장은 그의 일방적인 주장일 뿐이라고 설명했다.

물론 나에게 결정적인 증거가 있었다. 스키 마스크를 집에 잘 보관하고 있었으니까.

여고생은 화난 얼굴이었다.

"서울 밖에서 테러가 났다면 초인은 도우러 오지 않았겠군요."

"저 역시 마찬가지입니다. 만약 부산이나 대구의 지하철역에서 사고가 났다면 초인은 구하러 오지 않았겠죠."

우리는 다시 걷기 시작했다. 거리가 멀어지자 샌드위치맨의 목소리는 사람과 차가 만들어 내는 소음에 파묻혔다. 여고생은 나를 바로 보지 않은 채로 마치 혼잣말하듯이 말했다.

"왜 초인은 서울 안에서만 움직일까요?"

"인간에 대해 잘 몰라서 그럴 거라고 생각합니다."

그게 정확히 무슨 뜻인지 여고생은 되묻지 않았다. 대신 내가 예상하지 못한 질문을 했다.

"초인이 인간에 대해 잘 모르면 왜 인간을 돕는 걸까요?"

"해답을 아는 사람은 아무도 없죠. 초인이 말을 해 주지 않았으니까요. 많은 사람이 답을 찾고 있고, 저도 찾고 있습니다."

"오늘 투표로 법이 개정되면 초인이 모습을 드러낼 거라고 생각하세요? 그러면 초인이 답을 말해 줄까요?"

"모르겠습니다."

나는 대답했다.

　여고생이 피곤하다고 해서, 우리는 비어 있는 벤치에 앉았다. 맞은편에는 큰 전광판 화면에서 개표 방송을 준비 중이었다. 광장으로 사람들이 모여들고 신문지를 펴 잔디 위에 앉았다. 우리는 운 좋게 빈 벤치를 찾은 것이다.
　우리는 전광판을 말없이 바라만 보았다. 전광판은 아직 텔레비전 방송을 중계하지는 않았고 단지 곧 중계방송을 시작할 예정이라는 공지만 화면에 띄워 놓았다. 그리고 간간이 뉴스에서 전하는 투표 상황을 글자로 내보냈다. ‘예상보다 투표율 높아……. 강남 8개 구 지난 지방선거보다 투표율 높고 4시 이후 투표율 상승……. 출구조사 결과는 6시 이후 방송…….’
　“추적자 님은 많은 사람과 인터뷰하셨잖아요.”
　그녀는 말을 걸었다.
　“뭐 별로 많지는 않습니다.”
　“혹시 초인도 인터뷰하고 싶으세요?”
　“그렇다면 좋죠.”
　그녀의 질문에 나는 다소 놀랐다. 누구도 그런 질문은 한 적 없었다. 내 마음을 어떻게 짐작했을까?
　“어떻게 아셨습니까?”
　“추측하기 쉽잖아요. 아까 말했듯이 추적자 님이 궁금해하는 모든 질문의 답을 아는 사람은 결국 초인이잖아요. 초인이 답을 해 주면 의문은 풀리고요.”

"하지만 초인이 인터뷰는커녕 모습을 드러내기나 할지……."

"정부에서는 법 개정에 성공하면 초인을 만나겠다고 발표했잖아요. 초인과 연락을 취할 방법이 있어서, 법을 개정하면 대통령과 서울시장이 직접 초인을 만나 대화하겠다고 밝혔고요. 그러면 추적자 님에게도 기회가 오지 않을까요?"

나는 고개를 흔들었다.

"정부는 초인에 대해 아무것도 모릅니다. 초인은 누구의 지시도 따르지 않습니다. 사람들 앞에 모습을 드러낼 이유가 없습니다. 투표에서 이기려 낸 헛소문일 겁니다."

"누구의 지시도 따르지 않는다면 초인은 추적자 님을 만나려고 하지도 않겠군요."

"그렇죠."

"투표는 어느 쪽이 이길까요?"

"여론조사에서는 예측이 어렵다고 했습니다."

나는 한숨을 쉬었다.

"대통령과 서울시장이 왜 이런 결정을 내렸는지 이해가 안 갑니다……. 슈퍼맨이 지구를 지키는 건 만화 속에서의 일입니다. 현실에서는 다릅니다. 게다가 법의 적용 범위를 강남 8개 구로 지정한 이유를 모르겠습니다. 그게 가장 황당합니다."

서울시장은 초인법이 서울 전역에서 바로 시행하기엔 이르며, 초인에게 여론이 호의적인 강남 8개 구에서 먼저 시행하는 법안을 제안했다. 안 그래도 복잡하던 여론이 의견 차이를 좁히지 못했던 것은 그 때문이다. 초인법은 초인에게 도움을 청하기 위해 만든 법이 아니라 대통령과 서울시장과 여당의 낮은 지지율을 회복하기 위한 정치적 목표가 있는 법안임을 스스로 드러낸 것이다. 그저 입법하면 끝날 줄 알았던 사안이 온갖 반대 여론과 복잡한 과정을 거쳐서 결국 주민 투표까지 이어진 것도 그 때문이었다.

여고생은 말했다.

"투표 결과가 예측이 어려운 것이 그 때문이겠죠? 강남에서만 실행된다는 거요."

"명목상으로야 강남의 여론이 초인에게 더 호의적이라서 그렇다지만 그걸 믿는 서울 시민은 아무도 없을 겁니다. 하려면 테러가 일어난 종로구에서 하거나 혹은 강북과 강남을 걸치면 될 것 아닙니까? 게다가 투표일을 테러 1주년과 맞춰서 잡다니…… 꼭 여론을 극단으로 몰고 갈 이유가 있는지 생각하면 생각할수록 답답합니다."

"그래서 반대에 투표하셨나요?"

"정치인은 정치적 목표를 위해 행동합니다. 그 점을 비난하고 싶은 생각 없습니다. 감정적으로 답답하다는 것이죠. 그리고 반대에 투표했다고 한 적 없습니다만?"

"쉽게 안 속으시네요."

그녀는 말하고 웃었다.

투표에서 지면 법안은 부결되고 초인은 경찰의 권한을 갖지 못한다. 만약 이기면 초인은 서울 강남의 행정구역 안에서 경찰과 동등한 권리를 갖고, 이후 초인법에 적용을 받는 지역이 서울 전역으로 확대될 예정이다. 한국은 사상 최초로 인간이 아닌 존재에게도 경찰의 지위를 부여한 나라가 될 것이다.

나는 그녀에게 말했다.

"만약 초인법이 시행되면 강남으로 들어가서 사실 겁니까?"

"들어가도 제가 들어가는 게 아니라 작은아버지가 들어가야겠죠. 작은엄마는 강남으로 가고 싶다고 하셨어요. 뭐가 어쨌든 그곳은 더 안전하지 않겠느냐고요. 집을 알아보시는지는 모르겠어요. 하지만 강남으로 들어가 살 수 있을까요? 집값이 비싼데."

"반대로 나오는 사람도 많을 겁니다. 부동산 가격은 예측이 불가능합니다. 제 예상에는 그렇습니다. 일단 부동산 업체는 아주 바쁠 겁니다. 이삿짐센터도."

"초인이 이삿짐 날라 주면 좋겠다."

그녀는 말했고, 나는 웃었다.

"그 택배 광고처럼요? 초인을 은유한 사람이 등장하는. 어? 마침 방송에서 해 주는군요."

초인이 처음 등장했을 때, 사상 최고의 가십거리인 초인을 두고 매스미디어에서 일어난 온갖 소란 중에는 택배 광고도 있었다. 한 택배 업체가 만든 광고에서, 고객이 컴퓨터로 물건을 주문하자 바로 다음 순간 집 밖에서 뻥 소리와 함께 누가 문을 두들긴다. 모자를 써서 얼굴이 잘 보이지 않는 어두운 색의 옷을 입은 남자가 고객에게 상자를 건네주고는 화면 밖으로 사라지자 다시 뻥 소리가 난다. 뻥 소리는 다름 아닌 소닉 붐이다.

이를테면 초인이 배달하는 것처럼 빠르다는 광고인 셈이다. 초인을 코믹하게 다룬 그 광고는 반응이 좋았다. 제법 오래된 광고인데 왜 새삼스럽게 텔레비전에 등장할까? 오늘 투표 때문인가?

광고가 끝나자 우리의 뒤에 앉아 있던 한 무리의 사람들이 웃음을 터트리더니 박수를 쳤다.

그녀는 말했다.

"처음 봤을 때는 멍청한 광고라고 생각했는데 이제 보니 재미있네요."

"저는 실제로 저럴 가능성도 있다고 봅니다. 초인은 직업을 가지고 있을 확률이 높고, 만약 직업이 있다면 택배 기사를 할 확률이 가장 높다고 생각합니다."

"그래요? 초인도 일을 할까요? 일을 하기엔 너무 바쁘지 않을까요?"

"서울에 거주하려면 수입이 필요합니다."

"정말로 그렇게 믿으세요? 초인이 사람들처럼 일하고 먹고 살고 그런다고요? 그러면 가끔 들리는 소닉 붐이 초인이 누굴 구하러 가는 게 아니라 택배 때문에 빨리 날아가는 걸지도 모른다, 이런 말씀이세요?"

"저는 그렇게 믿습니다. 유난히 빨리 도착하는 택배에 대한 정보도 모아 볼까 생각했는데 방법이 없어서 그만뒀습니다. 택배 회사나 퀵서비스 쪽 직원들을 벌써 경찰이 뒤지고 있을지도 모릅니다. 왜냐하면……."

나는 입을 다물었다. 여고생의 얼굴이 굳어졌다. 개표 중계 방송이 시작되었기 때문이다. 아니나 다를까, 시작하자마자 화면에서 테러 날의 자료 화면을 보여 주었다. 테러범들의 총격에 깨어진 유리창, 교통 카메라가 찍은 초인이 광화문에 나타나는 영상, 경찰에게 체포되어 건물 밖으로 끌려 나오는 테러범 등등. 그리고 테러범의 말도 흘러나왔다. 경찰에 붙잡힌 테러범에게 기자들이 마이크를 들이밀자 테러범이 대답한 말이었다.

"인류는 초인에 의지해서는 안 됩니다. 인류는 인류의 힘으로 스스로를 지켜 왔고 앞으로도 그래야 합니다. 우리는 초인에 대해 잘 알지 못하며 더 이상 초인에 의지할 경우, 초인이 우리의 적이 되었을 때 초인을 막을 방법이 없습니다. 지금이라도 대책을 강구해야 합니다. 초인은 우리의 친구가 아닙니다. 언제든 적이 될 수도 있습니다. 우리는 갈수록 나태해지고 있습니다. 초인은 이미 우리를 지배하고 있는 셈입니다."

여고생은 자리에서 벌떡 일어나더니 초인 카페 회원들에게 전화를 해 보겠다는 말을 하고 벤치를 떠났다. 나는 그녀가 그렇게 하도록 내버려 두었고, 혼자 남았다.

텔레비전의 아나운서는 말했다.

"그날의 테러 이후 입법된 초인법, 오늘이 그 투표일입니다. 30분 후 투표가 종료되면 출구 조사를 발표할 예정입니다⋯⋯."

나는 중얼거렸다.

"왜냐하면 초인은 서울을 계속 돌아다니면서 사람들을 지켜

봐야 하죠. 그러니 정말로 항상 돌아다니는 직업을 가지고 있을지도 모릅니다."

초인은 사람들 사이에서 사람처럼 살고 있을 것이라고 나는 믿는다.

초인은 부자가 아닐 것이다. 언제 시간을 내야 할지 모르고 그만둘지도 모르는 생활을 하니까 부를 쌓긴 어렵다. 쉽게 취직했다가 그만둘 수 있고 시간을 바꿀 수 있는 일을 할 것이다. 신분이 필요하지 않은 일이면 더 좋다. 정체를 감춰야 하는 만큼, 타인과 깊은 관계를 맺지 않는 일이 적합하다. 힘이 세니 단순한 육체노동이면서 돈을 많이 받는 일이면 좋을 것이다. 밤낮 가리지 않고 하는 일이 유리하다. 초인은 잠들지 않는다. 행동 패턴을 보면 24시간 활동한다. 직업도 같은 패턴을 유지할 것이다. 하지만 분명 자신의 집이 있고 의식주를 해결할 것이다. 그리고 항상 서울의 소리를 듣고 있다.

나는 한밤중에 잠에서 깨면, 누운 채로 조용히 소리를 들었다. 초인도 이렇게 소리를 듣고 있을 것이라 생각하면서. 나야 집 밖 골목에서 들려오는 소리밖에 듣지 못하지만 초인은 서울의 모든 소리를, 사람들의 대화와 목소리를, 한숨과 숨소리를, 비명이나 외침을 들을 것이다. 도움이 필요한 소리를 들으면 바로 그곳을 향해 날아갈 것이다.

그래서 천장을 향해 혼잣말을 중얼거려 보는 일도 있다.

"살려 주세요……."

나는 한밤중이면 그러듯이, 입버릇처럼 중얼거렸다. 처음 초인이 나를 구했을 때처럼 '살려 주세요'를 중얼거려 보는 것이다. 초인도 나의 목소리를 듣고 있으리라 믿으면서. 지금 듣고 있습니까, 꼭 물어보고 싶은 것이 있는데요, 대답을 듣고 싶어 하는 사람이 많습니다, 저도 그렇습니다, 이런 말들을 중얼거렸다. 왜 사람들을 구해 주고 있습니까, 그냥 지켜볼 수도 있는데 왜 생명을 구합니까, 당신은 사람입니까, 사람이 아니라면 어디서 왔습니까, 과학으로 설명이 되지 않는 힘은 어떻게 갖게 되었나요, 왜 하필 서울인가요, 사람의 마음을 얼마나 이해합니까…….

나는 말했다.

"제가 법 개정을 반대하는 이유는 초인이 이미 해답을 가지고 있다고 믿기 때문입니다. 초인이 우리의 삶에 더 깊이 개입하는 방법을 생각 안 했을 리 없죠. 그랬다가는 우리가 더 불행해진다고 믿기 때문에 그러지 않는 것 같습니다.

어떤 면에서 우리는 초인의 개입 이후 더 불행해졌습니다. 살인, 자살, 사고로 인한 사망은 줄었지만 대신 발생한 그 끔찍한 테러가 증거일 것입니다. 테러범들은 왜 초인이 없는 세상을 원했을까요? 심지어 마흔몇 명의 사람을 죽이면서까지. 왜 세 사람이 총을 들고 사람을 마구 쏴 죽이는 일이 일어났으며 왜 정부는 이런 사건의 재발을 막을 생각은 못할망정 정치적으로 이용할까요? 어쩌다가 서울이 두 개의 여론으로 나뉘어 투표까지 하게 됐을까요? 투표 결과에서 찬성이 이기거나 반대가 이겼을 경우, 이후 분열을 감당할 수 있을까요? 당장 눈앞의 결과는 알기 쉽지만 이유와 이후의 변화를 추론하긴 어렵습니다.

초인은 그 대답을 알고 있고, 때문에 행동을 바꾸지 않는 것입니다. 저는 그렇게 생각합니다. 그래서 법이 개정되어도 초인은 협조하지 않을 것이라 추측하는 거죠.

물론 제 생각이 틀릴 수 있죠. 초인의 생각을 다 알고 있다고 믿는 저의 오만일지 모르죠. 저는 초인과 처음 접촉한 사람 중 한 명이고 단지 그래서 초인에 대해 더 많이 알고 있다고 혼자 생각하는지도 모릅니다. 그래서 꼭 초인을 만나 보고 싶습니다. 이유를 듣고 싶고 내 생각이 맞는지 대답을 듣고 싶습니다."

"무슨 말을 하고 계셨어요?"

그녀는 따뜻한 캔 커피를 나에게 내밀었다. 초인 카페 사람들이 근처에 자리 잡고 앉아 있어서 그쪽에 다녀왔고, 음료수와 먹을 것을 얻어 왔다고 했다. 일단은 여기서 방송을 보다가 시간이 되면 그쪽에 합류해서 같이 저녁을 먹자는 이야기도 했다. 그녀는 초인 카페 사람들에게 들은 투표 결과 예측에 대해서도 이야기했다. 표정은 아까 자리에서 벌떡 일어났을 때보다 한결 밝아 보였다.

저녁이 다가오자 바람이 차가워졌다. 광장에 모인 사람들 중에 무릎 담요를 덮은 사람들도 보였다. 나는 그녀에게 춥지 않느냐고 물었다.

"긴 옷 입고 와서 괜찮아요. 추적자 님은 괜찮으세요? 그런데 무슨 말 하고 있지 않았어요?"

아무것도 아니라고 나는 대답했다. 여고생은 캔 커피의 뚜껑을 열며 말했다.

"이제 여섯 시까지 얼마 안 남았어요."

"그렇군요."

우리는 조용히 방송을 지켜보았다. 아나운서는 투표 마감 시간이 임박해 온다고 반복해서 말했다. 화면 한쪽에서는 출구 조사 발표 전까지 시간을 카운트다운하고 있었다. 나는 광장에 몰려든 사람들의 긴장이 높아지는 것을 느꼈다. 그녀가 말했다.

"저는 찬성이 이겼으면 좋겠어요."

"저는 반대가 이겼으면 좋겠습니다."

내가 말하자, 여고생은 의기양양한 목소리로 되물었다.

"반대에 투표하셨군요?"

"네. 찬성에 투표하셨나요?"

"저는 투표권이……. 뭐야, 농담이군요."

그제야 내 말을 이해한 그녀가 웃었다. 그리고 내가 따라 웃었을 때, 작은 목소리가 들렸다.

"……살려 주세요."

나는 깜짝 놀라 고개를 돌렸다. 분명히 들었다. 멀리서 공간을 가르고 날아와 귀에 닿았다가 곧바로 사라졌다. 다른 잡음과 섞이지 않고 나에게만 정확히 들리는 목소리였다. 인간은 이렇게 말할 수 없다.

신의 음성 같은 목소리였다.

나는 소리가 날아온 쪽을 살펴보았다. 오른쪽 몇 미터 떨어진 벤치에 남자가 혼자 앉아 있었다. 큰 체격, 어두운 색의 옷차림, 옆얼굴로 보아 분명했다. 내가 동대입구역에서 사고를 당했던 날 봤던 그 사람이었다.

　초인이었다.

　'살려 주세요'는 내가 초인을 만났을 때 처음 했던 말이다. 한밤중에 반복해서 했던 말이다. 몇 분 전에도 나는 같은 말을 중얼거렸다. 그 문장을 말한 것은 분명 초인이 나를 의식했다는 뜻이다. 내 앞에 나타났음을 알리려 한 말인 것이다. 나는 다시 그를 돌아보았다. 많은 사람들 속에, 평범한 사람처럼 초인은 앉아 있다. 벤치 위에 허리를 숙이고 팔은 다리 위에 올려놓고 편안히 앉아 있다. 옷차림도 정말 평범하다. 초인은 방송을 보고 있었다. 얼굴에는 표정이 없으나, 시선은 정확히 전광판에 고정한 채였다.

　나는 말했다.

　"만나서 반갑습니다."

　"네?"

　여고생이 되물었다. 아무것도 아닙니다, 나는 둘러댔다. 전광판 화면 한쪽의 카운트다운은 영에 가까워지고, 아나운서의 목소리는 흥분되어 있었다. 광장에 모여 있는 사람들의 얼굴이 긴장으로 굳었다. 나도 심장이 빠르게 뛰었다. 여고생도 긴장한 표정이었다. 초인의 시선은 여전히 전광판에 고정되어 있었다. 드디어 카운트다운이 끝나고, 아나운서는 말한다.

"투표 시간이 마감되었습니다. 투표 결과 예측 방송을 시작하겠습니다. 오늘 오전 여섯 시부터 오후 여섯 시까지 서울의 유권자 만 오천 명을 대상으로 방송 3사가 합동으로 조사한 출구 조사 결과입니다. 결과에 따르면 찬성이 49퍼센트, 반대가 41퍼센트로 초인법의 입법이 확실시되는 가운데……."

초인2

여고생은 정말로 초인 카페 사람들과 같이 저녁 먹으러 가지 않겠냐고 재차 물었다. 나는 갑자기 일이 생겨서 못 가게 됐다고, 카페 사람들에게 그녀를 혼자 보내게 돼서 미안하다고 대답했다.

"아는 친구 연락이 와서요."

우리는 서로에게 손을 흔들어 인사했고, 그녀는 광장에 모인 많은 사람들 사이로 사라졌다.

광장은 흥분한 군중들로 대단히 소란스러웠다. 초인법이 시행되더라도 강남에서부터 시행하는데 시청에 모인 사람들이 어째서 흥분하는지는 모를 일이었다. 나는 사람이 많은 장소를 피해 걸었다. 약속이 있는 것같이 보이려고, 빨리 그리고 주변을 신경 쓰지 않고 앞만 보고 걸었다. 미행을 따돌리는 방법은 모르지만 아무튼 그렇게 했다. 광장을 벗어나 골목에서 골목으로 이동하고 큰길로 나갔다가 다시 작은 골목으로 돌아왔다. 그러다가 방향을 놓쳐서 어디쯤을 걷는지 몰랐다가 건물 사이에서 삼성생명 빌딩의 꼭대기를 보고 다시 방향을 잡았다.

"안녕하십니까."

덩치 큰 남자가 다가와 말을 걸었다. 그리고 그가 앞장섰기 때문에, 이번에는 내가 그를 따랐다. 회색 점퍼와 검은색 등산복 하의를 입은 남자의 등을 바라보며 따라갔다. 그는 별말이 없다가 어두운 골목에 이르자 걷는 속도를 늦추더니 나와 나란히 걸었다.

초인은 질문했다.

"알고 있었습니까?"

"뭘요?"

나는 그를 올려다보며 되물었다. 그는 키가 컸다. 나도 작은 편은 아닌데 나보다 5센티는 더 커 보였다. 적어도 184센티는 될 것이다. 덩치도, 특히 상체가 큰 편이었다. 광장에서 멀리서 봤을 때는 날씬해 보였는데 가까이에서 보니 또 달랐다.

초인은 대답했다.

"경찰."

"네."

일민미술관에서 나올 때부터 몇 명의 남자가 나와 여고생을 따라왔다. 정확한 숫자는 모르겠고 적어도 두 명 이상이었다. 우리 뒤를 따라오는 듯 앞질러 가는 듯 그리고 다른 곳으로 가는 듯하다가, 어느 순간 고개를 돌려보면 십여 미터 떨어진 곳에서 시야 안에 우리를 두고 지켜보고 있었다.

나는 말했다.

"나쁜 의도로 따라온 건 아닐 겁니다."

아마 여고생을 보호할 의도였을 것이다. 경찰은 테러리스트를 추종하는 무리가 오늘 폭탄 테러를 저지르겠다는 협박 전화를 걸었다고 발표했다. 여고생은 언론에 자주 노출되었고 그래서 표적이 될 위험이 있었다. 경찰은 그래서 따라왔을 것이다.

그녀를 초인 카페 쪽으로 보낸 다음부터는 나를 따라오는 사람은 없었다.

초인은 질문했다.

"애초에 추적자 님과 여고생이 일민미술관에서 만날 줄은 어떻게 알았을까요?"

관리자가 의심스러웠지만, 나는 모르겠다고 대답하고 그에게 물었다.

"더 이상 따라오지 않는 건 확실한가요?"

"경찰은 없습니다."

초인은 대답했다. 초인이 그렇다면 그럴 것이다.

나와 초인은 나란히 걸었다.

묻고 싶은 것이 많았지만 말을 꺼낼 수가 없었다. 지난 2년 동안 초인을 만나고 싶다는 생각뿐이었으나, 이렇게 빨리 그것도 이런 순간에 만날 줄은 예상 못 했다. 뭐라 말을 걸어야 좋을지 생각이 나지 않았고 어디로 가는지도 묻지 못했다. 말없이 초인을 따라 걸을 뿐이었다. 우리는 시청과 종로를 메운 군중에게서 천천히 멀어지고 있었다.

한참 후에야 나는 꼭 물어봐야 할 것을 생각해 냈다.

"저…… 마스크……."

"맞습니다. 추적자 님이 찾아낼 줄 알고 현장에 남겼습니다."

내가 말을 제대로 끝맺지도 않았는데 초인은 대답했다. 나는 내가 찾아낼 줄 알았다는 초인의 확신보다, 초인이 나를 알고 있는 것에서부터 놀랐다. 당연히 알고 나에게 접촉했을 텐데도 그랬다.

"저를 아세요?"

"물론입니다."

"동대입구역에서의 일을 기억하신다는 건가요?"

"제가 첫 번째로 구한 사람이죠."

초인은 대답하고 나를 돌아보았다. 평범한 남자의 얼굴이 그곳에 있었다.

그리고 2년 전 처음 봤을 때와 같은 그 얼굴이었다.

초인은 말했다.

"식사 하셨습니까?"

"아뇨."

"저도 안 했습니다만……."

초인은 머뭇거리다가 정중히 부탁했다.

"제가 돈이 없어서 그러는데 저녁 좀 사 주시겠습니까?"

"네? 네. 그럼요. 물론이죠."

그런데 뭘 먹지. 주머니에 돈이 얼마나 있나 계산하다가, 그런 걸 따질 때가 아니라고 마음을 고쳐먹었다. 생명의 은인에게 보답할 기회 아닌가. 돈이 없으면 카드고 뭐고 다 동원해서라도 보답을 해야 한다. 나는 갑자기 마음이 급해져서 말했다.

"고기 좋아하세요? 소고기는 어떠세요?"

"그러실 필요까지 없습니다."

초인은 고개를 흔들었고, 나는 말했다.

"그래도 생명의 은인인데……."

삼겹살집으로 들어가서 자리를 잡고 돼지고기를 주문했다. 손님이 많아 시끄러웠지만 어쩔 수가 없었다. 공휴일이라 그런지 손님이 적은 고기집이 없었다. 주인아주머니가 다가와 술은 뭐로 하겠냐고 말했을 때만 해도 나는 초인이 술을 마시리라고는 짐작 못 했다.

"소주 괜찮으십니까?"

초인이 묻고 나서야, 나는 소주를 두 병 달라고 말했다. 뭐로 가지고 올까요, 손님이 많아서 그런지 괜히 즐거운 표정인 주인아주머니가 묻자 초인은 처음처럼을 말했다. 아주머니가 소주를 가져오고 테이블을 세팅하는 동안 나는 맞은편에 있는 텔레비전을 멍하니 보았다. 벽걸이 텔레비전에서 개표 방송이 진행 중이었다. 출구 조사에서 이미 초인법 입법이 확실해졌음이 드러났고 개표 결과도 출구 조사와 크게 다르지 않게 진행 중이어서, 아나운서도 투표 중계보다는 결과에 대한 분석과 앞으로 일어날 일의 예측을 더 중요하게 전했다. 아나운서가 시사 전문가라는 직함의 누군지 모르겠는 나이 많은 아저씨를 패널로 앉혀 놓고, 초인법을 시행하면 강남 8구에는 어떤 변화가 올 것인가, 무리해서 투표를 밀어붙였고 결국 성공한 대통령과 서울시장의 정치적 입지는 얼마나 더 유리해질 것인가, 사람들은 초인에게 도움을 받을 수 있을 것인가 등의 의견을 묻고 있었다.

아나운서가 정부 발표대로 정말 초인이 사람들 앞에 모습을 드러낼 것인가를 패널에게 질문했을 때, 텔레비전에 넋 놓고 있던 나에게 초인이 말을 걸었다.

"그동안 잘 지내셨습니까?"

"그동안요?"

"사고 이후."

"덕분에……. 잘 지냈죠."

나는 대답했다. 초인은 가게에 들어오자 더웠는지 점퍼를 벗어 의자에 걸쳐 놓았다. 안에는 남색 반팔 셔츠를 입고 팔에는 여름용 검은색 토시를 감고 있었다. 초인은 모자도 벗었고, 손으로 짧은 머리를 쓸어 올렸다. 하지만 땀을 흘리고 있진 않았다.

그를 지켜보고 있으니 화재 사건이 떠올랐다. 그 후에 일어난 일들이 눈앞에 스쳐 가는 듯했다. 회사를 그만두고, 여자 친구와 헤어지고, 초인만을 따라다니던 시간들이.

나는 말했다.

"오늘은 무슨 일로 저에게 오셨나요?"

"초인법 때문입니다."

"저는 초인법과 아무 상관 없는 사람인데요. 오히려 지금은 그쪽이 서울시장을 만나셔야 하는 것 아닌가요?"

"그 이야기를 하려고 합니다."

아주머니가 고기를 놓고 돌아갔다. 나는 젓가락과 수저를 통에서 꺼내 그에게 건네고 집게로 고기를 이리저리 뒤집었다. 고기에서 기름과 연기가 튀어 올랐다. 초인은 소주병을 따고 나와 자신 앞에 놓인 잔에 소주를 한 잔씩 따랐다.

초인은 할 말이 있는 듯 입술을 떼었다가 갑자기 고개를 돌리고 문 쪽을 바라보더니 몇 초 동안 몸을 움직이지 않았다.

"잠시……."

초인은 벌떡 일어나서 모자를 쓰고 서둘러 가게 밖으로 나갔다. 잠시 후 펑, 소닉 붐이 들렸다. 시끄럽던 가게 손님들이 천천히 조용해지더니 동요가 일기 시작했다. 큰 소리가 들리지 않았느냐, 멀리서 펑 소리가 울렸다, 소닉 붐 같았다, 라는 말이 잠시 오가다가, 별다른 일이 일어나지 않자 다시 원래의 화제로 돌아갔다. 나는 조용히 고기를 뒤집으며 초인을 기다렸다.

10분쯤 지나서 초인이 돌아왔다. 그는 자리에 앉아 죄송하다고 말한 후 서둘러 모자를 벗고는 물수건으로 팔 토시를 닦았다. 물수건에는 피가 약간 묻어 있었다.

"교통사고가 있었습니다."

초인은 말했다. 나는 모든 상황이 어리둥절했다. 그는 고기가 타고 있으니 빨리 드시라고 나에게 말한 뒤, 빈 소주잔에 소주를 따랐다. 나도 그의 잔에 소주를 따랐다. 감사합니다, 짧게 말하고는 그는 그대로 한 잔을 비웠다. 나는 다시 잔을 채웠다.

"서울의 모든 소리를 듣고 있죠?"

"그렇습니다."

초인은 고개를 끄덕였다.

"방금도 사고 나는 소리를 듣고 다녀오신 거고요."

"네."

"제가 하는 말도 항상 듣고 계시겠군요."

"그래 왔습니다."

나는 버릇처럼 핸드폰을 꺼내 트위터를 켜고 '#초인은지금'을 검색했다. 초인이 눈앞에 있는데 초인을 찾아 검색하다니 재미있는 일이었다. 트위터에는 동대문 근처에서 교통사고가 있었고 초인이 나타났다는 소식이 막 올라오고 있었다.

소식 사이로 또 다른 뉴스 속보도 있었다. 정부에서 내일 아침에 중대 발표를 한다는 뉴스가 인터넷 언론사에서 처음 등장한 이후 재확인 뉴스들이 속속 올라왔다. 나는 텔레비전을 올려다보며 확인했다. 잠시 후, 텔레비전 뉴스에서도 청와대에서 내일 아침 초인법 관련 중대 발표가 있다는 속보를 알렸다. 아마도 초인이 모습을 드러낼 것으로 추측된다고 아나운서는 말했다.

돌아보니 초인 역시 텔레비전을 물끄러미 보고 있었다.

계산을 하고 나오자 초인은 나에게 꾸벅 인사했다.

"잘 먹었습니다."

괜찮다고 대답했을 때, 초인은 내가 생각지도 못한 부탁을 했다.

"부탁이 하나 더 있습니다. 제가 잘 곳이 없는데, 오늘 신세 좀 져도 될까요?"

얼떨결에 괜찮다고 대답한 다음에 어리둥절해졌다. 지금 초인이 내 집으로 가겠다는 말인가? 어두운 골목에서 멍하니 서 있다가, 초인이 먼저 들를 곳이 있다며 앞장서서 걸었고 나는 뒤를 따랐다.

초인을 따라 도착한 길에는 낡은 오토바이가 가로등 옆에 세워져 있었다. 초인은 오토바이에 시동을 걸었다.

"타시죠."

"어디로 가나요?"

"추적자 님 집으로 가야죠."

초인은 말했다.

"위치는 알고 있습니다."

나는 오토바이 뒷자리에 앉았다. 초인이 오토바이를 몰고 다닐 줄은 몰랐다. 서울을 돌아다녀야 하니까 운송 수단이 필요할 것이고, 자동차나 트럭보다는 오토바이가 기동성이 좋을 것이다. 하지만 면허증은 어떻게 해결했을까? 오토바이가 집에 도착할 때까지 나는 그 방법에 대해 골몰했다.

집 앞에 도착하고, 초인이 골목에 오토바이를 세워 놓고 생필품이 든 등산 배낭을 내리길 기다렸다가 그를 집으로 안내

했다.

대문을 열고 옥탑으로 향하는 계단을 올라 옥상으로 들어갔다. 옥상에서 보이는 서울의 밤하늘은 달도 별도 없이 어두웠다. 내가 열쇠로 문을 여는 동안 초인은 주변을 둘러보았다. 나는 손님에게 하는 형식적인 말, 집을 치우지 않아 지저분해서 죄송하다는 말을 하며 집으로 들어갔고, 초인 역시 괜찮은데요, 라고 형식적인 대답을 하며 안으로 들어왔다.

초인은 거실에 가방을 내려놓았고 어휴 힘들어, 라고 마치 피곤한 사람처럼 말했다.

"먼저 씻고 나오겠습니다."

초인은 배낭에서 속옷과 칫솔과 수건 등을 꺼내 챙겨 들고 화장실로 들어갔고, 곧 샤워기에서 물 쏟아지는 소리가 들렸다. 나는 대충 물건을 정리해 방을 치운 다음 창문을 열어서 공기를 환기시켰다.

"초인이 집으로 찾아오다니……."

창을 내다보면서 나는 중얼거렸다. 집에 오니 혼잣말을 하는 버릇이 나온 것이다. 아차, 초인이 듣고 있지, 나는 입을 다물었다. 옷을 갈아입고 텔레비전을 켰는데 모든 방송에서 초인법에 대한 특별 뉴스를 방송 중이었다. 뉴스를 보며 초인이 나오길 기다렸다. 화장실 문이 열리더니 초인이 나왔다. 그는 사각 팬티 한 장만을 입고 있었다. 초인은 수건으로 머리카락을 말리며 배낭 앞에 쭈그리고 앉아 안에서 옷을 꺼냈다. 나는 그의 등을 바라보았다. 피부는 검은 편이었다. 체격이 좋고 근육질이었지만 그렇다고 슈퍼 히어로 영화 속의 초인들처럼 보디빌더 같은 근육질은 아니었다. 허리와 배에는 군살도 있었다. 그저 꾸준히 운동을 하는 건강한 40대 초반의 남자 정도로 보였다.

초인은 가방에서 반바지와 티셔츠를 꺼내서 입었다. 나는 그에게 세탁기가 필요하면 쓰라고 말했으나 초인은 고개를 저었다.

"괜찮습니다."

나는 화장실에 들어가 씻고, 화장실을 정리했다. 나와 보니 초인은 방에 없었다. 텔레비전은 볼륨만 꺼져 있었다. 창밖으로 옥상의 어둠 속에서 담배를 피우고 있는 초인의 뒷모습이 보여서 나도 옥상으로 나가 담배를 피웠다. 말없이 서울을 돌아보는 그의 얼굴을 힐끗 보았다. 초인은 무척이나 피곤해 보였다. 분명 사람이 피곤할 때 짓는 표정이 초인의 얼굴에 있었다.

"피곤하시겠어요."

"예."

초인은 대답했다. 내가 옥상에서 재떨이로 쓰는 빈 황도 통조림 캔에 조심조심 꽁초를 넣었다.

나는 그의 동작을 유심히 지켜보았는데, 초인의 움직임은 인간과 다르리라 믿어 왔기 때문이다. 초인은 힘이 아주 센 존재다. 보통 사람보다 월등히 큰 힘을 가진 사람이 문을 연다고 생각해 보자. 문을 부수지 않으면서 문을 열려면, 손잡이를 잡아 돌리고 문을 밀어 여는 작은 동작을 조심해서 취해야 한다.

작은 움직임 하나하나를 제어하는 몸짓은 보통 사람이 의식하지 않고 취하는 일상적인 행동과 다를 것이다. 삼겹살집에서 젓가락질을 하고 술잔을 기울이는 초인의 모습은 인간과 다르지 않았다. 하지만 담배꽁초를 버리는 순간은 달랐다. 난생 처음 쓰레기통에 쓰레기를 버리는 사람처럼 신중하게 꽁초를 캔에 넣었다.

이후 초인은 동작도 표정도 조금씩 인간과 달라 보이기 시작했다.

방으로 들어온 초인은 나를 마주 보았다.

"이제 대화를 시작하겠습니다. 여기서 주무십니까?"

초인은 내가 침대 대신으로 쓰는 매트리스를 가리켰고 나는 고개를 끄덕였다. 초인은 매트리스 위에 조심조심 앉았고 나도 그를 마주 보고 앉았다.

"물어보고 싶은 것 많으시죠?"

"한둘이 아니죠."

"저 역시 추적자 님에게 하고 싶은 말이 많습니다. 하지만 제가 지금부터 하려는 말은 언어를 통해 설명하기 어렵습니다. 언어가 아닌 다른 방법을 통해 대화하겠습니다. 제 생각을 추적자 님의 뇌로 직접 전달하는 방법이 제 의도를 완전히 전달할 겁니다."

초인이 쉬운 단어와 차분한 억양으로 말하고 있는데도, 나는 그의 말이 거의 이해되지 않았다.

"두뇌로 직접 대화한다는 게 무슨 말인지……."

"제 신경을 추적자 님의 뇌로 연결할 겁니다. 추적자 님의 귀를 통해 제 몸의 신경과 추적자 님의 신경을 연결해서 정보를 직접 전달합니다. 아프진 않을 겁니다."

귀에 뭘 연결한다고요, 나는 되물었지만 초인은 대답하지 않고 나에게 매트리스 위에 누우라고 말했다. 나는 그가 시키는 대로 했다. 초인은 천장을 바라보고 똑바로 누워서 목의 힘을 빼라고 지시했고 얼떨떨한 기분으로 나는 그의 지시를 따랐다. 초인은 내 옆에 눕더니 말했다.

"신체에 상해를 입히지 않을 테니 안심하셔도 됩니다."

초인은 내 귀에 손가락을 대었다. 그저 살짝 댔을 뿐이다. 잠시 후 귀 안으로 뭔가 들어오면서 약간 간지러운 느낌도 받았지만, 그 정도 느낌은 평소에 귀가 간지러운 것보다도 약했다. 나는 초인이 다른 말을 할 때까지 기다렸으나 초인은 침묵을 지켰다.

그때, 갑자기 천장을 보고 있는 시야의 바깥쪽부터 어두워지기 시작했다. 형광등이 꺼지지 않았는데도 눈앞이 어두워지고 있었다. 어둠이 시야 정 가운데를 향해 빠른 속도로 좁혀 오자 나는 초인에게 이유를 물어보려고 했지만 이번에는 입이 움직이지 않았다. 고개도 옆으로 돌릴 수 없었다.

천장이 검은 어둠에 완전히 잠기는 동안, 초인이 말했다.

"저의 눈으로 바라본 세상입니다."

천장은 사라지고 어둠만 남았다. 깜깜한 눈앞에 천천히 작게 반짝이는 것들이 하나둘 드러났다. 별이었다. 나는 밤하늘을 올려다보고 있는 줄 알았다. 초인이 어째서 밤하늘을 보여주는지 궁금했는데, 기다려 보니 아니었다. 나는 밤하늘이 아니라 어두운 공간을 보고 있었다. 앞뿐 아니라 위아래 그리고 뒤에도 온통 어둠과 간혹 빛나는 별들뿐이었다. 나는 우주 공간에 있었다. 나는 나 자신이 누구인지 자각할 수 있었다. 나는 내가 아주 작다는 것을 알 수 있었다. 보이지 않을 만큼 작은 먼지였다. 별이 가득한 우주 공간에 떠 있는 하나의 먼지였다. 그리고 아주 오랜 시간 동안 떠돌아다녔다. 그것이 최초의 자각이었다.

초인은 우주 공간의 작은 먼지였다.

나는 빠르게 움직였다. 실제로 빠르게 움직인 것이 아니라, 오랜 시간에 걸쳐 일어난 일을 초인이 축약해서 전달하고 있었다. 초인은 우주 공간을 움직이다가 태양의 인력에 붙잡혔다. 운석 사이를 지나 해왕성과 천왕성을 지나고 목성의 인력 때문에 크게 방향이 바뀌어 지구를 향해 움직였다. 인공위성과 그 잔해로 뒤덮인 지구의 궤도에서 잠시 망설이는 듯이 맴돌다가 천천히 대기권을 향해 하강했다. 마침내 지표와 가까운 곳에 도착했을 때, 나는 그곳을 알아볼 수 있었다. 서울 상공이었다.

어두운 밤이었고 비가 내리고 있었다. 먼지는 빗물에 섞여 누군가의 머리 위로 떨어졌다. 빗물이 만든 웅덩이에 엎드려 있는 남자였다. 남자의 머리에서는 피가 흘렀고 옆에는 오토바이가 넘어져 있었다. 뒷모습은 초인과 비슷했다. 아니, 비슷한 것이 아니라 같았다. 그가 초인이었다. 어찌 된 일인지 혼란스러웠다. 먼지가 섞인 빗방울은 마치 지금 초인의 손가락이 내 귀에 있듯이, 초인의 귀로 떨어졌다. 먼지는 귀를 타고 들어가 세포벽 속으로 파고들었고 혈관에 자리 잡아 신체를 맴돌았다. 남자는 초인이 처음 만난 생명체였다. 초인은 인간의 신체를 파악하는 데 시간이 걸렸다. 세포와 그것들의 작용이 만들어 내는 생명과 그 안에 숨은 지성을 파악하는 데 시간이 걸렸다. 초인은 정보를 원했다. 그래서 신체에서 가장 많은 정보가 담겨 있는 장소, 두뇌로 이동했다. 초인이 그곳에서 모든 정보를 통합하고 남자의 의식과 연결했을 때 가장 먼저 다가온 의식은 이것이었다.

'살려 줘.'

그리고 의식이 끊겼다. 남자는 죽었다. 신체는 활동하고 있었으나 의식은 사라졌다. 인간은 의식이 신체와 유기적으로 결합되어 있어서 신체가 제대로 작동하지 않으면 그 안에 담긴 의식은 의미가 없었다. 초인은 이 사실을 깨닫고 남자의 신체를 다시 움직일 방법을 찾았다. 인접한 세포를 빠르게 장악하며 신체 전체로 뻗어 나갔다. 활동을 중지하거나 훼손된 기관을 찾아 복원하고 정상으로 되돌려 놓았다. 초인은 최선을 다해 남자의 신체를 개조했다.

초인이 웅덩이에서 몸을 일으켰을 때 초인은 남자의 신체를 완전히 장악하고 있었다.

여전히 비가 내렸다.

초인은 오감을 자극하는 정보가 적은 곳으로 이동했다. 어둡고 좁은 장소였다. 초인이 그곳에 숨은 이유는, 막 신체를 받아들인 초인에게 지나치게 많은 자극이 눈과 귀로 코로 그리고 피부로 들어왔기 때문이다. 초인은 그것들을 정리하는 방법을 아직 배우지 못했다. 그래서 어둡고 조용한 장소로 이동한 것이다.

초인은 신체를 정상으로 돌려놨지만 의식은 다시 돌아오지 않았다. 초인은 자신이 두뇌를 장악했기 때문임을 그제야 알았다. 남자의 두뇌에는 기억과 지식은 있었지만 스스로를 자각하는 의식은 초인의 것이었다. 우주의 먼지가 인간의 몸을 가진 것이다. 어두운 그곳에서, 초인은 두뇌에 축적된 정보를 여러 차례 분석했다. 초인이 신체를 차지한 남자는 퀵서비스 배송 기사였다가 뺑소니를 당해 죽었다. 초인은 이 기억이 무엇을 의미하는지 이해하는 데 많은 시간을 소모했다. 남자의 두뇌에 남아 있던 기억과 지식은, 초인이 먼지로 보낸 시간에 비하면 아주 짧은 기간인 39년 동안 쌓인 것이었다. 초인이 그것을 정리하고 이해하는 데 사흘 밤과 낮이 걸렸다.

그곳에서 나왔을 때 날은 개어 있었다.

오토바이는 사라지고 없었다. 초인은 두뇌에 남은 기억을 활용해 걸어서 집으로 돌아왔다. 초인은 남자의 소유였던 집으로 들어갔다. 나는 초인의 시선으로 초인의 집을 볼 수 있었다. 초인은 벽으로 걸어가 그곳에 걸린 거울을 마주 보았다. 거울 속에는 초인의 얼굴이 있었다. 거울 속의 자신의 모습을 보는 초인의 모습을, 나는 보았다.

가장 커다란 의문이 그렇게 풀렸다. 초인은 초능력자가 아니었다. 미국이 개발한 비밀 병기도 아니었다. 외계에서 온 지성체라는 추측은 맞았다. 우연히 인간의 신체에 들어와서 뇌와 나머지 기관을 점령했고 그래서 지성은 외계의 것이지만 인간의 신체를 가지고 있었다. 살아 있는 인간의 신분도 있었다. 그래서 주민등록증도 있었으며 오토바이도 구해서 타고 다녔던 것이다.

나는 초인을 만나서 꼭 해 보고 싶었던 그 질문을 말했다.

"왜 인간의 생명을 구하고 있습니까?"

'저는 인간 사회를 이해하려 많은 노력을 기울였습니다.'

초인의 목소리가 머릿속에 울렸다. 동시에 초인은 자신의 기억을 나에게 보여 주었다.

초인은 서울에서 살면서 사람들을 지켜보았다. 사람들이 걷고 차를 타고 다니고 먹고 마시고 일하고 집으로 돌아가는 사이에 초인은 서 있었다. 초인은 천만 명의 시민이 만들어 내는 거대하고 복잡한 사회 '서울'을 관찰했다. 나는 초인의 시선으로 바라본 서울을 내 시선으로 보면서, 초인의 말을 들었다.

'언어와 행동 규범을 습득하며 서울을 돌아다녔습니다. 서울 밖을 벗어나지 않았습니다. 원래 신체의 주인이었던 남성은 서울에서 태어났고, 그 안에서 주로 일을 했고 서울에 관한 정보가 밖의 지역보다 훨씬 많았습니다. 그의 생활은 서울 안에서만 움직이는 습관에 영향을 받았습니다. 편의를 위해 구분해 놓은 행정구역이라도 개인이 고향이나 거주지같이 개인적인 공간으로 인식하는 순간 행동에도 영향을 미칩니다. 저는 인간들 사이에서 생활하면서 이런 정보들을 습득했습니다.'

초인은 사람들과 대화하고 같이 밥을 먹었다. 빠른 속도로 서울 생활에 익숙해져 갔다. 그가 신체를 빌린 남자가 살아 있을 때 했던 퀵서비스 일도 다시 시작했다.

초인은 말했다.

'사람들을 관찰하면서 가장 놀라웠던 것은 수많은 사람이 가진 각자의 고유한 이성이었습니다. 무수히 많은 지식과 기억을 저장한 두뇌, 그곳 어디엔가 숨어 있는 이성, 그것이 매초마다 만들어 내는 다양한 감정들이 모든 인간에게 있습니다. 서울에만 천만 명, 지구에 70억 명이 넘는 인간이 각자의 고유한 이성을 지니고 있습니다.'

"하지만 죽으면 사라지죠."

나는 말했다. 초인은 한밤중 건물 옥상에서 세상을 내려다보고 있었다. 귀로 수많은 소리가 들렸다. 나는 서울의 모든 소리를 듣는 초인의 청력을 내 귀로 경험했다. 천만 명의 목소리 중에는 듣기 고통스러운 소리도 있었다. 점점 희미해지는 목소리들과 숨소리들이었다. 죽어 가는 소리들이었다.

'맞습니다. 인간은 아직 죽음을 극복하지 못했습니다. 백 년이 안 되는 짧은 시간의 삶만이 주어져 있습니다. 우주에서 불멸의 존재로 긴 시간을 보낸 저와는 다르죠. 제가 어쩔 수 있는

일은 아닙니다. 인간들이 육체의 죽음을 극복하는 기술을 알아
낼 때까지 기다리는 수밖에 없습니다. 하지만 반대로 제가 죽
음을 막을 수 있는 경우도 있습니다.'

"사고나……."

'사고사, 범죄로 인한 살인 그리고 자살도 있습니다. 주어
진 시간을 다 활용하기도 전에 끝나는 삶들이죠. 인간의 이성
이 가장 소중하다면, 어쩔 수 없는 죽음이 아닌 불필요한 죽음
때문에 이성이 사라지는 일은 막아야 한다고 판단했습니다. 이
것은 제가 가지고 있는 이 신체의 영향 때문이기도 합니다. 신
체의 이전 주인도 죽기 전에 살려 달라고 했습니다. 그의 이성
은 사라지고 없지만 기억과 감정의 흔적은 두뇌에도 여전히 남
아 있습니다. 그를 구하진 못했지만, 다른 사람의 삶에는 아직
기회가 있습니다. 그것이 제가 사람의 생명을 구하기로 결심한
이유입니다.'

어느 날 아침 초인은 수많은 사람들이 동시에 내는 고함을
들었다. 나도 잘 알고 있는 소리였다. 동대입구 지하철역에서
들려오는 소리들이었다. 연기에 갇힌 사람들이 공포에 질려서
내는 아우성이었다. 그중에는 내 목소리도 있었다. '살려 주세
요.' 초인은 그 소리를 향해 돌아보았고, 연기와 어둠 속에 갇
힌 사람들을, 그들이 위험에 빠진 광경을 투시했다.

초인은 말했다.

'저는 신체의 세포와 신체와 인접한 분자들을 마음대로 조작
할 수 있습니다. 분자보다 작은 단위인 원자 그리고 그것보다

170

더 작은 단위로도 분해하고 조합하는 것이 가능합니다. 이 능력으로 신체를 마음대로 변형할 수 있습니다. 인간들이 '초능력'이라고 하는 것을 낼 수 있습니다. 때문에 주먹의 피부와 근육과 뼈를 조작해서 주먹으로 벽을 부술 수도 있고, 신체 주변의 공기 분자 상태를 조작해서 중력을 이기고 하늘로 날아갈수 있는 것입니다. 어째서 가능한지는 저도 모릅니다. 가능하다는 것만 압니다. 우주 공간에서 나 자신을 인식했던 최초의 순간부터 알고 있었습니다. 저는 제가 가진 능력으로 사람을 구하자고 결심했습니다.'

초인은 하늘을 날아 동대입구역에 도착했다. 연기가 쏟아져 나오는 지하철역으로 들어가 쓰러져 있는 사람을 찾았다. 초인은 사람들에게 머리와 등을 밟히고 기절해 있던 남자에게 다가가 내려다보았다. 나는 초인의 시선으로 나를 내려다보았다. 간신히 숨을 쉬고 있는 내 모습이 있었다. 초인은 나를 일으켰다.

초인은 말했다.

'하지만 중요한 문제가 있습니다. 제가 인간 사회에 모습을 드러내고 그들의 삶에 개입한다면 인간들은 어떤 반응을 보일까요? 인간은 분명 다른 사람을 살리는 행위의 가치를 잘 알고 있습니다. 그런 영웅의 이야기를 즐겨 하기도 합니다. 하지만 영웅이 진짜 나타나는 건 다른 문제입니다. 그것도 사람이 아닌 존재가 사람의 흉내를 낸다면 더욱 그렇습니다. 인간들은 두려워할까요? 충격을 받을까요? 사회가 혼란에 빠지진 않을까요? 어떤 일이 일어날지 예측할 수 없었습니다. 그래서 저는 실험을 하기로 했습니다. 아마 추적자 님도 짐작하셨을 겁니다. 제가 서울 지역 안에서만 움직이는 이유를 말이죠. 서울이라는 제한된 구역에서만 활동해서 인간의 반응을 시간을 두고 지켜보는 것입니다.'

지하철역 안에서 땅으로 나온 초인은 나를 길에 눕혀 놓고 내려다보았다. 나는 나를 내려다보는 초인의 감정을 느꼈다. 초인에게도 감정이 있었다. 정확히는, 감정이 없던 존재가 인간의 신체를 갖고 그 안의 정보를 분석하고 인간 사회에서 생활하면서 인간의 감정을 흉내 낸 것이었지만, 분명히 감정이 있었다. 기쁨, 안도, 보람, 쾌감 등이 섞인 긍정적인 감정이었다. 사람을 살려냈기 때문에 느낀 감정이었다.

초인은 나를 뒤로하고 다른 사람들을 구하기 위해 연기 속으로 뛰어들었다.

'서울이라는 지역 안으로 제한한다면 제 실험이 성공할 가능성이 높아지리라 판단했습니다. 실패했을 경우에도 이 방법이 더 안전합니다. 저를 원하지 않는 사람들은 서울을 떠나면 됩니다. 서울의 모든 사람이 원하지 않는다면 제가 그만두거나 저를 원하는 다른 곳으로 옮겨갈 수도 있습니다. 저는 성공할 확률을 더 높게 생각했습니다. 1년 동안 서울에서 사람들을 구하고 사람들 역시 제가 존재하는 서울에 천천히 적응했습니다. 저는 거의 성공했다고 믿었습니다. 하지만 아니었습니다.'

초인은 말했다.

'저는 실패했습니다.'

다음 순간 나는 다시 우주를 바라보고 있었다.

초인은 간혹 서울을 떠나 우주 공간으로 올라가서 태양계 밖을 바라보았다. 자신이 우주 공간에서 왔듯이, 또 다른 지성체가 가까운 우주를 맴돌고 있을지도 모른다는 생각에 태양계를 바라본 것이다. 그렇게 초인이 서울을 비우고 우주로 나가 자신과 같은 작은 먼지를 찾는 시간이 더 많아졌을 때였다. 서울에서 비명과 총성과 사람들이 쓰러지는 소리가 들렸다. 초인이 돌아본 서울에서는 테러범들이 총으로 사람들을 학살하고 있었다. 초인은 자신이 인간 사회에 개입한 이후 서울에 새롭게 만들어진 질서에 맞춰 행동했다. 서울은 초인의 등장 이전보다 범죄나 사고가 훨씬 줄어들었다. 그래서 초인도 잠시 서울을 벗어나 지구 밖으로 날아갔던 것이다. 갑작스럽게 테러가 일어날 줄은, 그리고 자신이 바로 날아갈 수 없는 거리에 있을 때 사고가 일어날 줄은 예측 못 했다.

초인이 서울 일민미술관 상공에 도착했을 때, 이미 많은 사람이 죽은 다음이었다. 초인은 테러범마저 죽이고 싶진 않았다. 범죄를 저지른 인간이라고 해도 같은 생명이었고 초인은 죽일 의사가 없었다. 초인은 테러범에게 항복하라 경고했으나 돌아온 것은 테러범이 자신의 행위를 정당화하는 연설이었다.

초인은 5층으로 들어가 그곳에 있던 테러범을 막았다.

'그때 제 몸 안에서 또 하나의 초인이 등장했습니다.'

"또 하나의 초인요?"

초인은 테러범을 막으려 했을 뿐이다. 테러범이 총을 쏘지 못하게 하려고만 했을 뿐이었다. 하지만 초인의 손이 그의 의사와 상관없이 행동해 테러범의 목을 붙잡았고 놓지 않았다. 고온으로 달궈져 있던 손이 테러범의 목을 졸랐다.

'테러범의 발언이 옳습니다. 희생자는 제가 인간 사회에 개입했기 때문에 죽은 것입니다. 서울을 지키려던 제 노력이 테러를 만들었습니다. 이 모순을 해결하지 못하면 인간의 생명을 살리겠다는 제 행동은 의미가 없습니다. 해결 방법을 두고 제 이성은 두 개의 의견으로 나눠졌습니다. 저는 지금의 방식을 고수하는 것이 옳다고 주장했습니다. 단지 이와 같은 테러가 일어나지 않도록 우주로 나가지 않고 서울에서만 움직이는 것입니다. 새로 나타난 이성은 초인의 개입 때문에 더 큰 범죄가 일어나는 모순을 막으려면 인간들에게 더 깊이 개입해야 한다고 주장했습니다. 저는 테러범을 체포해서 경찰에게 인계할 생각이었으나 두 번째 이성은 그 이상의 행동을 요구하며 테러범의 목을 붙잡은 것입니다.'

테러범이 초인의 손에 잡힌 채로 숨이 막혀 죽어 가는 동안 초인의 몸에서는 논쟁이 벌어지고 있었다. 오른손을 장악한 새로운 이성과 그것을 저지하려는 이성 둘 중 어느 쪽이 신체를 점유할 것인지 싸우는 중이었다. 그런 일이 일어난 줄 전혀 몰랐던 나는 큰 충격을 받았다. 아마 누구도 짐작 못 했을 것이다. 사건 현장에 CCTV라도 있었다면 달랐을까, 나는 생각했지만, 단순히 초인이 테러범의 목을 붙잡고 있는 광경을 보고

174

초인의 머릿속에서 일어나고 있을 일을 추측해 낸 사람이 있었을까?

'저는 둘로 갈라진 이성을 통합하려고 했으나 실패했습니다. 그동안 테러범은 죽었습니다.'

초인이 손을 놓자, 테러범은 쓰러졌다. 1층에 경찰 특공대가 진입해 테러범과 총격전을 벌이는 동안 초인은 3층으로 내려가 그곳의 인질을 구하지 않았다. 그저 창밖으로 날아가 그곳을 벗어났다. 그것이 일민미술관 테러에서 일어난 일이었다. 초인은, 의도는 없었으나 테러범을 죽였고, 다른 인질을 구하지 못한 채 현장을 떠났다.

"지금까지 해 온 행동에 완전히 어긋나는 일이었군요."

'그렇습니다. 또 다른 모순이 발생한 것입니다. 저는 인간을 돕고 싶었으나 오히려 많은 인간을 죽게 만들었고 제 손으로 직접 죽이기도 했습니다. 저는 테러 현장에서 일단 벗어났고, 그 이후로는 행동에 확신을 가질 수 없었습니다. 때문에 더 이상 의식을 통합할 수도, 신체를 한 개의 이성으로 통제할 수도 없었습니다. 두 번째 이성은 제 신체를 점유하길 원했으나, 저는 신체를 내주지 않았습니다. 제가 제안한 방법 역시 합리적이기 때문입니다. 그래서 두 개의 이성은 몸을 분리했습니다. 신체에서 일부 세포가 떨어져 나가 주변의 유기물을 재조합해 신체를 복제했습니다. 두 번째 이성은 그 신체를 가졌고, 초인 2가 태어났습니다. 저는 초인1이 되었습니다.'

다시 어둠 속이었다. 처음 지구에 도착한 초인이 신체에 남겨진 정보를 통합하던 그곳이었다. 어둠 속에서 또 다른 초인이 고개를 들었다. 어둠 속에서 초인은 초인을 마주 보았다. 두 번째 초인이었다.

"초인이 둘이라니……. 테러 다음이라면 벌써 1년 전 아닙니까. 그동안 서울에 두 명의 초인이 있는 줄은 몰랐습니다."

'왜냐하면 초인2는 모습을 드러내지 않은 채로, 행동할 기회를 기다렸기 때문입니다. 그는 인간 사회에 적극적으로 개입하길 원했습니다. 저처럼 살인 사건만이 아닌 인간의 모든 범죄에 개입하길 원했고, 사건의 단계에만 개입하는 것이 아니라 범죄를 예방하는 단계에도 개입하길 원했습니다. 이를 위해서는 법을 집행하는 정부와 협동이 필요합니다. 초인2는 자신의 의지대로 행동할 수 있는 구역을 원했습니다.'

초인1은 초인2의 모습을 보여 주었다. 그는 서울 전체를 투시하며 초인2의 행동을 지켜보고 있었다. 초인2는 서울시장과 대통령과 만나 대화하고 있었다. 초인은 인간과 접촉하지 않으며 정부가 초인과 만나고 있다는 소문은 헛소문이라는 내 가정은 완전히 틀렸던 것이다. 그리고 대통령은 초인2에게 초인법을 약속했다.

그때쯤 나는 초인1이 무슨 말을 하려는 것인지 짐작했다. 이긴 이야기의 결말을 깨달아 가고 있었던 것이다.

'초인2는 강남 8구에서 자신의 의지대로 행동하겠으며, 인간들에게서 허락을 얻어 냈다고 저에게 말했습니다. 그 대신 제가 서울의 다른 지역에서는 뜻대로 행동해도 괜찮다고 말했습니다. 우리는 서로의 기준에 맞는 지역을 찾는 대신 서로에게 해를 끼치지 않기로 합의했습니다. 저는 강남 8개 구에 들어갈 수 없으며 그 안에서 일어나는 일에는 개입하지 않습니다. 초인2 역시 이외의 지역으로는 나오지 않을 겁니다. 단 하나, 만약 초인2가 사람을 죽인다면 저는 가만히 있지 않을 것입니다. 초인2 역시 만약 제가 사람을 죽인다면 저를 막을 것입니다. 하지만 이외에는 서로의 행동에 간섭하지 않습니다.'

"오늘 투표를 한 이유군요."

'초인2는 내일 사람들 앞에 모습을 드러낼 겁니다.'

"내일?"

내일 정부의 중대 발표가 있을 예정이라는 뉴스 속보가 초인2의 등장이었던 것이다. 테러 사건 이후 이런 거대한 사건이 서울 사람 중 몇몇 정치인 빼고는 누구도 알지 못한 채 벌어지고 있었다. 혼란스러웠다. 초인이 둘이라니, 서울 시민들이, 아니 인류가 이를 받아들일 수 있을까.

내가 바라보는 초인의 시선은 나와 그가 만났던 순간으로 이동했다. 이제 초인1이 된 그는, 바로 오늘 저녁 시청에 모인 사람들 사이에 앉아 전광판을 바라보았다. 이따금씩 멀리 앉아 있는 젊은 남자와 여학생을 바라보았다. 초인에게 도움을 받은 그들은 초인의 존재를 전혀 눈치채지 못한 채로 대화하고 있었다. 초인이 남자에게 말을 걸자, 놀란 표정의 내가 그를 돌아보았다. 나는 초인의 시선으로 나를 바라보았다.

초인1은 말했다.

'인간은 제가 알고 있는 유일한 지성체입니다. 저는 저와 같은 존재 혹은 저를 만들어 낸 존재를 만나지 못했습니다. 저는 지구에 허락받지 않고 숨어들어 온 손님이지만, 주인과 평화롭게 공존하고 싶은 손님입니다. 그것이 제가 하고 싶었던 말입니다.'

"왜 이런 말을 저에게 하는 겁니까?"

나는 질문했다.

'누군가는 알아야 하니까요.'

초인1은 말했지만, 나에게는 충분하지 않은 대답이었다.

"나 말고도 당신과 대화하고 싶어 하는 사람은 많습니다. 아예 방송을 통해 공식적으로도 밝힐 수 있고요. 직접 나서기 싫다면 초인2를 통해서 할 수도 있습니다. 왜 나에게 하는 겁니까? 왜 나여야 합니까?"

'그건 저도 모르겠습니다.'

눈을 떴을 때, 초인1은 사라지고 없었다.

새벽빛이 창문으로 들어오는 중이었다. 나는 벌떡 일어났다. 집에는 초인1도 그의 배낭도 없었다. 메모를 남기지도 않았다. 옥상으로 나가 골목을 내다보니 오토바이도 없었다. 그렇게 떠난 것이다.

전화번호라도 물어볼 것을 그랬다. 나는 생각했다가, 연락할 방법은 얼마든지 있음을 깨달았다. 어차피 초인1은 서울의 모든 소리를 다 듣고 있으니까. 대화는 항상 시도할 수 있다. 그저 초인1이 대답할 의지가 있느냐 없느냐에 달린 것이다.

문득 생각나서 스키 마스크를 넣어 둔 택배 상자를 열어 봤더니 스키 마스크도 사라지고 없었다.

"이제야 주인에게 돌아갔구나."

나는 중얼거렸다. 빈 상자를 앞에 놓고 앉아 지난밤의 일을 곰곰이 생각했다. 불현듯 오늘 초인2가 사람들 앞에 모습을 드러낼 예정이라던 초인1의 말이 떠올라 텔레비전을 켰다. 뉴스 속보가 방송 중이었다. 놀라운 소식이 그곳에 있었지만 나는 이미 알고 있는 소식이었다.

"서울 시민 여러분 안녕하십니까."

어제 만난 그 얼굴이 텔레비전에 있었다. 그는 검은색 정장을 입고 머리를 잘 빗고 깨끗한 얼굴을 하고 있었다. 그래서 아주 달라 보였다. 아니, 달라 보이는 것이 아니라 다른 존재였다. 초인2는 말했다.

"대한민국 국민 여러분, 또한 지구의 모든 인류에게 인사드립니다. 안녕하십니까. 저는 초인입니다. 어제 서울 시민들이 직접 정해 주신 결정에 따라 정부는 강남 8개 구에 초인법을 시행할 예정입니다. 저는 강남 8개 구에서 정부와 경찰에 협조하며 법의 집행을 도울 것입니다. 나머지 지역은 기존의 법을 그대로 따릅니다. 그곳은 첫 번째 초인이 머물 것입니다. 저는 초인법이 시행되는 지역 '초인지구'에서만 머무는 두 번째 초인입니다. 서울에는 두 명의 초인이 존재합니다. 혼란스러우시리라 생각합니다. 이제 서울 시민에게 저에 대해 말씀드리려 합니다……."

경찰, 기자, 활동가

「추적자: 이것은 제가 직접 인터뷰한 피해자 증언, 목격자의 증언, 경찰 수사보고서, 언론 기사 등을 종합해, 2015년 5월 3일에 반포대교에서 벌어진 용산경찰서 호송 차량 탈취 사건을 재구성한 것입니다. 카페 회원님들 읽어 보시라고 올려 봅니다.」

창밖의 한강 풍경을 보던 나는 관리자의 말에 고개를 돌렸다.

"이제 곧 초인지구입니다."

우리는 버스 맨 뒷좌석에 나란히 앉아 있었다. 버스가 반포대교에 진입하면서 강남을 향해 다가가고 있었다. 반포대교 남단에 도착하면 그곳부터는 서초구고, 작년 4월 24일의 투표를 통해 초인법이 적용되는 초인지구였다. 그렇다고 해서 뭐 특별한 풍경이 있는 건 아니다. 완장을 찬 초인이 지키고 서서 사람들을 감시하는 건 더더욱 아니다. 창밖의 한강은 여전히 한강이었다.

"딱히 다를 것도 없다던데요."

"범죄만 저지르지 않으면 사는 건 똑같죠."

내 말에 관리자는 대답했다.

관리자는 오늘 오전 열 시에 반포대교 앞으로 나와 달라고 말했다. 나와 초인 카페의 다른 사람들과 함께 모여서 초인2를 만나러 가자는 것이다. 하지만 약속 장소에 나가 보니 관리자만 있었다. 다른 분들은 늦으시네요, 못 온다고 하신 분도 있고요. 관리자는 태연하게 대답했다. 원래는 몇 명이 모이기로 했냐고 묻자, 관리자는 다섯 명인지 여섯 명인지 잘 모르겠다고 우물거렸다.

"추적자 님, 오랜만에 봐서 반갑습니다. 초인법 투표일에 볼 수 있었는데 못 봤잖아요. 그땐 뭐가 급해서 여고생 님마저 내팽개치고 가 버리신 거예요?"

벌써 1년 전 일인데도 관리자는 꼬치꼬치 캐물었다. 초인법 투표 이후로 나는 카페에 글을 남기지 않았고 가끔 접속해 다른 사람의 글을 읽는 정도였다. 이제는 초인 카페의 정보가 필요 없었다. 초인1에 대한 정보는 필요 없었고, 초인2에 대한 정보는 언론 기사를 읽으면 그만이었다.

며칠 전 초인2를 만나러 갈 생각 없느냐는 관리자의 전화가 왔을 때만 해도 관리자에 대해서는 거의 잊고 있었다.

관리자는 말했다.

"그래도 오늘은 나와 주셔서 감사합니다."

"전화까지 하셨는데 어떻게 거절하겠습니까."

나는 그의 전화를 받고 몇 시간 동안 고민한 다음 초인2를 만나 보겠다고 대답했다. 관리자는 내가 가진 지하철 공포증을 아직도 기억하고 있는지 버스 정류장을 만나는 장소로 정했다. 그리고 그곳에는 나와 관리자만 있었던 것이다.

관리자는 다른 사람들은 왜 안 와서 난처하게 만드는지 모르겠다는 말을 반복하더니 초인2를 만나러 가는데 긴장되지 않느냐고 물었고, 나는 그의 말에 대충 고개를 끄덕이면서 버스 창밖으로 지나가는 서울 풍경을, 그리고 지난 13개월 동안 들어간 적 없는 초인지구를 바라보았다.

용산경찰서 피의자 호송 차량은 두 명의 피의자를 싣고 강남경찰서에서 용산경찰서로 이동 중이었다.

"나도 껌 좀 주세요."

"안 됩니다."

활동가의 말에 경사는 딱 잘라 대답했다. 38세 남성인 인터넷 언론사 기자와 32세 남성인 인권 활동가는 초인지구에서 불법침입죄로 당일 오전 두 시에 검거되어 밤새 강남경찰서 유치장에 있다가 용산경찰서로 옮겨지는 중이었다. 기자와 활동가는 수갑을 찬 채로 뒷좌석에 앉아 있고, 운전석에는 경장이 보조석에는 경사가 있었다. 그때는 5월 3일 오전 열한 시경이었다.

활동가는 껌을 씹고 있는 앞좌석의 경사에게 껌 하나만 달라고 집요하게 졸랐지만 경사와 운전 중인 경장 둘 다 그의 말을 무시했다.

활동가는 말했다.

"초인지구에서는 껌도 함부로 씹어서는 안 되죠?"

"씹는 거야 마음이고, 아무 데나 버리면 안 된다는 거죠."

경사는 대답했다.

"아무 데나 버리면 어떻게 됩니까? 초인이 휙 하고 날아와서 체포합니까?"

"다 아는 걸 왜 물어봅니까? 초인지구에서 죄 저질러서 붙잡힌 사람들이 왜 모르는 척 물어요?"

앞만 보며 태연히 껌만 씹던 경사는 퉁명스럽게 반문한 뒤에야 활동가를 돌아보았다.

"그런데 도대체 '활동가'가 뭡니까?"

"시민 단체 활동가요."

활동가는 대답했다. 경사는 다시 물었다.

"그게 직업입니까?"

"직업이죠."

"돈은 어디서 나오고? 월급은 누가 주나?"

"먹고살 돈이야 알아서 벌어야죠."

"혹시 북한에서 받는 거 아니야?"

경사는 말했다. 순간 덜컹, 반포대교로 올라간 경찰차가 흔들렸다. 벗어났군. 기자는 나직이 중얼거렸다.

활동가가 말했다.

"반포대교를 올라가면 행정구역 상으로 용산구죠?"

"그렇죠."

경사는 대답했다.

"그러면 더 이상 초인지구가 아니고요. 강북에서는 껌을 아무 데나 버려도 되니까 나도 껌 하나만 주시죠."

운전하던 경장이 주머니에서 껌을 꺼내 주려고 하자, 경사는 경장의 손을 쳐서 말리고는 활동가에게 말했다.

"이봐요, 활동가 씨, 왜 그렇게 껌에 집착합니까?"

"민주주의 사회에서 가장 중요한 게 뭔지 아세요?"

활동가의 뜬금없는 질문에 경사와 경장 모두 어이가 없어서 아무 말 못 하는 동안, 활동가는 다시 캐물었다.

"민주주의 사회에서 가장 중요한 게 뭔지 아시냐고요?"

"간담회에서는 무슨 말을 해야 됩니까?"

나는 관리자에게 말했다. 강남구청에 도착한 우리는 민원인 대기실에서 초인을 기다리고 있었다. 초인2의 업무를 보조한다는 공무원은 젊은 여성이었다. 그냥 비서라고 하면 될 것을 업무보조원이라는 애매한 직함으로 부르고 있었다. 그녀는 우리에게 '방문객'이라고 적힌 신분증명서를 목에 걸어 주었고, 앉아서 기다리라며 의자를 권한 다음 문 너머로 사라졌다.

그 방에는 초인이 있을 것이다.

관리자는 대답했다.

"자유롭게 말하라고 업무보조원이 그랬잖아요."

"그거야 그쪽에서 하는 말이고 실제로는 어떨지 모르잖아요."

"인터넷에 찾아보면 간담회 영상도 있고, 별다른 건 없던데요. 좋아하는 아이돌 그룹이 있냐고 물어본 기자도 있는걸요."

초인2는 허물없는 대화를 통해 시민과 소통한다며 주기적으로 서울 시민들과 간담회를 열었다. 아무나 간담회에 참여할 수 있는 건 아니다. 서울시는 각계각층의 사람들이 초인2를 직접 만나는 기회를 주고 있다지만, 초인은 정말 각계각층의 사람들과 만나고 있지는 않았다. 초인2를 만나고 싶으면 큰돈을 서울시에 기부해야 된다는 소문도 있었다. 초인 카페에 어떻게 차례가 돌아왔는지는 모를 일이었다. 관리자가 힘을 쓰지 않았을까 추측만 할 뿐이었다.

"추적자 님은 초인을 별로 만나고 싶지 않으신가 봐요."

"관리자 님은 왜 만나고 싶으세요?"

나는 질문에 질문으로 대답했다.

"당연히 초인을 만나고 싶죠. 생명의 은인이고……."

"관리자 님이 도움을 받은 건 초인1이잖습니까. 저도 그렇고."

"그래도 감사를 전해 줄지도 모르잖아요."

공무원이 나와서 접수를 확인했다고 말했다. 곧 면담이 있을 것이라고도 말했다. 관리자가 대화 내용을 녹음해도 좋으냐고 물었더니 그렇다고 공무원은 고개를 끄덕였다.

"같이 녹음을 하시겠어요? 추적자 님 핸드폰 아이폰이죠? 녹음 기능 있잖아요."

나는 굳이 녹음하고 싶은 마음이 없었다. 오히려 초인2를 만나고 싶지 않았다. 초인1이 초인2를 감시한 것처럼 초인2 역시 초인1을 감시했을 것이다. 작년 투표일에 초인1이 나와 만나는 모습도 봤을 것이다. 그러므로 초인2는 나를 알고 있을 것이다. 오늘 간담회에서 어떻게 행동할지 모를 일이었다. 나는 초인2를 믿을 수가 없었다.

그 사실을 알면서도 왜 초인2를 만나러 왔는지 나도 모르겠다고 생각하며, 나는 허가를 기다렸다.

"들어오라고 하세요."

문 너머에서 목소리가 들렸다. 초인의 목소리였다. 우리는 업무보조원의 안내를 받아 들어갔고, 그곳에는 초인이 있었다.

"가서 일 보셔도 됩니다."

초인2는 여자에게 말했다. 그녀가 문을 닫고 사라지자 둥근 테이블을 가운데 두고 마주 본 초인2와 나와 관리자만 남았다. 초인2는 양복을 입고 있었다. 지난 1년여간 뉴스에서 신문에서 인터넷에서 수도 없이 봐 온 초인의 얼굴이었다. 우리는 악수를 했다. 초인2의 손은 단단했다.

"한 분은 구기터널 입구에서, 다른 분은 동대입구 지하철역에서 뵌 분이군요. 다시 만나서 반갑습니다."

나는 악수를 짧게 끝냈지만, 관리자는 초인2의 말에 깜짝 놀라서 그의 손을 잡고는 한동안 말을 잇지 못했다. 관리자는 여전히 손을 붙잡은 채로 물었다.

"저를 아십니까?"

"물론이죠. 두 분 모두 잘 알고 있습니다. 저는 초인1과 기억을 공유합니다."

"그때 정말 감사했습니다."

나는 말했다. 그제야 관리자는 초인2의 손을 놓고는 나를 돌아보았다. 방금까지는 시큰둥하더니 이제야 초인2에 대해 호기심이 생겼냐는 표정이었다. 관리자가 어떻게 생각하건 나는 신경 쓰지 않았다. 우리는 테이블 앞에 앉았고, 테이블에는 아리수 병과 종이컵이 있었지만 누구도 물을 마시지 않았다.

관리자는 초인 카페 활동에 대해 초인2에게 주저리주저리 설명했다. 더 많은 사람이 올 줄 알았는데 아니었다고 말하자, 초인2도 더 많은 사람이 온다고 들었는데 둘밖에 없어서 실망했다고 점잖게 대답했다.

관리자는 말했다.

"초인지구에서의 일은 어떠신가요? 이제는 초인지구 거주자들도 시스템에 완전히 적응해서 범죄율이 영 퍼센트에 가깝잖아요. 중범죄는 물론이고 경범죄도 일어나지 않고요."

"길에 쓰레기를 버리면 바로 딱지가 날아온다는데 사실인가요?"

나는 관리자의 말을 자르고 물었다. 초인2는 고개를 끄덕였다.

"사실입니다. 제가 초인지구의 모든 곳을 항상 보고 있기 때문에 바로 포착해서 고지서를 보냅니다. 초인지구에서는 바닥에 쓰레기 버리는 사람도 거의 없습니다. 두 분도 길 가다가 껌처럼 작은 쓰레기라도 버리시면 안 됩니다."

"이 양반이 밖에서도 담배를 피우고는 꽁초를 하수구에 버리려고 하더라고요. 깜짝 놀라서 말렸죠."

관리자는 그러면 안 된다고 나를 타일렀고 초인2와 함께 웃었다. 나는 웃음이 나오지 않았다. 관리자가 초인지구에 대해 지나치게 자세히 알고 있는 인상을 풍겼기 때문이었다. 관리자는 어디에 살고 있을까? 우리는 강북의 버스 정류장에서 만났지만 그렇다고 해서 관리자가 강북에 살고 있다는 뜻은 아니다.

나는 말했다.

"초인이 모든 곳을 다 지켜보고 있다면 개인의 프라이버시는 안 지켜지는군요."

민감한 질문에 관리자는 굳은 얼굴이 되었고, 초인2는 대답했다.

"저는 사람이 아닙니다. 초인지구를 한 명의 사람이 감시하고 있다고 여기시면 곤란합니다. 이렇게 설명하면 어떨까요, 에펠탑이 파리를 내려다보고 있다고 파리 시민들이 에펠탑에게 프라이버시를 침해받는 건 아니죠."

활동가는 말했다.

"민주주의 사회에서 가장 중요한 게 뭔지 아세요?"

"껌?"

경사가 비꼬듯이 대답했고, 활동가가 말했다.

"언론의 자유. 나는 그렇게 생각해요. 언론의 자유. 그게 있어야 진정한 민주주의 사회라고 할 수 있죠."

경사는 활동가의 말을 되받아쳤다.

"오히려 강력한 공권력이 필요한 시기 아닐까? 아무리 언론의 자유가 있다고 함부로 남의 건물을 침입하고 그러면 안 되지. 그러면 감옥에 가요. 아십니까?"

"강력한 공권력은 이미 있잖습니까. 초인이 있잖아요. 사람들은 껌도 함부로 못 버리잖아요. 초인지구에 사는 경사님은 괜찮습니까? 초인은 모든 걸 보고 있는데요. 경사님이 부인과 하는 섹스도 초인이 지켜보고 있는데 괜찮습니까?"

활동가의 말에 경장은 고개를 흔들며 어이없다는 듯이 웃었고, 경사는 말없이 활동가를 노려보았다.

활동가가 말했다.

"괜찮으냐니까?"

"왜 갑자기 반말이야?"

경사는 활동가에게 소리 질렀다. 경장이 말려야겠다는 생각에 점잖은 목소리로 대화에 끼었다.

"초인은 사람이 아닙니다. 초인이 사람들의 사생활을 보더라도……."

"프라이버시 침해는 아니다. 사람이 아닌 존재에게 어떻게 사생활을 침해당하느냐 이거지? 하지만 초인이 성욕이 있는지 없는지 어떻게 알지? 초인이 여자를 데려다가 떡을 치는지 안 치는지 어떻게 알아?"

활동가의 말에 경장은 대답했다.

"초인이 뭘 하건 내 알 바 아닙니다."

"왜? 궁금하지 않아? 초인하고 섹스를 하면 여자가 어떻게 될지 안 궁금해?"

그만하십쇼. 경장이 화를 내자 이번에는 경사가 오히려 경장을 말리고 나섰다.

"왜 그래, 이제야 대화가 흥미진진해지는데. 이봐, 활동가 양반, 초인하고 섹스하면 여자가 어떻게 되는데? 한번 말해 봐."

"초인의 엄청난 정력에 여자가 어떻게 버티겠어? 그런 생각 안 해 봤어? 여자가 떡실신당하지 않을까 궁금했던 적 없어?"

초인은 섹스를 하지 않습니다. 경장이 말하자 경사가 경장의 말을 가로막았다.

"웃자고 한 말에 죽자고 덤벼들면 네가 지는 거야."

경사는 활동가에게 말했다.

"활동가 아저씨, 그건 5분만 생각을 해도 알 수 있어. 초인이 문을 연다고 가정해 봐. 힘이 세니까 문손잡이를 부수지 않도록 조심히 힘 조절을 하면서 문을 열겠지. 사람들과 악수를 한다든지 이런 일상적인 동작에서도 당연히 힘을 조절할 거 아냐. 그러니까 섹스할 때도 힘 조절을 해서 하겠지. 여자가 초인하고 섹스를 하다가 초인적인 정력 때문에 죽는 일은 없다는 거지. 그리고 결정적으로, 우리 경장 말대로 초인은 섹스를 하지 않아. 인간의 모습을 가지고 있을 뿐이지 인간이 아니니까 인간의 욕망이 없어. 밥도 안 먹고 잠도 안 자. 당연히 섹스도 안 하고."

"초인이 욕망을 가지고 있는지 아닌지 어떻게 압니까? 육체도 인간의 것이고 행동도 사회화되어 있는데 욕망만은 없다고요?"

활동가가 따지자 참다못한 경장이 경사에게 말했다.

"그냥 껌 하나 주면 안 됩니까? 줄 테니까 제발 조용히 있으라고……."

"안 돼."

경사는 딱 잘라 거절했다. 그때 경찰차 안에서 삐삐, 삐삐, 삐삐 전자음이 울렸다. 활동가는 말했다.

"내가 이 소리를 잘 알지. 초인지구를 완전히 벗어났다는 뜻이야. 모든 경찰차에는 초인지구에 들어가거나 벗어났음을 알려 주는 기기가 장착되어 있어. 법 적용이 달라진 걸 알려 주는 거지."

나는 초인2에게 물었다.

"초인1에 대해서는 어떻게 생각하십니까?"

"그 대답은 언론에서도 많이 했습니다만, 저와 초인1은 적극적인 협력 관계입니다. 단지 활동 지역과 방식이 다를 뿐이죠."

"여전히 살인 사건에만 개입하는 초인1의 행동을 두고 초인이 가지고 있는 힘을 낭비하는 거라고 말하신 적이 있는데요."

"단순한 견해 차이를 밝혔을 뿐입니다. 초인1의 행동에는 부정적인 면도 긍정적인 면도 있습니다. 하지만 그렇기 때문에 시민의 삶이 다채로워집니다. 초인이 더 깊이 개입하는 삶을 원하면 초인지구에 살고 그렇지 않으면 비초인지구에 살면 됩니다."

초인2는 담담한 목소리로 대답했다. 나는 말했다.

"범죄자들을 벌주고 싶은 욕망은 안 느끼십니까?"

"저는 욕망을 느끼는 존재가 아닙니다."

"재미있군요."

"뭐가요?"

"욕망요. 인간의 육체를 가지고 있지만 욕망은 없다니 재미있지 않습니까?"

"육체를 완전히 통제하고 있으니까 없죠."

관리자가 끼어들어서 말했지만, 이제는 초인2도 관리자를 신경 쓰지 않았다. 초인2의 표정은 여전히 변하지 않았다. 감정을 드러내지 않는, 정말로 육체를 완전히 통제하는 자의 표정이었다.

나는 말했다.

"사적인 생활은 전혀 없으신가요? 사회생활은 안 하십니까? 친구도 없나요?"

"가질 시간이 없습니다."

"초인1도 그럴까요?"

"그거야 초인1의 사생활입니다만, 아마도 그렇지 않을까요? 하루 종일 서울을 감시하려면 사적인 시간을 내기 어렵겠죠. 어쨌든 초인1에게 할 질문을 저에게 하진 말아 주세요."

초인2는 대답했다.

"연인도 없을까요?"

"누가요? 초인1이요?"

"어느 쪽이든."

"어느 쪽이라니, 무슨 뜻이죠?"

초인2는 되물었다.

"초인지구 벗어났다고 갑자기 무서운 게 없어진 것 같은 얼굴인데?"

기자와 활동가를 향해 경사가 말했다.

"나도 하나 물어볼까? 경찰의 가혹 행위가 가장 많이 이뤄지는 곳이 어딘 줄 알아? 호송 차량이야. CCTV가 없거든. 수갑을 찬 상태에서 당할 수 있는 가혹 행위도 가르쳐 줄까? 시범 한번 보여 줘?"

"껌 하나 달라는 게 가혹 행위 받을 짓입니까?"

활동가가 따지는데, 경장이 경사를 향해 말했다.

"저 차 아까부터 따라오는 것 같습니다."

"무슨 차?"

경사가 뒤를 돌아보았고, 경장은 택시를 가리켰다. 아까부터 따라오고 있었다고 경장은 말했다. 경사는 고개를 흔들었다.

"아냐. 나도 보고 있었어. 따라오는 차는 없어."

경장은 계속 따라오고 있는 것 같다고 거듭 중얼거렸으나 경사는 신경 쓰지 않고 활동가에게 말했다.

"불법침입죄는 왜 지은 거야? 그거 말하면 껌 하나 주지. 어딜 불법 침입했어?"

"경찰이 그걸 모를 리가 없잖아요."

활동가는 대답했다.

"심심해서 그러니까 말해 봐."

"은행요."

경장이 놀라서 두 사람을 돌아봤다. 은행 강도였다니, 라는 얼굴이었다.

"무슨 은행을 털었는데?"

"정자은행."

경사가 웃었고, 어이없는 표정이었던 경장도 천천히 웃기 시작했다.

"불임 치료 클리닉입니다."

기자가 말을 덧붙였다. 경사는 거의 처음으로 입을 연 기자를 한동안 바라보았으나 기자는 다시 입을 다물었다.

경사는 활동가에게 말했다.

"거긴 도대체 왜 갔어? 몰래 정자 기증하러?"

"변호사 입회하에만 증언할 겁니다."

활동가는 대답했다.

"변호사 같은 소리 하네."

경사가 앞을 향해 몸을 돌리며 중얼거리자 활동가는 따졌다.

"껌은? 껌 주기로 했잖아요."

경사가 돌아보지 않자 활동가는 소리 질렀다.

"왜 껌 안 줘? 대답하면 주기로 했잖아! 빨리 내놔!"

"이 새끼가 진짜."

뒤를 돌아보고 버럭 화를 내는 경사에게, 활동가는 몸을 버둥거리면서 더 크게 소리쳤다.

"빨리 내놔! 껌! 껌 씹고 싶단 말이야!"

나는 초인2에게 말했다.

"요즘 인터넷에서 이상한 소문이 퍼지고 있는 건 아시죠?"

"어떤 소문인지 말씀해 주시겠습니까?"

"무슨 소문요?"

초인2에 이어서 관리자도 나에게 질문했다.

나는 대답 대신 다른 질문을 했다.

"서울에 초인이 두 명입니까?"

"두 명이죠."

관리자가 말했다.

"그걸 모르는 사람도 있습니까?"

"초인은 두 명이죠?"

나는 관리자를 무시하고 초인2에게 재차 물었다. 그에게서 직접 대답을 듣고 싶었다. 나는 내가 어떤 질문을 던지는지 초인2가 알고 있었다고 지금도 생각한다. 초인2의 표정은 전혀 변하지 않았고 어떤 감정도 드러나지 않았다.

그는 말했다.

"두 명입니다."

"초인도 거짓말을 합니까?"

"아닙니다."

"초인은 거짓말을 하지 않습니다, 라고 말해 보세요."

"초인은 거짓말을 하지 않습니다."

"하는군요."

"뭘요?"

초인2가 되물었다. 관리자는 눈이 똥그래져서 우리를 번갈아 보았고, 도대체 무슨 일이지라고 중얼거리는 관리자의 목소리가 들렸다. 나는 초인2에게서 시선을 떼지 않았다.

초인2는 말했다.

"방금 소문이라고 하셨는데, 도대체 무슨 소문요? 제가 모르는 소문도 있습니까? 저는 서울의 모든 소리를 듣고 있고 모든 소식을 다 알고 있습니다. 제가 모르는 소문은 없습니다. 만약 모르는 소문이라면, 그런 소문이 있다고 누군가 주장할 뿐인 유언비어일 겁니다."

경사는 주머니에서 껌을 꺼냈다. 껌을 통째로 뒷좌석에 던지려다가, 경사는 활동가와 기자를 위아래로 훑어보았다.

"수갑을 차고 있으니 어쩔 수가 없군."

경사가 껌 종이를 벗겨 뒷좌석으로 손을 내밀었다. 활동가가 몸을 앞으로 기울였지만 경사가 들고 있는 껌에는 입이 닿지 않았다. 경사가 껌을 활동가의 입에 직접 집어넣으려 뒷좌석으로 상체를 내밀었을 때였다. 껌을 받아먹을 듯 몸을 기울이던 활동가가 경사의 셔츠 팔꿈치 부분을 덥석 물었다.

"씨발!"

경사가 소리치자 경장도 뒤를 돌아보았다가 꽥 소리를 질렀다. 벌게진 얼굴로 이를 꽉 다문 채 활동가는 경사의 옷자락을 놓지 않았다. 경사가 몸을 비틀며 욕지거리를 내뱉는 소리, 활동가가 셔츠를 놓지 않아 옷이 찢어지는 소리, 활동가의 씩씩대는 숨소리로 차 안은 한동안 혼란스러웠고, 경장이 몰고 있는 차는 차선을 벗어날 듯 위태롭게 움직였다.

"미친놈. 씨발, 미친 새끼가……. 활동가란 놈들은 다 저래?"

간신히 팔을 뺀 경사는 반복해서 말했다. 미친놈, 미친 새끼가. 괜찮으십니까, 경장은 경사에게 물었다. 경사의 셔츠 팔꿈치 부분은 찢어져 있었다.

"괜찮아."

경사는 경장에게 말했다. 활동가는 좌석에 몸을 기댄 채로 경사와 경장을 번갈아 보며 비실비실 웃다가, 말을 걸었다.

"내가 신기한 거 보여 줄까?"

"신기한 거 이미 봤어. 미친 짓도 봤고."

경사는 대답했다.

"아니, 진짜 신기한 게 있어."

활동가는 말하고, 두 손을 들어 올렸다.

"짜잔, 수갑이 사라졌다!"

그 순간 경찰차를 줄곧 따라오던 택시가 뒤에서 들이받았다.

초인2는 고개를 돌려 벽을 바라보았다.

"왜 그러세요?"

관리자가 물었다. 초인2는 아무것도 아니라며 곧 관리자와의 대화로 돌아왔지만, 그들의 대화는 내 귀에 들어오지 않았다. 나는 초인2의 행동을 생각하고 있었다. 초인2가 고개를 돌렸다면 심상치 않은 소리를 들은 것이다. 초인지구의 소리야 항상 듣고 있으니 경범죄 정도가 그의 주의를 끌진 않을 것이다. 경범죄가 아닌 살인이나 강도 같은 큰 사건이라면, 초인2는 소리를 듣자마자 바로 움직여야 한다. 그것이 초인지구의 법칙이다. 하지만 소리만 듣고 다시 대화로 돌아올 만한 범죄는 뭘까? 비초인지구에서, 아마도 초인지구와의 경계선 근처에서 초인2의 주의를 끄는 사고가 일어났을 것이다. 나는 초인이 바라본 벽의 방향을 생각했다. 분명 강북 쪽이다.

"뭐 물어보고 싶은 것 없어요?"

관리자가 물었다. 나는 없다고 웅얼거렸다. 둘이 무슨 대화를 했는지도 몰랐고 별로 알고 싶지도 않았다. 스마트폰으로 트위터를 켜고 '#초인은지금'을 검색했다. 아직 특별한 소식은 없었다. 스마트폰에서 눈을 뗐을 때, 초인2는 나를 보고 있었다.

내가 트위터를 통해서 '#초인은지금'을 검색했음을 눈치챈 것이다.

"무슨 일이라도 있습니까?"

"아뇨."

나는 얼버무렸다.

"쓸데없는 소문을 믿지 마시기 바랍니다. 저도 초인1도 서울 시민들의 안전을 위해 노력할 뿐입니다."

초인2는 말했다.

택시가 들이받자 경장은 브레이크를 밟아 차를 세웠다. 도망가려는 활동가와 기자, 그리고 놓치지 않으려는 경사와 경장은 차 안에서 팔과 다리가 뒤엉킨 채 몸싸움을 벌였다. 소닉 붐이 용산구로 다가올 때도, 그들은 여전히 서로에게 욕하고 옷자락을 붙잡고 발로 걷어차고 있었다. 행인들은 어리둥절한 얼굴로 도로 한복판에 멈춘 경찰차와 택시를 지켜보았다. 자동차들은 우회해서 비켜 가거나 신경질적으로 경적을 눌렀다. 마침내 활동가와 기자가 경장과 경사의 손에서 벗어나 차에서 내렸을 때, 스키 마스크를 쓴 덩치 큰 남자와 눈이 마주쳤다.

기자는 여전히 등 뒤에 수갑이 채워진 채였다. 초인1은 경찰차로 다가가 바닥에 굴러다니던 수갑을 꺼내 활동가에게 다시 채웠다. 택시 운전석에서 가방을 든 남자가 내렸다가 초인1을 보더니 외쳤다.

"씨발."

남자는 가방을 활동가를 향해 던지고는 그대로 도망쳤다. 초인1은 남자를 따라가진 않았다. 활동가가 수갑을 풀려고 반항하자 활동가를 눌러 바닥에 앉혔을 뿐이었다. 기자는 멍하니 그들을 보았다.

경사와 경장도 차에서 내려 초인1을 바라보았다. 주변으로 행인들이 몰려들기 시작했다.

"아직……."

기자가 경사를 향해 무언가를 말하려 했다. 기자는 택시 운전사가 던지고 간 가방과 경사를 향해 번갈아 시선을 던졌고, 활동가는 주저앉은 채 씩씩 숨을 몰아쉬었다.

"아직……."

기자는 되풀이해서 말했다. 무슨 말을 하려는 걸까? 경장은 생각하며 기자와 경사를 번갈아 보다가 초인1에게 시선을 주었다. 초인1은 조용히 서 있었다.

"에라 모르겠다."

경사가 가방으로 다가갔다. 검은색 스포츠 가방을 열고 안에서 종이 뭉치를 꺼냈다. 경장은 뭐 하시는 거냐고 외치려고 했지만 목소리가 입 밖으로 나오진 않았다. 무슨 일이 벌어지려는 건지 전혀 짐작할 수 없었다. 그리고 그때 초인1이 하늘로 날아오르려고 해서, 경장은 그 광경을 바라보았다. 초인1은 땅을 가볍게 박차고 공중으로 떠오르더니 그대로 속도를 내어 하늘로 솟아올랐다.

경사는 종이 뭉치를 몰려든 행인들을 향해 던지듯이 뿌렸다.

"시민 여러분에게 드릴 말씀이 있습니다!"

활동가가 벌떡 일어나 소리쳤다. 경장은 깜짝 놀랐다. 행인들도 놀라 활동가를 보았다. 기자는 활동가가 앉아 있던 옆에 털썩 앉았다. 기자는 여전히 굳은 표정이었다.

"한국 정부가 초인과 인간의 혼혈을 실험 중입니다! 한국 정부가 초인과 인간의 혼혈을 실험 중입니다! 초인이 인간과 혼혈을 만들고 있습니다! 초인이 인간과 혼혈을 만들고 있습니다! 초인이 인간과 혼혈을……."

경사가 던진 종이를 사람들은 주워 들었다. 활동가가 외치고 있는 주장을 더 상세히 서술한 전단지였다. 초인이 인간과 혼혈을 만들고 있습니다, 초인이 인간과 혼혈을 만들고 있습니다. 활동가가 외치고 경사가 전단지를 뿌렸다.

"뭐야, 셋이 한패였어?"

놀란 경장은 경사와 활동가 그리고 기자를 번갈아 바라보았다.

사무실에서 나왔을 때는 나도 관리자도 무슨 일이 벌어졌는지 정확히 몰랐다. 용산구에서 일어난 경찰 호송 차량 탈취 사건이 인터넷을 통해 알려지기 직전이었다. 관리자와 말싸움하는 동안은 핸드폰을 보지 않았다. 어떤 사건이 터졌는지는 집으로 오는 길에 핸드폰을 확인하고 나서야 알게 되었다.

엘리베이터를 타고 1층으로 내려와 구청 건물을 나올 때까지도 관리자는 씩씩거리면서 앞장서서 걸어갈 뿐 나를 보지도 않았다. 버스 정류장으로 향하는 길에서 그에게 잘 가라고 인사했더니, 그제야 휙 나를 돌아보았다. 말싸움이 시작되었다.

"뭘 어쩌자는 겁니까?"

"뭘 어쩌자는 건데요?"

나는 되물었다.

"얼마나 중요한 기회였는지 압니까? 초인을 아무나 만나는 줄 알아요? 오늘 간담회에 얼마나 공을 들였는지 알아? 왜 쓸데없는 말을 해서 분위기를 망쳐?"

"나는 왜 불렀습니까? 왜 다른 사람들은 안 왔고?"

관리자는 바로 대답하지 못했다.

"안 온 게 아니라 처음부터 안 불렀겠지."

"내가 당신 같은 사람 뭐 좋으라고 혼자 불러?"

관리자는 퉁명스럽게 말했지만, 목소리에는 조금 전의 자신감이 없었다.

"그러면 앞으로 볼 일도 없겠군."

내가 쏘아붙이고 돌아섰을 때 관리자가 소리쳤다.

"당신만 초인을 만나고 싶은 거 아니야!"

큰 목소리였다. 내가 온라인과 오프라인에서 만난 관리자는 그 정도로 격한 감정을 쏟아 낸 적이 없었다. 나는 뒤돌아서서 되물었다.

"그래서 뭘 어쨌다는 거요?"

"나도 마찬가지야. 당신만 초인을 쫓는 게 아니야. 힘들게 몇 달을 노력해서 오늘 기회를 만든 거야. 그걸 망쳐?"

"당신이 만나고 싶은 건 초인1이잖아. 나도 그렇고."

"나는 어느 초인이든 상관없어."

"그러니까 왜 나를 불러? 안 불렀으면 됐잖아? 당신 마음 맞는 사람 불렀으면 아무 일 없었을 걸 왜……."

"당신 혹시 이미 초인 만난 거 아니야?"

관리자가 정곡을 찔렀기 때문에 나는 그래선 안 된다는 걸 알면서도 잠시 머뭇거렸다.

"다른 사람들이 모르는 뭔가를 알고 있어. 그렇지? 그렇게 초인 뒤를 쫓을 때는 언제고 눈앞에 초인이 있는데 궁금한 질문 하나도 없어? 꼭 만나기 싫은 사람인 척할 필요는 없잖아. 안 그래?"

"그래서 경찰에게 일러바쳤나?"

나라고 할 말이 없는 건 아니었다.

"초인법 투표일에 여고생하고 내 뒤에 경찰 따라붙은 것을 모를 줄 알아? 왜 초인 카페 모임에 안 왔냐고? 그 경찰 때문에 안 갔어! 당신이 경찰에게 일러바쳤지? 우리가 만나는 줄은 어떻게 알았어? 여고생이 나에게 보낸 쪽지를 관리자 모드에서 훔쳐보기라도 했어?"

관리자는 아무 말 하지 않았다. 할 말이 없었을 것이다. 그리고 나도 더 이상 할 말이 없었다. 우리는 말없이 서로를 노려보기만 했고, 이윽고 관리자가 돌아서서 걷기 시작했다. 버스 정류장으로 가지 않는 걸 보니 당신 이 근처 사나 보지? 나는 말했지만 관리자는 돌아보지 않았다.

"초인지구 시민님, 정기 채팅 때 만납시다."

멀어져 가는 관리자를 향해 짓궂게 말했으나, 관리자는 여전히 돌아보지 않았다.

텔레비전 뉴스 속의 기자는 말했다.

"초인의 아이를 임신한 여성이 있습니다."

말도 안 돼, 나는 중얼거렸다.

그날 밤, 나는 모든 뉴스 채널에서 동시에 속보로 생중계하는 기자회견을 지켜보고 있었다. 용산구 앞에서 경찰차를 탈취하는 사고를 일으킨 기자와 활동가는 수감됐고, 그들과 함께 이번 사건을 계획했다는 사람들이 긴급 기자회견을 열었다. 경찰은 그들 역시 체포하겠다고 으름장을 놓으나 소용없었다. 그들은 인권 단체, 여성 단체, 기자, 초인에 반대하는 경찰 세력 등으로 이뤄진 집단이었다. 책상과 마이크를 놓고 건너편의 기자단을 바라보는 그들의 표정은 굳어 있었다.

오전에 구청 앞에서 관리자와 헤어지고 난 후, 버스를 타고 가면서 한동안은 마음이 어지러워서 멍하니 창밖만 보았다. 버스 단말기 위에 달린 모니터에 '용산구 경찰 호송 차량 사고 초인1 출동'이라는 뉴스 속보 자막이 떴고, 그제야 용산구에서 일어난 사건에 대해 알았다. 상당히 늦게 소식을 접한 것이다. 만약 소식을 바로 알고 용산구로 갔다면 아마 전단지가 어수선하게 흩어져 있는 현장을 봤을지도 모르겠다. 핸드폰 액정을 멀미가 나도록 들여다보며 인터넷을 검색하다가, 집에 도착하자마자 컴퓨터부터 켰다. 동영상과 정보를 찾아보고 텔레비전도 켜서 뉴스를 보았다. 나는 저녁 먹는 것도 잊고 밤늦게까지 정보를 모았다.

"껌을 주는 척하면서 수갑을 풀어 줬다니, 그것참."

전단지가 스캔되어 인터넷에 이미지로 뿌려지기까지는 오래 걸리지 않았다. 어째서인지 사람들은 전단지의 모든 내용을 사실로 믿었고 여론은 거칠게 끓어올랐다. 당장이라도 초인과 인간의 혼혈이 실험 중인 병원으로 찾아가 다 때려 부술 것처럼 굴었다.

　반대로 언론은 사건을 대수롭지 않게 다뤘다. 유언비어에 현혹되지 말라며 사람들을 타이르는 것 같은 뉴스가 주를 이뤘다. 그때는 나도 언론과 비슷한 의견이었다. 하지만 언론의 태도는 사고를 일으킨 기자와 활동가가 관련된 단체가 저녁에 긴급 기자회견을 열겠다고 선언하면서 다소 신중하게 사태를 지켜보자는 분위기로 바뀌었다.

　저녁 아홉 시 반, 기자회견이 시작되었다. 방송국은 뉴스도 중단하고 기자회견을 중계했다. 나는 텔레비전을 바라보며 숨을 죽였다.

　"초인의 아이를 임신한 여성이 있음을 증명하는 자료를 저희가 가지고 있습니다."

　자신을 '초인과 인간 간 혼혈 실험의 진실을 밝히는 모임'의 대표라고 설명한 남자는 말했다.

　"인간과 초인의 혼혈 실험은 이미 초인법 투표 전부터 계획되었습니다. 미국과 일본 그리고 독일로부터 의료 기술과 기기를 지원받았으며, 초인2의 협조 아래 초인지구 내의 강남 불임 치료 병원에서 실험이 진행 중입니다. 저희는 이와 같은 정보를 입수하고 병원에 침입해 정보를 확인했으며, 그 와중에 두 명의 동료가 경찰에 체포되었습니다."

　말도 안 돼, 라고 나는 중얼거렸다.

　"저희가 입수한 정보에 따르면 이미 초인의 아이를 임신한 여성이 있습니다. 실험에 성공하면, 그러니까 아이가 태어나면, 계속해서 초인과 인간의 혼혈을 만들고 이 혼혈이 미국과 일본과 독일에 만들어질 초인지구를 감시하는 초인이 됩니다. 한국 정부는 각 나라들과 이와 같은 협정을 비밀리에 맺었습니다. 저희는 이 사실을 오늘 폭로하려 합니다……."

두 달 반 후, 초인과 인간의 혼혈 실험을 규탄하는 대규모 시위가 전국에서 동시에 시작되었다.

초인3

2015년 7월 18일, 반포대교 일대는 십만여 명의 시위대로 혼란스러웠다.

토요일을 맞아 대규모의 시위가 열렸다. '초인 혼혈 프로젝트'에 반대하는 서울 시민들이 모였고 나 또한 그랬다. 새벽부터 반포대교에 도착해 부근에 머무르다가 시위대의 뒤를 말없이 따랐다. 전혀 모르는 사람들 틈 사이에 끼어서 반포대교 위로 진입했다. 시위대는 용산에서 출발해 반포대교를 통해 초인지구로 들어간 다음, 프로젝트가 진행된 불임 클리닉으로 행진하고 그곳에서 대규모 집회를 열 계획이었다. 하지만 시위대가 반포대교에 도착할 때쯤 반포대교 남단의 초인지구 경계선은 전경 버스로 만든 차 벽으로 막혀 있었다. 이후 경찰은 반포대교 북단에도 버스와 바리케이드로 벽을 만들고 더 이상 다리에 사람들이 들어오지 못하도록 막았다. 시민의 안전을 위한 조치라고 경찰은 발표했으나 그렇게 받아들이는 시민은 아무도 없었다. 나는 사람들과 함께 다리 위에 갇혔다.

사람들은 경찰의 조치를 비난했으나 경찰의 대응에는 변화가 없었다. 초인지구로 진입하면 초인법에 따라 처벌할 것이라는 냉정한 발표만 있었다. 오후 네 시까지 나는 시위대와 함께 다리 위에 머물러 있었다. 내리쬐는 햇볕이 뜨거웠다. 반포대교 난간 너머에서 출렁이는 한강 물을 한동안 내려다보다가 미리 가져온 수건으로 땀을 닦았다. 시위대가 얼음물에 담가 놓은 생수병을 무료로 나눠 주고 있어서 그것을 받아 한 모금 들이켰다.

시위대는 버스를 들어내고 초인지구로 넘어갈 것인가 그러지 말 것인가 논쟁을 벌였다. 점점 달아오르는 분위기를 봐서는 곧 버스를 들어낼 것 같았다. 사람들의 목소리가 커지고 있었다. 어디선가 굵은 밧줄도 나타났다. 경찰에게 빼앗길까 걱정한 사람들이 줄을 깔고 앉아 지켰다. 반대하는 쪽은 꼭 초인지구로 진입할 필요 없이 비초인지구 안으로의 행진만으로도 충분하지 않으냐고 주장했다. 하지만 반드시 초인지구로 들어가서 초인2가 어떻게 반응하는지 알아봐야 한다는 주장이 목소리가 더 컸다. 그러지 않으면 시위가 무슨 의미 있느냐는 것이다. 정말 초인2가 시위대를 공격한다면 더 이상 시민들을 위한 초인이 아니며, 그 점을 확인하기 위해 싸우자는 것이다.

결국 결론은 버스에 줄을 묶어 당겨 들어내고 초인지구로 들어가자는 것이었다. 설령 초인2가 나와서 막더라도 몇만 명의 시위대를 다 막지 못한다는 주장이었다. 이미 초인지구 쪽에도 시위대가 모여 있으니 다리를 지나 합류만 하면 된다는 것이었다.

"버스 안에는 전경이 있을 텐데……."

나는 중얼거렸다. 버스 유리창에는 커튼이 내려져 있어 안이 들여다보이지 않았다. 버스 너머에는 시위대가 있었다. 핸드폰으로 인터넷 뉴스를 검색해 보면 그곳에는 반대 시위와 찬성 시위를 하는 사람들이 섞여 있다고 했다.

경찰은 초인 혼혈 프로젝트 반대 시위에 1만 명 정도, 찬성 시위에도 그 정도 사람이 모였다고 추산했다. 하지만 현장에 있는 사람들은 반대가 3만 명쯤, 찬성은 몇천 명쯤으로 보았다. 나도 그 말이 옳을 것 같았다. 찬성하는 쪽이 굳이 시위에 나올 이유는 없었다. 그들은 그저 초인과 인간의 혼혈이 세상에 나오기만 기다리면 되는 것이다.

사람들은 계속 모여들었지만 다리는 여전히 봉쇄된 채였다. 서울 시내 곳곳에서 밤늦게까지 많은 행사가 계획되어 있었다. 이제 서울 시민들은 어떻게 할까? 사람들은 왜 초인이 다리를 막았는지 분노했다.

하지만 나는 다른 생각에 빠져 있었다. 왜 초인2와 정부는 미리 반포대교를 봉쇄하지 않았을까? 시위를 막을 생각이었다면 왜 다리를 통제하지 않았나? 오히려 다리 위에서 사람들이 오도 가도 못하는 지금의 상황이 사람들을 더 분노하게 만들고 있다. 강남 8개 구의 질서를 지킨다는 초인2의 목표와도 어긋나는 결과였다.

"설마 초인2의 의도는 아니겠지."

사람들은 자신의 뜻대로 움직이고 있다고 생각하지만 사실은 초인2가 짜 놓은 커다란 함정에 빠진 건 아닐까?

"내가 상황을 지나치게 복잡하게 생각하는 걸까……."

"초인2를 그대로 둬도 괜찮겠습니까?"

어디선가 텔레비전 방송이 크게 들렸다. 전광판을 실은 차가 다리 한가운데서 초인 혼혈 프로젝트와 관련된 방송을 틀어놓고 있었다. 지겹도록 들은 방송이지만 다리 위에 있는 동안은 피할 곳이 없었다. 텔레비전 방송에서는 두 명의 패널이 초인 혼혈 프로젝트를 두고 찬반 토론을 벌이고 있었다.

나는 전광판을 등지고 앉아 있었고, 보고 싶은 마음도 없었다. 그래서 소리만 들었다.

"국민을 보호해야 할 국가가, 국민에게 비밀로 하고 사람과 초인의 혼혈을 만들다니 이게 말이 됩니까? 초인2가 항상 인간을 위해 행동하고 선한 행동만 하지 않는다는 것이 이번 사건으로 증명되었습니다. 더 이상 시민의 안전을 초인2에게 맡길 수 없습니다. 초인2를 견제할 방법을 찾아야 합니다."

초인 혼혈 프로젝트에 반대하는 패널의 지적에, 초인 혼혈 프로젝트에 찬성하는 패널의 반론이 이어졌다.

"그렇게 주장하는 테러리스트가 있었죠. 지금 프로젝트를 무조건 반대만 하는 사람들은 일민미술관 테러리스트와 다를 바 없습니다. 반대를 위한 반대를 하는 겁니다."

사람들이 야유했다. 깃발을 흔들고 대통령과 서울시장은 사과하라고 외쳤다. 다리 위에는 많은 종류의 사람들이 있었다. 남자도 여자도, 깃발을 앞세운 단체들, 친구들과 같이 온 젊은 이들, 아이를 데리고 온 가족도 있었다.

프로젝트에 찬성하는 패널은 말을 이었다.

"그런 일은 절대로 일어나지 않겠지만, 설령 초인2가 시민의 뜻을 거스르는 일을 하더라도 초인1이 있습니다. 초인1이 초인2의 지나친 행동을 막을 겁니다. 반대로 생각해 보시죠. 초인 혼혈 프로젝트를 초인1이 반대하지 않았다는 사실 자체가, 프로젝트가 인간에게 이롭다는 초인1의 판단임을 뒷받침하는 객관적인 증거입니다. 마찬가지로 인간도 초인 혼혈 프로젝트를 받아들여야 합니다."

"초인1이 초인2를 도울지 사람을 도울지 어떻게 알아요? 초인1이 초인2의 편인지 사람의 편인지 어떻게 압니까? 초인2는 시민의 편으로만 알았다가 이런 일이 벌어진 것 아닙니까?"

초인1은 시민의 편이다. 하지만 사람들은 모른다. 나는 초인1과 대화했으나, 시민들은 대화하지 않았기 때문에 그 사실을 모른다. 가끔은 초인1과의 대화를 세상에 공개하는 생각도 해 본다. 초인1은 자신과의 대화를 공개하라는 말을 하지 않았지만, 하지 말라는 말도 하지 않았다.

"말해야 합니까?"

나는 허공을 향해 조용히 말했지만 대답은 돌아오지 않았다.

프로젝트에 반대하는 패널이 목소리를 높였다.

"이게 말이나 됩니까? 국민에게 알리지도 않고 초인의 혼혈을 만들다니요. 초인법은 도대체 누구를 위해 존재합니까? 정치인? 초인? 아닙니다. 국민입니다. 국민이 무섭다는 걸 정부와 초인은 알아야 합니다."

"증거가 있습니까? 초인의 아이를 임신했다는 여성이 있습니까? 증거가 있다면서 어째서 여성은 없습니까? 아이를 임신한 여성이 없기 때문에 나타나지 않는 겁니다. 초인과 인간의 혼혈을 만들 기술 자체가 아직 존재하지 않습니다. 초인 혼혈 프로젝트가 아니라 초인 연구 프로젝트입니다. 단지 인간과 초인의 유전자를 융합할 수 있는지 가능성을 연구했을 뿐이라고 정부는 분명히 해명했습니다."

찬성 패널이 윽박지르듯이 말했다. 그의 말대로 초인의 아이를 임신한 여성은 아직도 나타나지 않았다. 초인 혼혈 프로젝트를 세상에 밝혀낸 '초인과 인간 간 혼혈 실험의 진실을 밝히는 모임'에서는 분명히 초인의 아이를 임신한 여성이 있고, 곧 정체가 드러날 것이라고 말했으나 대규모 시위가 벌어진 지금에도 그런 일은 일어나지 않았다. 정부는 여전히 직접적인 실험이 없었다며 부인 중이다.

초인2가 인간 여성의 몸을 빌려서 초인과 인간의 혼혈을 만든다는 폭로는 충격적이었다. 초반에는 믿을 수 없다는 여론이 많았고, 나도 그랬다. 초인과 인간은 유전자를 '섞을' 수 없다. 초인은 인간의 몸을 점거하고 있는 외계인이다. 유전자조작을

통한 혼혈이라니 불가능하다. 정 초인3을 만들고 싶다면 초인
2가 둘로 분열하면 된다. 나는 기자와 활동가라는 사람이 엉뚱
한 정보를 가지고 헛소동을 벌였다고 믿었다. 미국에서 서류가
나오지 않았다면 나는 끝까지 믿지 않았을 것이다.

경찰 내부에 한패가 있었다는 사실은 충격적이진 않았다.
초인법을 반대하는 경찰도 많았고 초인지구와 비초인지구 내
의 경찰 역할에 대한 논쟁과 갈등도 끊임없이 있었다. 경찰 몇
명이 초인법에 반대하는 사람들과 손잡고 독단적인 행동을 벌
이는 건 놀랄 일은 아니었다.

하지만 어떻게 서울 시민의 모든 행동을 감시하는 초인2를
피해서 이런 일을 진행시킬 수 있었을까? 같이 행동할 사람을
모으고, 병원에 몰래 들어가고, 경찰과 손을 잡아 피의자를 초
인지구 밖으로 끌어내고, 교통사고를 일으키다니.

"어떻게 된 일일까……."

찬성 패널의 목소리가 커지자, 반대 패널도 소리 지르기 시
작했다.

"해명이라고요? 변명이겠죠. 미국 정부에서 공개한 서류가
있습니다. 한국이 미국과 일본에게 기술을 지원받는 대신, 이
후 미국과 일본에 초인지구를 설립하는 데 협조하겠다는 문서
가 있습니다. 없는 실험에 합의한다는 서류가, 그것도 남의 나
라에서 나올 수 있습니까?"

반대 패널의 말대로 지난달에 미국 정부와 한국 정부의 합
의 내용이 담긴 서류가 인터넷에 흘러나왔다. 여론은 물론이

고 이전까지 초인에게 우호적이던 몇몇 언론들도 서류가 공개되면서 돌아섰다. 특히 북한이 신경질적인 반응을 보이면서 여론이 악화되었다. 북한은 한국과 미국이 초인을 군사력으로 활용할 경우 강경 대응하겠다고 여러 차례 경고했다. 북한을 떠나서라도, 우리가 미국과 일본을 신뢰할 수 있을까? 만약 수많은 초인이 전 세계에서 초인지구를 만든다면 어떤 일이 벌어질지 예측 가능할까? 이런 문제를 정부가 국민에게 동의를 구하지 않고 결정해도 될까?

사회 분위기가 점점 격화되는 두 달 반 동안 초인1은 아무 말도 하지 않았다. 시민들은 말 하지 않는 것에 의미를 두고 있다. 초인1 역시 초인2의 프로젝트에 동조하는 것이라고, 아니면 더 큰 음모가 뒤에 있다고 믿기 시작했다. 한국, 미국, 일본, 초인1, 초인2가 비밀스럽고 거대한 계획을 가지고 있다고 믿었다. 하지만 그렇지 않다. 초인1은 단지 아무 말 하지 않았을 뿐이다.

"반대편에 초인이 왔답니다!"

누군가 외쳤다.

"줄을 당깁시다! 버스를 치우고 초인지구로 넘어갑시다! 초인2에게 시민의 힘을 보여 줍시다!"

나는 벌떡 일어났다. 밧줄은 어느새 버스 범퍼에 묶여 있었다. 버스를 지키던 전경들은 없었다. 초인지구로 넘어간 모양이었다. 버스 안에 전경이 남아 있는지는 잘 보이지 않았다. 내가 다른 생각에 팔려 있는 사이 상황이 빠르게 변하고 있었던 것이다. 사람들은 운동회에서 줄다리기라도 하듯이 영차 영차 구호를 외치며 줄을 당겼다. 무겁게만 보였던 벽이 쉽게 움직였다. 버스와 버스 사이에 틈이 생기자 다리 위에 몰려 있던 많은 사람들이 성급하게 틈으로 모여들었고, 서둘러 들어가려는 사람과 질서를 지켜서 천천히 들어가자고 주장하는 사람과 여전히 줄을 당겨서 버스를 끌어내고 있는 사람들 사이에 소동이 벌어졌다. 잠시 후 사람들은 버스를 완전히 끌어냈다. 나는 불안했지만, 혹은 불안했기 때문에, 다른 많은 사람들 사이에 휩쓸려서 초인지구로 다가갔다.

그리고 초인지구 경계선에 초인2가 있었다.

특수 경찰 제복을 입은 초인2를 보고 사람들은 걸음을 멈췄다. 나는 천천히 사람들 사이를 밀치고 맨 앞으로, 초인2가 가장 잘 보이는 장소로 움직였다. 다리 곳곳에서 함성이 터져 나왔다. 강변에서도 함성이 들렸다. 어서 경계선을 넘어 초인지구로 가자는 뜻 같았다.

초인지구로 들어오지 마십시오.

초인2의 경고가 이어졌다. 초인2는 초인지구 경계선의 바로 뒤에 서서 시민들을 마주 보고 있었다. 그의 뒤에는 또 다른 차벽이 있고 그 너머는 보이지 않았다. 초인2의 목소리는 확성기라도 대고 있는 것처럼 쩌렁쩌렁 울렸다. 초인1이 일민미술관에서 테러리스트에게 경고했을 때 사용한 그 목소리였다. 사람들도 초인2에 맞서 소리쳤으나 목소리가 하나로 합쳐지지는 않았다. 많은 사람을 대표할 누군가가 필요했다. 웅성거리던 사람들이 뒤를 돌아보기 시작할 때, 나는 그곳에서 대표가, 혹은 초인1이 다가오는가 생각했다.

내 예상은 모두 틀렸다. 사람들 사이에서 나타난 건 아기를 안은 여인이었다.

갓난아기를 안은 젊은 여인이었다. 몇몇 사람이 말리려고 했지만 여인은 아기를 안은 채로 사람들 사이를 지나 더 앞으로 나아갔고, 마침내 노란색 페인트로 그려진 굵은 경계선을 넘어 초인지구로 들어갔다. 그녀의 행동은 말 없이도 사람들의 요구를 설명하는 듯이 보였다. 어린아이와 여성이 안전할 수 있도록 평화적인 대화를 원한다는 뜻 같았다. 저 여인은 누구인지, 이 행동이 돌발적인 것인지 사전에 계획된 것인지 아는 사람은 없었다. 단지 사람들은 걱정하는 얼굴로 여인에게 길을 내주고 초인2의 대답을 기다렸다.

초인2는 여인에게 다가가 아기를 향해 팔을 내밀었다. 그 행동은 여인에게 안심해도 좋다는 뜻으로 보였기 때문에 사람들은 박수를 치며 환호했다. 여인은 초인2에게 아기를 내주었다. 멀리서 작은 담요 꾸러미처럼 보이는 그것을 초인2는 품에 안았다. 그리고 다음 순간 믿지 못할 일이 벌어졌다.

초인2가 담요 꾸러미를 한강으로 던지려고 한 것이다.

담요 꾸러미가 막 초인2의 손에서 빠져나오려고 했을 때 사람들은 비명을 질렀다. 충격과 두려움의 비명이었다. 기절한 사람도 몇 있었다고 한다. 더운 날에 사람들 틈 사이에서 지쳐 있다가 갑자기 놀랐다면 충분히 그럴 수도 있다. 나도 등에서

부터 다리까지 힘이 빠져나가는 느낌이 들었다. 다음 순간 한강 둔치의 시위대 사이에서 무언가가 빠르게 공중으로 솟아올랐다. 그는 다리 위로 날아와 초인2에게서 담요 꾸러미를 가볍게 낚아채서는 바닥에 내려섰다. 그리고 여인에게 아기를 안전하게 돌려주었다. 사람들의 비명이 채 끝나지도 않았는데 벌어진 일이었다.

아기를 돌려준 초인1은 사람들을 둘러보았다. 나 역시 초인1을 바라보았지만 초인1은 스키 마스크를 쓰고 있어서 표정이 보이지 않았다. 우리는 눈이 마주치지 않았다. 아기를 안은 여인은 내 옆을 지나 뒤쪽으로 황급히 사라졌다. 그동안 아기는 계속 울고 있었다.

초인이다, 초인이야. 사람들은 중얼거렸다. 초인1은 집회를 지켜보고 있었던 것이다. 하지만 인명 사고가 발생할 위험에 대비해서 그랬을 것이고, 이런 상황이 일어날 거라고는 예측 못 했으리라고 나는 짐작한다. 초인1은 천천히 초인2에게 다가갔다. 둘 사이에는 아직 비초인지구와 초인지구의 경계선이 있었다. 이제 무슨 일이 일어날지 사람들은 상황을 지켜보았다. 하지만 사람들이 한 가지 놓친 것이 있었다.

"저 여인은 누구지?"

나는 중얼거렸다. 아기를 안고 있던 여인이 누구인지, 그리고 그녀가 왜 그런 행동을 했는지는 지금도 아무도 모른다. 나는 아기를 안고 빠른 걸음으로 사람들 속으로 사라지던 그녀의 굳은 표정을 기억한다. 이후 언론들은 여인에 대해 본인이 인터뷰를 원하지 않았기 때문이라며 뉴스로 거의 다루지 않았고, 단지 그녀의 행동은 개인적이고 돌발적인 것으로 누구도 사전에 여인에게 그렇게 행동하라고 계획하지는 않았다는 뉴스만 가끔 전했다. 아기를 데리고 시위에 참여한 행동을 무책임하다고 비난한 여론은 있었으나, 시위에는 온 가족이 참여한 경우도 많았고 이후 일어난 사건이 워낙 커서 잊혔다.

그러나 나는 여인이 누구인지 왜 그런 행동을 했는지 밝혀내야 한다고 본다. 왜 아기를 초인2에게 안기는 위험한 일을 했을까? 어느 어머니가 아기를 그런 위험 속으로 빠뜨린단 말인가? 초인2에게 아기를 보고 인간을 위하는 마음을 되찾으라는 의도의 순진한 시위였을까? 그렇다면 아기의 아버지도 찬성한 일일까? 아기의 아버지를 봤다는 사람도 없다. 나도 아기를 안고 사라지는 여인만 봤지 아버지를 목격하진 못했다. 이런 이상한 의문점 때문만이 아니라, 그녀의 행동이 이후의 결과를 불러왔기 때문에 그녀가 누구인지 밝혀야 한다. 만약 여인이 아기를 안고 있지 않았다면, 혹은 여성이 아니고 남성이었다면, 그녀 혼자가 아니라 여러 명이 같이 행동했다면, 상황이 달랐을 것이다.

……아니다, 초인1과 초인2의 대결은 피할 수 없었을 것이다. 결국은 그렇다.

초인1이 초인2에게 다가가자 사람들은 뒤로 물러섰다. 무의식적으로 위험을 느끼고 뒷걸음질 친 것이다. 방금 악마로 돌변한 초인2에게 행동을 예측할 수 없는 초인1이 다가가고 있었다. 나 역시 초인1이 초인지구와 비초인지구의 경계선을 넘어갈 때에 약한 현기증을 느꼈다. 서로의 경계를 침범하지 않는다는 약속이 깨졌으니 이제 어떤 일이 일어날지 아무것도 예상할 수 없었다.

초인지구로 들어오지 마십시오.

초인2가 초인1에게 말했다. 시민들에게 했을 때와 똑같은 말이었다. 초인1은 대답하지 않았다. 천천히 걸어갈 뿐이었다. 대화를 위해 멈출 것 같지도 않았고, 실제로 멈추지도 않았다. 초인1이 초인2를 향해 걸어가는 시간은 몇 초 남짓한 짧은 시간이었다. 초인지구에서 만난 두 초인 사이의 평화는 그 시간만 지속되었다. 그다음 싸움이 벌어졌다.

먼저 주먹을 날린 쪽은 초인1이었다.

당연한 일이다. 초인2는 아기의 생명을 위협했으니 초인1은 그를 제압해야 했다. 초인2는 초인1에게 초인지구로 오지 말라고 했으니 대화로도 해결이 되지 않는 것이다. 남은 건 물리적인 해결책뿐이다. 초인1은 범죄자를 만나면 그러듯이 물리적으로 제압해야 했고, 초인2는 허락 없이 초인지구로 들어온 초인1을 제압해야 했다. 두 초인의 싸움은 그렇게 간단히 시작되었다.

싸움이 어떻게 끝날지는 누구도 알지 못했다. 나는 두 초인이 싸운다면 초인1이 유리할 것이라 가정해 왔다. 초인1이 더 많이 살았기 때문이다. 초인1과 초인2는 정보가 같다고 알려져 있으나, 둘이 분리되었을 때 모든 정보가 공평하게 넘어갔는지는 확실하지 않았다. 물론 두 초인은 서로와의 대결을 예상하고 어떤 준비를 했을 가능성도 있다. 때문에 싸움이 실제로 눈앞에서 일어나고 있는 지금엔 과거의 예측은 의미가 없었다.

초인1의 주먹과 이를 막으려는 초인2의 주먹이 맞닿고……. 소음이 울렸다. 마치 금속이 부딪히는 것 같은 날카로운 소음에 놀란 사람들이 비명을 질렀다. 두 초인은 서로의 힘 때문에 뒤로 밀려났다가 다시 몸을 날려 서로를 주먹으로 쳤다. 초인1의 주먹과 초인2의 주먹이 또 한 번 닿는 순간 더 큰 금속성 소음이 주변을 휘감았다.

쾅, 쾅, 쾅. 사람들은 손으로 귀를 막았다…….

초인1이 초인2의 주먹을 팔꿈치로 막자, 다른 쪽 주먹이 날아왔다. 초인1은 머리를 피했고, 초인2의 발을 다리로 막았다. 그 순간에는 돌이 부딪히는 소리가 났다.

나는 초인을 칼로 찌르는 순간 돌을 찌르는 것 같았다는 범죄자의 진술을 기억해 냈다.

초인2는 위로 점프해 몸을 날려 발로 초인1의 머리를 공격했다. 초인1이 팔로 막자 가슴으로 발길질이 날아들었고 초인1은 그것도 막아 냈다. 서로를 공격하는 두 초인의 움직임이 빨라졌다. 핸드폰을 들어서 동영상을 촬영하는 사람도 있었다. 동영상 속의 움직임은 사람의 눈이 따라가지 못할 정도로 빨라 마치 아주 과장된 액션 영화처럼 보였다. 문제는 속도뿐 아니라 힘도 점점 커졌다는 것이다.

초인2가 초인1을 주먹으로 치려다가 빗나가고 대신 주먹이 바닥에 꽂혔을 때, 나는 다리가 울리는 걸 느꼈다. 나도 그리고 사람들도 놀라 뒷걸음질 쳤다. 두 초인의 싸움 때문에 다리가 무너질 수도 있다는 생각을 왜 못 했을까? 만약 다리가 무너진다면 초인들은 싸움 도중에도 시민의 안전을 위해 움직일 것인가? 나는 뒤를 돌아보았다. 겁에 질려서 다리 밖으로 나가려는 사람들과 그러지 않는 사람들이 혼란스럽게 엉켜 있었다. 그 와중에도 반포대교 북단 쪽에서는 초인들의 싸움을 구경하려는 사람들이 몰려들고 있었다.

만약 다리가 무너진다면 나는 어떻게 해야 할까?

초인2를 붙잡은 초인1이 초인2를 들어서 바닥에 던지자 다시 다리가 흔들렸고……

일어난 초인2가 초인1에게 몸을 들이받았을 때 쇠와 쇠가 부딪히는 소리가 났다. 쾅, 쾅, 쾅. 초인1은 초인2를 붙잡아 다시 쓰러뜨렸다. 초인1이 싸움을 우세하게 끌고 가고 있었다. 내 예상이 맞은 것일까? 초인1이 초인2를 밀치고 발로 가슴을 걷어차자 초인2가 쓰러졌다. 초인1이 다시 다리를 들었을 때, 그 순간 초인2의 팔이 길어지면서 초인1의 발을 잡아 밀쳤다. 착각처럼 보인 줄 알았으나 아니었다. 초인2가 정말로 신체를 변형해서 싸우고 있었던 것이다.

초인2는 점프해 공중으로 날아올랐다가, 초인1을 향해 몸을 내리꽂았다. 꽂히는 순간 몸이, 특히 다리와 발 부분이 유난히 더 유선형으로 변했다. 초인1은 팔로 막았으나 뒤로 밀려났다. 우세했던 싸움이 불리해지는 순간이었다. 초인2는 초인1을 향해 달렸고 다음 순간 검은색의 구체로 변했다!

"이럴 수가⋯⋯."

나는 중얼거렸다. 사람들은 놀라서 비명을 질렀다. 초인2는 거대한 금속 공이 되어 초인1을 들이받았고, 초인1은 그대로 나뒹굴었다. 검은 구는 바닥에 내려앉으면서 초인2의 모습으로 다시 돌아왔다. 초인1은 아직 일어나지 못했고, 초인2는 그를 향해 달려가면서 이번에는 끝이 뾰족한 검은색 타원체로 변했다. 초인1이 몸을 일으켜 주먹으로 뾰족한 끝을 막자 날카로운 금속 소리가 났다.

타원체는 초인1을 밀어붙였다. 초인1은 뒤로 밀려났다가 이번에는 공중으로 솟아올랐다. 초인2도, 아니 검은 타원체도 하늘로 날았다. 그리고 타원체는 정육면체로 변해서 공중에 떠 있는 초인1을 모서리로 강하게 들이받았다.

이후 초인1은 정육면체를 피하기만 했다. 이길 방법을 찾는 것인지 싸움을 포기한 것인지는 알 수 없었다. 다리 주변에서 별 소득 없이 추격전만 벌이다가, 검은 정육면체는 잠시 공중에 정지했다. 초인1도 다리 위 상공에 정지했다. 그리고 검은 정육면체는 그대로 다리로 내려앉았다. 아니, 다리에 내리꽂히기 시작했다. 쾅, 쾅, 쾅.

다리가 흔들렸고, 초인1은 당황해서 사람들을 돌아보았다. 나는 스키 마스크 너머에 감춰진 초인1의 표정이 보이는 것만 같았다. 나는 외쳤다.

"피해!"

다리가 무너지고 이 많은 사람들이 한꺼번에 강에 빠진다면 설령 초인이라도 다 구해 낼 수 없다. 사람들은 위험한 장소에 갇힌 것이다. 그리고 초인1은 어쨌든 초인2를 막을 수밖에 없게 되었다. 초인2는 마치 조금 전 아기에게 그랬듯이 시민들을 위협하고 있었다. 사람들이 다리 뒤쪽으로 허둥지둥 움직이는 동안, 초인1은 초인2를 막았다. 초인2는 원뿔로 변해 뾰족한 끝을 앞으로 해서 초인1의 배를 향해 날아갔다. 초인1은 막아 내지 못했지만, 쓰러지거나 배에 상처를 입진 않았다. 뒤로 물러난 원뿔은 원기둥으로 모습을 바꿨고 다시 초인1을 들이받았다. 초인1은 쓰러졌다. 원기둥은 바닥에 쓰러진 초인1을 계속해서 내리찍었다. 다리는 더 거칠게 흔들렸다.

쾅, 쾅, 쾅. 사람들은 빠르게 뒤쪽으로 물러났다. 그쪽은 버스로 만들어진 차 벽이 있었다. 버스와 버스 사이의 좁은 틈으로 사람들이 몰려들었고 그곳에서 엉키고 넘어지고 소리 질렀다.

불안이 속에서 치밀어 올랐다. 한동안 잊고 있었던 공포가 다시 떠올랐다. 이곳에서 죽을지도 모른다는 생각에 사로잡혔다. 기억이 떠올랐다. 동대입구역에서의 일이 다시 반복되는 것만 같았다. 지하철 문 앞에서 사람들에게 깔렸던 과거가 되돌아왔다. 심장이 뛰었다. 덜덜 떨렸다. 바지에 오줌을 쌀 것 같았다. 숨이 가빴다. 아무것도 제대로 생각할 수 없었다. 앞에서도 뒤에서도 수백 명의 사람이 밀고 밀치고 소리 질렀다. 공포에 질린 사람과 사람 틈에서 몸을 허우적거렸다. 사람들에 밀려서 넘어질 뻔했다.

이러다가 깔려 죽겠어, 누군가 소리쳤다.

안 돼, 그때로 돌아갈 수는 없었다. 다시는 안 된다.

"줄을 당겨!"

나는 외쳤다. 버스를 뒤로 밀어! 줄을 당겨! 그러면 더 열릴 거 아닙니까! 줄을 당기라니까! 나는 버스 틈 사이로 비집고 들어갔다. 바닥에서 뒹굴고 있는 줄을 향해 허리를 굽힐 때, 뒤에서 밀려오는 사람들에게 그대로 깔려서 일어나지 못할 뻔했다. 비켜! 이러다가 죽겠어! 나는 줄을 들고 사람들에게 외쳤다. 하지만 사람들은 도망가려고 애쓸 뿐이었다. 버스 밑으로 기어가는 사람도 있었다.

"줄을 당겨요!"

나는 외쳤다.

"줄을 당기면 길이 생길 겁니다!"

한 사람이 줄을 잡았다. 그리고 다른 사람이 줄을 잡았다. 사람들이 줄을 잡기 시작했고, 밀려오고 밀려가는 사람들 틈 사이에서 쉽지 않았지만 다들 필사적으로 줄을 당겼다. 버스가 조금 움직이자 더 많은 사람들이 줄을 잡았다. 당기고, 다시 당겼다. 갑자기 버스 문이 열리고 전경들이 빠져나왔다. 그들은 계속 그 안에 있었던 것이다. 버스와 버스 사이의 틈이 넓어졌다. 사람들은 밀려오고 넘어졌다. 넘어진 사람을 밟는 사람도 있었다. 다치는 사람도 있었다. 하지만 버스와 버스 사이의 틈이 더 넓어지고, 마침내 사람들이 빠져나올 만큼 넓어진 다음에는 더 이상 누가 깔려 죽거나 할 것 같진 않았다.

아주 커다란 소리가 들렸다. 바람이 거칠게 몰려오고 몰려가는 소리였다. 나는 뒤를 돌아보았다. 이제 버스 너머에 남아 있는 사람은 없었다. 공중에는 초인2가, 아니 이제 원기둥 모양으로 변한 초인2가 있었다. 어느새 크기가 상당히 커졌는데 이제는 자동차 두세 대를 합친 것만큼이나 커 보였다. 다시 바람이 아주 세게 불었다. 원기둥이 주변의 공기를 흡수해 질량을 키운 것이 아닌지 나는 추측했다. 거대한 원기둥은 초인1을 들이받을 듯이 날아가다가, 갑자기 초인1을 휘감았다.

원기둥은 초인1을 완전히 감았다. 그리고 공중에서 멈췄다. 나는 원기둥, 그러니까 초인2의 판단을 상상해 보았다. 초인은 숨을 못 쉬게 한다고 죽지 않는다. 그러므로 지금 초인1의 목을 조르고 있는 건 아니다. 초인을 으스러뜨릴 수도 있겠지만, 초인2가 초인1에게서 분열했듯이 초인은 세포만 남아도 새로 재생 가능할 것이다. 이 대결을 끝낼 방법은 둘뿐이었다. 한쪽이 다른 쪽을 완전히 없애거나, 혹은 흡수하는 것이다. 지금 저 안에서는 둘 중의 한 가지 일이 벌어지고 있을 것이다. 휘감겨 있는 원기둥은 공중에서 움직이지 않았지만 희미하게 금속을 가는 것 같은 소리가 들렸다.

잠시 후 금속이 찢어지는 소리가 났다. 끼끼끽, 한동안 소리가 이어지다가 원기둥이 조각나면서 사방으로 흩어졌다.

초인1이 그 안에 있었다. 원기둥은 초인1을 죽이지 못한 것이다. 수십 개로 나뉘었던 원기둥 조각은 공중에서 하나는 원기둥으로, 다른 하나는 정육면체로 합쳐졌지만 이전처럼 하나가 되진 않았다. 원기둥과 정육면체는 초인1의 주변에서 빠르게 움직였다. 워낙 움직임이 빨라 행동을 자세히 관찰하기는 어려웠다. 원기둥이 주로 앞에 있고 정육면체가 뒤를 따랐다. 초인1을 맴돌면서 다시 휘감을 기회를 노리는 것 같았고, 어떤 때는 원기둥을 정육면체가 쫓는 것 같아 보이기도 했다. 나는 초인2가 어떤 생각을 가지고 있는지, 둘로 분열된 지금은 하나의 통일된 의지로 움직이고 있는지도 확신하기 어려웠다. 초인1은 사람들이 다리를 완전히 떠난 것을 확인하고 원기둥과 정육면체를 피해 한강 위를 비행했다. 비행기가 날듯이 다리 주변과 한강 상공을 날았으나, 비행기와 완전히 다른 움직임을, 속도를 줄이지 않고 직각으로 방향을 바꾸거나 혹은 갑자기 멈추거나 수직으로 급상승 급강하하는 움직임을 보였다. 원기둥과 정육면체는 초인1을 붙잡지 못했지만 그렇다고 포기하지도 않았다. 초인1은 원기둥과 정육면체를 공격하기도 했고, 셋은 공중에서 어지럽게 움직이면서 서로를 들이받았다. 그때마다 돌과 쇠가 부딪히는 소리가 한강에 울렸다.

무슨 이유에선지 초인1이 갑자기 강물을 향해 날아가더니 한강 속으로 사라졌다. 수면을 뚫고 안으로 잠수한 초인1을 따라 원기둥이 그다음에, 정육면체가 그 뒤를 따라 한강 속으로 들어갔다. 강변의 사람들은 수면으로 가까이 다가가 지켜보거나, 아니면 초인1과 초인2가 한강 변으로 올라올 줄 알고 놀라서 물러섰다. 한강 물은 조용히 흘렀다.

시간이 흘렀다.

몇 분 후 거대한 폭발음이 이어졌다.

물이 하늘로 치솟았다. 강물이 비처럼 쏟아졌다. 한강 변에 있던 사람들과 그사이 다리 위로 다시 올라간 사람들이 그 물을 맞았다. 사람들은 또 다른 폭발이나 더 큰 사태를 피해 다리에서 내려왔고, 한강 변에서도 떨어졌다. 경찰은 뒤늦게 사람들을 통제했다. 30분 후 다리에는 미처 빠지지 못한 버스와 차량 몇 대만 남았고 한강과 멀리 떨어진 곳에 폴리스 라인이 쳐졌다.

그러는 동안에도 사람들은 한강을 지켜보았다. 누군가는 그저 호기심에서, 누군가는 초인1과 초인2가 돌아왔으면 하는 마음에서, 누군가는 한쪽만 돌아왔으면 하는 마음에서였다. 폭발이 있은 후 곧 강물에서 어느 쪽이든 초인이 나타나리라 대부분의 사람들이 예측했지만 그러지 않았다. 아무도 돌아오지 않았다. 초인이건 다른 무엇이건 사람들은 기다렸다. 나 역시 그랬다. 누구라도 돌아와 설명해 주길 기다렸다. 하지만 초인은 나타나지 않았다.

초인1도, 초인2도 어느 쪽도 돌아오지 않았다. 나는 그날 밤 늦게까지 기다렸고 각종 언론에서 찾아온 기자들도 그랬다. 저녁이 되고, 밤이 되고 하나둘 사람들이 떠나 몇 남지 않았을 때도 나는 있었다. 새벽이 되었을 때, 어두운 한강 물을 내려다보다가 초인이 서울을 떠났을 것 같다는 예감이 어렴풋이 들었다. 죽었건, 혹은 어디론가 사라졌건 초인은 서울에 더 이상 존재하지 않는다는 생각이 들었다. 나는 그 예감을 받아들였고,

그때 눈물을 흘렸던 것 같다. 초인이 사라진 것이다. 내 생명의 은인이 떠났고 다시 돌아오지 않을 것이다.

그때의 예감은 결국 들어맞았다. 몇 개월 후에도 초인은 한강에서 돌아오지 않았다. 시민들의 요청으로 정부는 한강을 수색했으나 찾은 건 없었다. 개인적으로 찾는 사람도 있었지만 결국 목격되지 않았다. 그 후로도 어디에서도 어느 쪽의 초인도 목격되지 않았다. 반포대교에서 싸우다가 한강 속으로 사라진 것이 서울 시민들이 본 초인의 마지막 모습이었다.

초인4, 초인5

2년이 지났다.

초인은 결국 돌아오지 않았다. 초인이 없으니, 더 이상 유지 불가능하고 유지할 이유도 없어진 초인법과 초인지구는 폐지되었다. 초인이 없는 서울에 시민들은 좋든 싫든 적응할 수밖에 없었다. 언젠가 초인이 돌아올지도 모른다는 희망을 품은 사람들만 초인지구에 남았고, 그렇지 않은 사람들은 떠났다. 초인이 부재하자 서울에 살인 사건이 다시 발생했고 범죄도 이전 수준으로 돌아갔다. 초인에 의존했던 경찰 시스템이 이전처럼 움직이는 데 한동안 혼란이 있었지만, 곧 극복했다. 시민들의 삶은 변화한 듯했다가 결국 자리를 찾았다.

내 삶에도 변화가 있었다. 공황장애와 우울증을 극복한 것이다. 반포대교 시위를 기점으로 천천히 불안 증세가 줄어들더니 6개월이 지나자 확실히 좋아졌다. 의사와 상담 후에 천천히 약을 줄여서 결국 완전히 끊었다. 이제는 감정적으로 안정을 찾아서, 혼란스러운 감정 속에서 살아가던 2년 전의 나 자신을 돌이켜 보면 이상하게 느껴질 정도다. 불안에 시달리며 살던 시절이 몇 년이나 이어졌다는 사실이 내가 생각해도 신기한 것이다.

약을 끊자 곧 구직에 나섰고 결국 취직에 성공했다. 회사에도 잘 적응했다. 지하철은 타고 싶지 않아서 자동차를 장만해 몰고 다녔다. 여전히 옥탑에서 살고 있는데, 그곳이 직장과 더 가깝기 때문이다. 친구들과도 다시 연락을 시작했다. 몇 년 만에 만난 친구들은 그동안 어떻게 지냈는지 이제는 건강한지 캐물었는데, 그때마다 나는 이렇게 저렇게 둘러댔다. 그러던 중 미영의 소식도 들었다. 결혼해서 아이가 둘이라고 했다.

"너도 결혼해야지."

"결혼할 테니까 걱정 마."

어머니의 잔소리를 더 듣기 싫어서 나는 괜히 자신만만하게 대답했다. 어머니는 여자 친구라도 있냐고 물었고, 나는 기다려 보면 알 거라고 대충 둘러댔다.

나는 오랜만에 집에 돌아와 아버지의 제사를 준비 중이었다. 어머니가 미리 해 놓은 음식을 상에 놓고 사과를 깎는 동안 나는 시장에서 사 온 전과 향을 꺼냈다. 제사상을 준비하면서, 어머니는 나를 만나면 늘 하는 말, 병이 나아서 다행이다, 취직해서 천만다행이다, 선은 안 볼 생각이냐, 남들은 결혼해서 다 아이가 있다더라, 등의 말을 다시 반복했다. 생각 없이 고개를 끄덕이고 있는데 어머니가 말했다.

"너 요즘 기침 안 하네?"

기관지가 상당히 좋아진 것 같다. 정밀 검사를 받지는 않았지만 느낌이 그렇다. 신기한 일이다. 정신뿐 아니라 몸 전체적으로 컨디션이 좋았다. 어떤 때는 사고 전보다 더 건강해진 것 같은 느낌이다. 그런 말을 딱히 한 것도 아닌데 어머니는 눈치챈 것이다.

준비를 끝내고 나는 어머니와 함께 제사상에 절을 했다. 아버지의 사진은 1년 사이 더 낡아 있었다. 나는 5년 전을 떠올렸다. 동대입구 화재 사고 전날에도 이렇게 절을 하고 음식을 먹었다. 다음 날 출근길에 사고를 겪은 다음, 이렇게 평범한 일상으로 돌아오는 데 5년이 걸렸다. 긴 시간이고 아까운 시간이다. 하지만 외상 후 증후군을 극복하지 못하는 경우도 많으니, 결국 극복한 것을 다행이라고 여겨야 한다.

제사가 간단하게 끝나자, 어머니가 결혼 안 하냐고 다시 잔소리를 하려는 것 같아 나는 선물로 사 온 등산복을 꺼내 어머니에게 건넸다. 요즘 어머니는 문화센터에서 만난 동네 어른들과 함께 아침마다 등산에 열심이었다.

"뭘 이런 걸 다 사 와. 저축해야지."

어머니는 말은 그렇게 했지만 기분 좋은 표정이었다.

"너 요즘도 초인 뉴스 보니?"

"뉴스에 나와야 보지."

초인이 사라진 지 2년이 지났다. 책이야 간간이 나오지만 뉴스에서 언급되는 일은 거의 없다. 그리고 나도 관심이 많이 줄었다. 그는 떠났고, 다시 돌아오지 않을 것이다. 그렇게 받아들인 지 꽤 되었다.

어머니는 말했다.

"요즘 초인지구가 부동산이 싸다더라."

"초인지구였던 지역이지."

"아무튼, 초인 없어지고 나서 떠나는 사람이 많아서 매물이 많다던데. 치안이 서울 다른 곳보다도 좋질 않아서 이사 가려는 사람도 없대. 우리도 초인지구로 이사 갈까?"

"더 이상 초인지구 아니라니까. 그리고 치안이 안 좋은 곳으로 이사를 가면 어떡해."

"집값이 싸다니까…… 뭐 별일이야 있겠니."

나는 강남 8구가 초인지구였던 때를, 내가 초인에 집착하던 시절을 떠올렸다. 뉴스를 스크랩하고 정보를 광적으로 수집하고 정리하고 하루 종일 초인 생각만 하던 때를 떠올렸다. 왜 그랬더라? 그저 초인에만 매달렸다. 목격자를 찾아다니고 인터뷰했다. 평생 써 본 적 없는 기나긴 글을 쓰기도 했다. 책을 쓰겠다는 생각도 했다. 초인에 대해서는 세상에서 내가 제일 많이 안다고 우쭐해했다. 내가 왜 그랬지?

어머니는 말했다.

"자고 가지그래."

"여기서는 직장이 멀어서 안 돼. 내일 아침 출근하려면 집에 가야 돼. 그리고 요즘 좀 바빠."

"자동차 있으니까 여기서 출근하면 안 되니?"

"차는 집에 두고 왔다니까."

어머니가 혼자 있기 싫은 모양이었다. 해마다 아버지의 기일이면 어머니는 우울해한다. 오늘은 집에 갔다가 주말에 와서 자고 가겠다고 말해서 어머니를 안심시켰다. 어머니와 나는 음식을 먹고 술을 약간 마셨다. 어머니가 집으로 가져가라며 이것저것 음식을 싸는 동안 나는 거실에서 조용히 핸드폰을 내려다보았다.

솔직히 별로 바쁘진 않았다. 사실은 다른 일이 있었다. 몇 시간 전 나는 용기를 내서 문자메시지를 보냈고 답을 기다리던 중이었다. 핸드폰을 확인했으나 아직 메시지가 오지 않았다. 더 기다려 보고 집으로 갈지 아니면 빨리 집에 가서 답장을 기다릴지 고민하는데, 문자가 도착했다.

— 늦게 답장드려서 죄송합니다. 만날 수 있을까요? 두 시간쯤 후 어떠십니까?

그렇게 하자고, 나는 관리자에게 답장을 보냈다.

"벌써 2년 만입니다."

관리자는 말했다. 그동안 어떻게 지내냐고 물어서, 회사 다니느라 바쁘다고 간단하게 대답했다.

"취직하셨나 봐요. 저도 했습니다."

관리자는 말했다. 그리고 최근에 이사를 해서 정신이 없다고 별로 궁금하지 않은 사실을 주절주절 늘어놓았다. 약속 장소는 강남역 근처의 프랜차이즈 카페 흡연석이었다. 저녁 늦은 시간인데도 많은 젊은이들이 커피를 마시고 있었다. 그들은 편하고 행복해 보였다. 초인이 없어도 사람들은 평화롭게 살고 있다. 초인이 없으면 범죄가 늘어날까 봐 불안해하던 사람이 많았지만, 결국 초인이 없는 질서에도 사람은 적응한 것이다.

"초인지구에서 나왔습니다. 원래 살던 집으로 돌아갔어요."

관리자의 말을 듣고 보니 이사를 했다는 건 중요한 사실이었다. 그도 결국 초인이 돌아오리라는 믿음을 버리고 초인지구였던 지역에서 나온 것이다. 그는 초인지구에 살지 않았다고 거짓말해서 미안하다고 말했다. 거짓말을 했던 건 아니다. 나에게 초인지구에 산다고 말하지 않았을 뿐이고, 그게 문제가 될 것도 아니다. 지금은 초인지구도 없어졌으니 싸울 이유도 없는 것이다. 하지만 관리자는 초인2를 면담하던 날 나와 다퉜던 일이 아직도 껄끄러운 모양이었다.

관리자는 질문했다.

"여고생 님 소식은 아십니까?"

"글쎄요."

연락한 지 오래됐다. 초인 카페 자체에 잘 들어가지 않고, 여고생과 단둘이 연락을 주고받을 만큼 가깝지도 않다. 대학교 들어갔다는 소식 이후로 잘 모른다고 말하자 관리자는 여고생이 여대생이 됐군요, 라고 하나 마나 한 농담을 했다.

그리고 본론이 나왔다.

"제가 요즘 초인에 대한 책을 준비하고 있습니다."

초인에 대한 책을 내보자고 출판사에서 연락이 와서 준비 중이라고 했다. 글을 쓰려니 쉽지 않았다, 나처럼 조리 있게 쓰기 어렵더라, 라는 입에 발린 칭찬도 말했다. 나 역시 예의상 축하한다고 말했고, 자료가 필요하면 얼마든지 도와주겠다고 했다. 그건 진심이었다.

"그래요? 추적자 님이 카페에 올리신 글을 인용해도 될까요?"

"물론이죠."

관리자는 망설이다가, 머뭇거리며 말했다.

"추적자 님도 책 계속 쓰고 계시나요?"

초인 관련 자료와 글은 아직 컴퓨터에 남아 있지만 요즘은 잘 들춰 보지 않는다. 인터넷을 검색해 보면 내 글이 여전히 이곳저곳에 돌아다닌다. 하지만 글이 어떻게 되건 관심 없다. 하물며 책이라니, 잊어버린 지 오래다. 아니라고 내가 말하자, 관리자는 내 글을 인용할 경우 내가 글의 원저자임은 당연히 책에 표기하겠다고 했다.

그리고 말했다.

"얼마 전에는 사장님도 만났습니다."

"무슨 사장님요?"

"회기동 호프집 사장님이죠."

당연히 알 줄 알았는데 왜 모르냐는 표정으로 관리자가 말했다. 아, 그래요. 나는 고개를 끄덕였다. 그녀와 인터뷰한 것이 벌써 몇 년 전 일이었다. 사장님은 가게를 경희대 쪽으로 옮겠다고 했다. 관리자에게서 그런 소식을 다 듣다니 다소 놀라웠다.

"모르셨군요. 저는 추적자 님은 뭐든지 다 아시는 줄 알았는데요. 이전처럼 초인에게 관심 없으신가 봐요? 카페도 접속 안 하시는 것 같고."

내 속을 떠보는 질문이었지만, 속을 감출 이유도 없었다.

"초인이 없는데 더 이상……. 요즘 회사 다니느라 시간 내기도 어렵고……."

카페에는 거의 글이 올라오지 않는다. 초인이 없으니 초인 카페가 존재할 이유도 없다. 관리자는 초인 카페 사람들과 활발히 교류했을 때가 그립다고 말했다. 나도 당시의 에너지 넘치는 인간관계가 그리울 때가 가끔 있었다.

관리자의 말을 듣고 있으니 원하는 게 뭔지 짐작이 갔다.

"혹시 제가 사장님과 한 인터뷰를 사용해도 좋으냐고 물어보고 싶은 겁니까? 괜찮습니다. 필요하면 다른 사람들과 한 인터뷰도 드리겠습니다."

"감사합니다."

아주 기뻐하는 얼굴로 관리자는 말했다. 회기동 사장과의 인터뷰가 만족스럽지 않았다고 말했다. 샌드위치맨, 여고생과 인터뷰도 하고 싶었는데 연락할 방법도 없고 연락이 닿아도 승낙하지 않을 것 같다고 걱정했다. 그래서 여고생에 대해 물어본 것이다.

"힘들여서 하신 인터뷰인데 가져다 써도 될까요? 물론 출판사와 연락해 보고 적당한 금액으로 사례는 하겠습니다만 그 정도로 될지…….”

“대신 조건이 있습니다.”

내가 강경한 어조로 말하자 관리자는 당황한 표정이었다. 나는 말을 이었다.

“정보가 필요합니다.”

“초인에 대한 정보라면 원하는 대로 다 드리겠습니다. 하지만 추적자 님보다 많진 않을 텐데요.”

“초인1의 신상 명세를 원합니다.”

“그건 드릴 수 없습니다.”

관리자는 딱 잘라 말했지만, ‘정보가 없다’고는 하지 않았다. 나는 관리자가 거절할 경우를 대비해 준비한 말을 했다.

“경찰하고 친하죠?”

관리자는 대답이 없었다.

“경찰에게 나와 여고생에 대한 정보는 왜 넘겼습니까? nudlenudle 경찰 맞죠? 채팅 때 들어온 사람 말이에요. 카페에 올라온 내 글도 경찰에게 다 넘기고 카페 회원 정보도 다 넘겼죠? 여고생도 포함해서요. 경찰이 여고생 뒤를 밟도록…….”

“그래서 뭘 원하는데요?”

내 말을 자르고 되묻는 관리자의 목소리에 신경질이 묻어 있었다.

“오토바이입니다.”

관리자가 오토바이를 선뜻 떠올리지 못해서 내가 설명하려고 했는데, 그는 되물었다.

"초인의 신상을 경찰이 가지고 있는 줄은 어떻게 알았습니까?"

추측이라고 나는 말했다. 결정적인 증거는 없다. 단지 내 추측에 초인은 경제활동도 하고 인간관계도 맺을 것이며, 그렇다면 흔적이 남을 수밖에 없으며 경찰이 추적하면 정보를 수집할 수 있을 것이라는 추측일 뿐이었다. 그런데 추측이 맞은 것이다.

"정확합니다."

관리자는 담배를 꺼내 물었다. 끊어야 하는데, 그는 중얼거리면서 재떨이에 담뱃재를 털었다.

"추적자 님 글은 제가 아니라 경찰이 흘렸습니다. 이렇게 말씀드리면 믿지 않으시겠지만 정말입니다. 그냥 경찰에게 보여줬을 뿐인데 온 인터넷에 다 퍼트렸더군요. 저도 인터넷에 추적자 님 글 올라간 것 보고 깜짝 놀랐습니다."

나는 그의 말을 믿지 않았다.

"회기동 사장님도 그래서 만났습니다. 이유는 아시죠? 추적자 님도 이웃집 가게 주인과 싸우셨잖아요. 가게 근처에 있는 CCTV에 초인1의 얼굴이 가깝게 찍힌 것 때문에요. 경찰이 영상을 바탕으로 얼굴을 알아냈습니다. 거기에서 단서를 잡은 걸 시작으로 초인을 추적했다더군요."

나는 회기동 치킨집 사장과 싸웠던 일을 기억해 냈다……. 아, 탄식이 저절로 입에서 흘러나왔다. 내 추측이 맞았던 것이다. CCTV에는 초인의 얼굴이 있었고 경찰은 그 자료를 가지고 있었다.

"초인1이 얼굴을 계속 바꾸긴 했지만 목격자가 많았고, 옷차림이나 체격은 바꾸지 않았습니다. 경찰은 CCTV에 찍힌 얼굴이 초인이 가장 자주 하고 다니는 모습, 그러니까 원래의 모습일 거라는 가설을 세우고 추적을 시작했는데 결과가 충격적이었습니다. 정보가 있었습니다. 사람의 정보가요."

그는 내가 충격받길 바라는 표정으로 나를 보았고, 나는 가짜로 감정을 꾸며 내는 데 애를 먹었다.

"평범한 40대 초반 남자더군요. 본적은 경기도고, 군 제대 후에 서울로 왔습니다. 이런저런 일용직을 거쳐서 퀵 배달을 하고 있었는데 갑자기 실종됐어요. 그때가 초인이 서울에 나났던 즈음입니다. 경찰이 가족을 찾아가서 조사해 보니 가족들도 실종 신고를 했지만 전혀 행방을 모르는 상황이었고요. 잠적한 건 아닙니다. 그럴 이유가 없거든요. 빚이 있지도 않았습니다. 아마도 교통사고를 당한 것 같은데 자세한 정황은 경찰도 못 알아냈습니다. 남자의 실종 시기와 초인이 등장한 시기가 비슷하고, 이로 미뤄 평범한 남자가 어떤 사건 이후로 초인이 됐다고 추측만 할 뿐입니다."

"무슨 일이 일어났는지는 초인2에게 물어보면 되잖아요?"

"초인2는 초인1이 기억을 넘겨주지 않아서, 초인2가 되기 이전의 기억은 모른다고 대답했습니다."

아마도 경찰이 미덥지 않았던 초인2가 거짓말을 했을 것이다.

"그런데 오토바이는 무슨 말인지 모르겠는데요……."

내가 퀵 배달을 했을 때 타고 다닌 오토바이라고 설명하자, 관리자는 그제야 알아들은 눈치였다.

"아…… 남자의 오토바이요. 그게 중요한가요? 그건 그냥 오토바이인데요. 남자를 추적하면서 오토바이도 같이 추적했는데, 장물로 돌아다니던 걸 경찰이 찾았습니다. 주인은 중고로 구입했다고 했고, 소유자를 거슬러 올라가 보니까 길에 버려진 걸 누가 주워서 팔았더군요. 당시 오토바이 파손 상태로 봐서는 교통사고가 났던 거 같았습니다. 그때쯤 남자는 실종이 됐고요. 그리고 몇 달 후 초인이 서울에 등장했고……. 하지만 사건에 어떤 인과관계가 있는지 경찰은 못 알아냈습니다."

"오토바이가 버려진 장소 아십니까?"

관리자는 안다고 대답했다. 내가 그 정보를 원한다고 말하자, 그게 중요하냐고 고개를 갸우뚱하면서 스마트폰을 검색했다.

"이곳입니다."

관리자는 인터넷 포털 사이트의 지도 위치 서비스를 보여주었다.

"청계천이군요."

"정확히는 끝 쪽, 중랑천으로 들어가기 전의 청계천입니다. 이게 왜 중요한가요?"

나야말로 경찰은 이게 얼마나 중요한 정보인지 왜 모르냐고 되묻고 싶었지만, 그런 위험한 대답 대신 그냥 호기심이라고 둘러댔다.

그 이상 설명하지 않자 관리자는 말했다.

"추적자 님은 늘 제가 모르는 걸 알고 있는 것 같습니다."

내가 원했던 정보는 어쨌든 얻어 냈으니 더 이상 이것저것 말해 줄 필요는 없었다. 이제 자리를 정리하고 일어나야겠다고 생각하는데, 관리자가 뜬금없이 질문했다.

"초인은 죽었을까요?"

"뭐, 그렇겠죠. 한강을 다 뒤졌지만 아무것도 안 나왔잖아요. 초인 간의 싸움에서 일어난 폭발 때문에……."

"폭발 때문에 분해됐다고 정부 조사에서는 결론 났죠. 2년이 지난 지금도 흔적은 찾을 수 없으니까요. 초인을 봤다는 목격자도 없습니다. 하지만 저는 언젠가, 십 년이나 몇십 년 후 혹은 몇백 년 후 돌아올지도 모른다고 믿고 있습니다. 추적자 님 생각은 어떠십니까?"

"만약 한강 밑에 있다면 정부에서 찾아내지 않았을까요? 정부뿐 아니라 개인적으로 뒤지는 사람은 지금도 있잖습니까. 그런데 없다면 앞으로도 없을 겁니다."

"서울에 없을 수도 있죠. 몰래 한강을 빠져나오는 건 어렵지 않잖아요. 아니면 바다로 흘러갔을지도 모르고. 다른 나라로 갔을지도 모르죠. 초인을 원하는 나라는 많았으니. 미국이나 일본 어디에서 초인과 인간의 혼혈을 키우면서 잘 살고 있을지도 모릅니다. 초인이 분해된 게 아니라 잠시 시야에서 사라진 거라고 생각합니다."

"초인이 그리우십니까?"

"네."

관리자는 한숨을 쉬었다.

"초인의 보호 아래 아무 범죄가 없던 초인지구가 그립습니다."

"인간은 인간이 스스로 지켜야죠."

나는 내가 생각해도 민망한 말과 함께 일어났다. 책 열심히 쓰고 나오면 연락하라, 나중에 만나서 술이나 한잔하자는, 하나 마나 한 인사를 나누고 관리자와 헤어졌다.

"엄청난 책이 될 겁니다."

관리자는 자신만만하게 대답하고 지하철역 쪽으로 걷기 시작했다. 나는 버스 정류장으로 걸어가며 생각했다.

'초인은 살아 있다.'

단지 모습을 드러내지 않을 뿐이다. 분명 살아 있다.

아무리 강력한 폭발이라고 해도, 세포 하나만 남아도 생존하는 초인이 완전히 죽었다는 건 말이 안 된다. 분해됐어도 재생할 수 있다. 초인1이나 초인2가 혹은 두 초인이 모두 살아남아서 어딘가에 있을 것이다.

살아 있는데도 모습을 드러내지 않는 이유는 모른다…….

초인이 처음 사라졌을 때, 몇 달 동안은 매일 밤 옥탑에 누워서 말했다. 지금 어디 있습니까. 숨어 있는 이유가 뭡니까. 왜 더 이상 사람들을 돕지 않습니까. 하지만 초인은 나타나지 않았다. 대답이 돌아오지 않았기 때문에, 질문을 멈추고 초인이 없는 세상에 적응했다. 사람이 죽어도 도와주지 않는 세상에, 마음만 먹으면 얼마든지 범죄를 저지를 수 있는 세상에.

"내가 지금 뭘 하는 거지."

한 시간 넘게 버스를 타고 관리자가 알려 준 위치로 가고 있었다. 도로는 막히다가 뚫리다가를 반복했다. 버스 창밖의 깊은 어둠과 날카로운 네온사인 불빛을 멍하니 보았다. 관리자를 만났을 때만 해도 꼭 오토바이에 대해 물어보겠다고 생각한 건 아니었다. 그저 나와 여고생에 대한 정보를 경찰에게 넘겼는지만을 묻고 싶었다. 그저 내 짐작이 옳았는지, 그리고 관리자 스스로가 여고생에게 죄를 지었다는 걸 알고 있는지 확인하고 싶었다. 그런데 막상 관리자를 만나는 순간 생각이 바뀌었던 것이다.

초인은 나에게 정보를 모두 알려 주지 않았다. 처음 교통사고가 나고 그 남자의 몸으로 들어갔다가, 어두운 장소에 숨었고 그곳에서 며칠 후 초인이 되어 세상으로 나왔다. 그 장소를 알려 주지 않았다. 내 머릿속에서 보여 주지 않았다. 나는 초인이 의도적으로 감췄다고 생각했다. 다른 모든 이미지는 정확히 전달했는데 그 장소만은 알려 주지 않을 이유가 없었다. 감췄다면 왜 그랬을까……. 나는 그것을 확인하고 싶었다.

"내가 지금 뭘 하는 거지."

나는 반복해서 중얼거렸다.

관리자가 알려 준 주소는 작은 마트 앞이었다. 버스를 타고 오는 동안 스마트폰의 지도 어플리케이션을 보면서 근방 지리를 계속 외웠고 못 찾으면 사람들에게 길을 물어볼 생각까지

했다. 하지만 막상 도착해 보니 찾아보지 않아도 알 수 있었다. 초인이 머릿속에서 보여 준 도로의 이미지와 완전히 일치했기 때문이다. 인도와 작은 가게들을 양옆에 거느린 좁은 도로였다. 내 머릿속에서는 그곳에 빗물이 고여 있고 방금 차에 치인 사람이 누워 있었다. 잊고 싶어도 잊히지 않는 이미지였다.

내가 그곳에 서서 움직이지 않자 지나가던 차가 빵빵 경적을 울렸다.

이제 초인이 이미지로 보여 주지 않은 장소를 찾을 차례다. 길옆으로는 개천이 흐르고 있었다. 옆에 도로에서 개천으로 내려가는 계단이 있어서 그곳으로 향했다. 초인은 교통사고를 당한 사람의 몸으로 들어간 다음 근방에 은신했다. 숨어 있을 만한 건물은 도로에서 보이지 않았는데, 개천 어딘가에는 있을 것 같았다. 물소리에 이끌리듯 개천가를 걸었고, 탁하고 더러운 물의 냄새를 맡았다. 물풀과 갈대가 자라고 있었지만 사람이 숨을 만한 곳은 아니었다. 분명 근방이다. 초인이 사람의 몸을 가진 다음 제대로 걷지 못했을 테니 먼 곳은 아니다. 잠시 후 개천 위로 지나가는 다리가 보였다. 그리고 다리 아래 한쪽에 검은색 철문이 있었다.

고개를 돌려 교통사고 현장을 올려다보니 멀지 않았다. 개천으로 떨어지지 않도록 조심해서 다리 밑으로 다가가 문을 열었다. 안은 좁은 창고 같은 곳이었는데 무슨 용도로 만들어졌는지는 알 수 없었다. 어두워서 잘 보이지 않았지만 술과 본드 냄새가 났다. 핸드폰을 켜서 액정 불빛으로 살펴보았고, 안에는 쓰레기만 한쪽에 수북이 쌓여 있었다.

이곳에서 초인이 몸을 숨겼을 거라는 확신이 들었다. 안으로 들어간 다음 문을 닫자 빛은 완전히 차단되었다.

가끔 다리 위로 지나가는 자동차 소리와 개천 물이 흐르는 소리만 들렸다.

나는 더러운 바닥에 주저앉아 눈을 감았다.

다른 사람이 가까이 있는 것을 느꼈다. 문이 열리고 닫히지 않았는데도 어느새 누군가 있었다. 눈을 떴지만 보이지 않았다. 핸드폰을 꺼내 불빛으로 확인할 생각을 못 하고, 말부터 걸었다.

"누구시죠?"

대답이 없었다.

"초인입니까?"

숨소리도 들리지 않아서 내가 착각한 걸까 잠시 고민했다. 그러나 발소리가 다가오기 시작했다. 그제야 핸드폰을 켤 생각을 했고, 일어나서 주머니에서 핸드폰을 꺼냈지만 배터리가 닳았는지 켜지지 않았다. 이곳에 얼마나 오래 있었지? 갑자기 불빛이 나타났다. 나는 눈을 찌푸린 채로 빛을 마주 보았다. 낯선 남자가 오른손 손바닥을 위로 한 채 서 있었는데, 손에서 붉은색 빛이 흘러나오고 있었다. 신호등의 붉은색 같은 빛이 손에서 희미하게 나오고 있었다. 남자는 손을 자신의 얼굴 가까이에 대서 빛을 얼굴에 비췄는데, 내가 모르는 사람이었다. 그리고 다음 순간 내가 만난 적 있는 얼굴, 초인의 얼굴로 변했다가, 다시 원래의 얼굴로 돌아갔다.

나는 물었다.

"우리가 만난 날을 기억하십니까?"

초인은 고개를 끄덕였다. 초인이 손을 내리자 불빛도 손에서 사라졌다.

빛이 없었으므로 나는 어둠을 보고 말할 수밖에 없었다.

"제게 정보를 전달할 때, 당신은 의도적으로 어떤 정보를 감추고 있었습니다. 지구에 도착해 초인이 된 곳, 그러니까 한동안 몸을 감추고 숨어 있던 장소를 의도적으로 숨기고 있었습니다. 이유가 궁금했습니다. 알아내서 찾아오라는 건 아닐까, 그곳에서 기다리고 있겠다는 뜻이 아니었을까 짐작했습니다. 그래서 찾아왔습니다. 조금 늦었지만…… 다시 만나서 반갑습니다."

"초인2는 인간과 초인의 혼혈을 만들려 했습니다. 알고 계시죠?"

혼혈 이야기야 당연히 알고 있었다. 그래서 그 모든 난리가 일어난 것 아닌가. 나는 어둠 속에서 들려오는 목소리에 귀를 기울였다.

"초인2는 초인지구가 성공적이라고 결론 내렸습니다. 그렇기 때문에 다른 초인지구도 만들어야 한다는 결론 또한 내렸습니다. 개입이 성공적이라면 더 많은 개입을 해야겠고, 그러려면 초인지구를 늘려야 합니다. 초인의 숫자도 늘려야겠죠. 초인2가 직접 둘로 분열하지 않고 인간과의 혼혈이라는 방식을 선택한 이유는 미국, 일본, 독일, 프랑스, 영국의 이해관계와도 맞아떨어졌기 때문입니다. 국가들은 초인지구를 원한 것뿐만 아니라 초인을 연구하길 원했습니다. 인간이 초인의 아이를 낳는다면 자연스럽게 많은 정보를 얻겠죠. 한국 정부가 이에 찬성하면서 순조롭게 실험을 진행하던 와중에 들통난 겁니다. 일련의 상황은 초인2의 내부에서 혼란을 낳았습니다."

"혼란요?"

"초인1은 인간 사회에 더 깊이 개입하지 말 것을 초인2에게 경고했습니다."

"둘은 계속 대화하고 있었군요."

"항상 그랬습니다. 초인1은 초인2가 시민의 요구에 따르길 원했습니다. 그러지 않으면 이후 벌어질 혼란을 감당하지 못한다는 것입니다. 하지만 초인2는 더 많은 사람이 초인을 가질 권리가 있다고 판단하고 초인1의 의견을 받아들이지 않았습니다. 결과는 초인1의 예측대로 되었죠. 초인 혼혈 프로젝트 반대 시위가 일어났을 때, 초인1은 시위를 허용하라고 초인2에게 요구했지만, 초인2는 초인지구에서는 정부의 허가를 받지 않은 시위는 허용 못 한다고 주장했습니다. 초인1과 초인2가 반포대교에서 마주쳤을 때도 그들은 대화했습니다. 초인1은 싸움을 원하지 않았지만, 초인2가 주장을 굽히지 않으면 초인1은 싸울 것이라고 말했습니다. 초인2도 초인1과의 싸움을 원하지 않았으나, 마찬가지로 초인1이 물러서지 않으면 맞설 수밖에 없었습니다. 초인1과의 싸움이 시작되자 초인2의 내부에서 혼란이 커졌습니다. 초인2는 인간의 삶을 평화롭게 만들기 위해 초인1에게서 분리되었으나, 정작 시민의 안전을 부순 것은 그 자신이었습니다. 초인1의 내부에서 모순이 생겨나 초인2로 분리된 것처럼 초인2에게도 모순이 생겨난 겁니다. 그래서 초인1과의 싸움 도중 초인2는 둘로 분리되었습니다."

나는 반포대교에서 목격한 순간들을 떠올렸다. 초인1을 공격하던 초인2는 초인1을 완전히 감쌌고, 초인1이 속박을 풀어냈을 때 초인2는 둘로 갈라졌다.

"산산이 조각났던 초인2가 원기둥과 정육면체로 나뉘어 합쳐졌을 때…… 그 짧은 순간에……."

"그렇습니다. 초인2가 초인2와 초인3으로 분리한 순간입니다. 초인2는 초인1과의 싸움을 막아 혼란을 줄이려는 쪽이었고, 초인3은 초인1을 물리치고 더 많은 초인을 만들려는 쪽이었습니다. 초인3은 초인1과 싸웠지만, 초인2는 초인3을 막는 입장이었죠. 한편으로 초인2는 초인3을 다시 자신 안에 통합하려고 했으므로, 초인3을 완전히 제거하려는 초인1과 싸울 수밖에 없었습니다. 어느 한쪽도 완전히 이길 수 없는 마치 가위바위보 같은 싸움이었죠. 초인1은 초인2와 초인3의 공격을 이겨내려면 이들을 내부에 통합하는 수밖에 없다고 판단했습니다. 그리고 이 둘을 한강 속으로 끌어들여 그곳에서 강제로 융합했습니다."

"융합?"

248

나는 되물었다.

그는 대답했다.

"세 초인은 융합했습니다. 당신이 지켜본 폭발은 융합이 빠른 속도로 일어나는 과정에서 발생한 물리적 작용입니다. 그것이 초인1과 초인2에게 일어난 일입니다. 융합한 초인은 물속에 잠겨 있었고, 40일 후 사람들의 눈에 띄지 않는 틈을 타 한강에서 나왔습니다. 그리고 신분을 위조해 서울 시민으로 계속 살아왔습니다."

초인은 죽지 않았다. 내 예상대로 살아 있었다. 하지만 살아남은 초인은 내가 알던 초인이 아니었다.

"당신은……."

"저는 초인4입니다."

그래서 그는 내가 만났던 초인과 얼굴이 달랐다. 그가 이전의 초인과 다른 사람이었기 때문이다.

"초인1도 2도 없고…… 당신뿐이군요."

초인4는 말했다.

"초인1과 초인2의 결정 모두 사회에 혼란을 더 크게 만들었습니다. 저는 초인이 개입하지 않는 사회가 더 안정적인 사회라고 보았고 개입하지 않기로 했습니다. 저는 이 결론을 얻은 후로 평범한 인간의 삶을 흉내 내며 살고 있습니다."

"다시 돌아와 주세요."

나는 외쳤다. 좁은 방에서 울렸다. 돌아와 주세요. 살인 사건을 막아 주고 사람들을 구해 주세요. 교통사고에서, 강도의 위협에서, 흉악한 살인범에게서, 사람들을 구해 주세요.

초인4는 대답했다.

"결과를 보셨잖습니까. 초인1도 초인2도 결국 실패했습니다. 초인의 존재 자체가 서울 시민의 삶을 더 불행하게 만들었습니다."

"방식을 바꿔서……."

"어떻게 개입하든 실패로 돌아올 것입니다."

초인을 붙잡아야 한다는 초조함에 입술이 바짝 말라 왔다. 마치 초인을 설득할 유일한 기회를 가진, 인간들의 대표가 된 심정이었다. 인간은 인간이 지켜야 한다는 말로 관리자를 비웃은 것이 몇 시간 전이었는데, 막상 초인을 마주하니 그에게 필사적으로 매달리고 있었다.

"사람들도 달라질 겁니다. 서울 시민들도 이번 일을 겪었으니 다음번에는 더 신중하게……."

"초인은 실패했습니다."

초인4는 내 말을 자르고 말했다. 나는 반박했다.

"실패했기 때문에 다시 시도할 수도 있습니다. 사람들은 역사를 통해 그 사실을 배워 왔습니다. 초인도 그럴 수 있는 것 아닌가요?"

"지금까지의 초인은 그랬겠지만 저는 아닙니다."

"그러면 왜 나를 찾아왔습니까?"

나는 고래고래 소리 질렀다. 2년 동안 참아 온 분노가 터졌던 것이다.

"더 이상 초인은 없다는 그 맥 빠지는 말을 해 주려고 온 겁니까?"

"저는 개입하지 않습니다만, 만약 다른 초인이 개입하겠다면 막지는 않을 겁니다."

초인4의 뜻을 바로 알아차리지 못했다.

"그러면…… 새로운 초인이 나타나면 되는군요. 당신이 분열해서 새 초인을 만들면…… 사회에 개입하는 초인이 되겠군요. 그러니까, 초인5가 되겠군요. 그 초인이 새로운 방식으로 인간 세상으로 들어오면 되겠군요."

"저는 분열하지 않을 겁니다."

그럴 것이다. 초인4는 내부에 모순이 없으니까. 그렇다면 뭘 어떻게 하란 건가?

초인4는 말했다.

"초인의 세포를 신체 내부에 가진 사람이 있습니다."

"네? 초인의 아이를 임신한 여성이 정말 있는 겁니까? 아니면 아이가 이미 태어났나요? 그 아이를 초인으로 키우라는 겁니까?"

"인간과의 혼혈을 말하는 것이 아닙니다. 초인과 접촉한 사람 중에 초인의 세포를 가진 사람이 이미 있습니다."

"누구요? 접촉한 사람 중에 누가……."

나는 초인4가 누구를 말하고 있는지 깨닫고 입을 다물었다.

초인4의 목소리가 어둠을 뚫고 들렸다.

"초인1이 당신을 만난 날 밤, 초인1은 당신의 귀를 통해 신경세포를 연결해 직접 정보를 전달했습니다. 그 세포가 당신의 몸 안에 남아 있습니다. 만약 당신이 세포를 사용하기로 결정한다면, 세포가 활동을 시작해 초인의 몸으로 바꿔 줄 것입니다."

나는 너무나 놀라 숨을 제대로 쉴 수가 없었다. 그동안 잊고 있던 기침이 튀어나왔고, 요란한 기침을 내가 멈출 때쯤 초인4는 말을 이었다.

"당신이 마음만 먹으면, 자아를 그대로 가진 채로 초인의 신체만, 그러니까 초인의 능력만 갖습니다. 기존 초인들의 자아는 만들어지지 않습니다. 그럴 필요도 없죠. 몸에 이미 자아가 있으니 초인의 자아는 필요 없습니다. 반대로 당신의 뇌가 초인이 가진 정보를 흡수할 겁니다. 그렇게 당신이 초인5가 되는 겁니다."

몸이 덜덜 떨렸다. 긴장한 탓인지 현기증이 밀려왔다. 초인4의 목소리가 멀리서 들려오는 듯했다.

"그동안 도움을 청하는 인간들의 목소리를 계속 듣고 있었습니다. 인간 사회에 개입하지 않기로 했지만, 계속되는 요청은 저를 끊임없이 자극했습니다. 어떻게 하면 이 문제를 해결할 것인지 생각을 거듭했습니다. 초인은 실패했지만 인간은 성공할지도 모른다는 가정을 세워 봤습니다. 만약 인간을 더 잘 알고, 그들의 삶을 완전히 이해하고, 인간과 의사소통할 수 있는 존재가 초인의 힘을 가진다면, 새로운 해결책을 찾아낼 가능성이 있다고 판단했습니다. 그래서 당신이 이곳에 찾아오기를 기다렸습니다. 이 말을 해 주기 위해 당신을 찾아왔습니다. 이것 이외의 해결책은 저도 모릅니다. 두 명의 초인은 모두 실패했습니다. 하지만 인간이라면 인간을 이해할 것입니다. 불완전하기 때문에 끝까지 포기하지 않고, 실패해도 새로운 가능성을 찾아내 다시 도전할 것입니다. 하지만 이것은 인간을 관찰해 온 저의 막연한 기대일 뿐입니다. 결정은 당신이 내려야 합니다."

초인4는 한동안 말이 없었다. 나도 그랬다. 나는 생각에 잠겼다. 결정은 내가 내려야 한다. 초인이 될 것인가 말 것인가. 나는 지하철 사고를 떠올렸다. 그 후 겪은 고통을 떠올렸다. 초인을 만난 사람들을 인터뷰하던 날들을 떠올렸다. 여고생과 함께 시청 앞에서 초인법 개표 결과를 기다리던 때를 떠올렸다. 반포대교에서 사람들에게 밧줄을 당기라고 소리치던 때를 떠올렸다.

나는 초인에게 질문했다.

"인간이 초인의 자리에 앉아야 한다는 의견은 이해합니다. 하지만 왜 제가 그 사람이어야 합니까? 저는 단지 초인을 만난 수많은 사람 중 한 명입니다. 그걸 자격이라고 할 순 없잖습니까."

"누군가는 고통을 짊어져야 합니다."

초인4의 대답에 나는 말했다.

"그건 대답이 아닙니다. 고통을 떠맡는 사람이 되겠다는 생각이 항상 올바른 겁니까? 희생이 아니라 오만일지도 모르잖아요?"

"저도 그 질문에 대한 대답을 찾지 못했습니다."

초인4는 말했다. 그리고 움직이는 소리가 들리지 않았다. 갑자기 어디론가 사라진 것 같았다. 혼자 남은 나는 더듬거리면서 초인4를 불렀지만 대답은 돌아오지 않았다. 어둠 속에서 계속 망설였다. 내가 초인이 된다면 인간의 삶을 더 낫게 이끌 수 있을까? 초인이 이루지 못한 꿈을 인간인 내가 이룰 수 있을까? 영화 속의 슈퍼 히어로처럼 사람들에게 도움을 줄 수 있을까? 어느 순간 주변이 천천히 밝아졌다. 나는 빛이 들어오는 줄 알고 고개를 두리번거렸다. 아니었다. 내가 어둠을 꿰뚫어 보고 있었다. 아주 작은 빛으로 혹은 가시광선이 아닌 것으로 주변을 인식할 수 있는 능력이 생긴 것이다. 구석구석이 보이기 시작했다. 초인의 세포가 몸을 지배하기 시작한 것이다.

나는 깨달았다.

나는 초인이 되고 싶었던 것이다.

알고 있었다. 나는 계속 원해 왔다. 대답은 이미 마음속에 있었다. 초인에게 도움을 받았기 때문에, 도움을 받는 사람의 절박함을 알았다. 동대입구 지하철역에서 살려 달라고 소리치던 때의 공포를 잘 알기 때문이다. 반포대교에서 엉키고 넘어지는 사람들 사이에서 줄을 잡아당기던 때의 급박한 순간을 지금도 기억하고 있기 때문이다. 누가 도와 달라면, 당연히 그렇게 할 것이다. 누가 살려 달라면 당연히 그렇게 할 것이다. 능력이 있으니 반드시 움직일 것이다. 고통 받는 사람의 마음을 잘 알기 때문이다. 이제 어둠 속이 완전히 보였다. 그곳에 초인

4는 없었다. 나는 문으로 다가갔다. 문은 잠겨 있었지만, 나는 가볍게 내리치는 것만으로 손잡이를 부수고 문을 열었다.

밖으로 나오자 초인4가 나를 기다리고 있었다. 어두웠다. 자정이 지나고 다음 날이었다.

나는 그에게 말했다.

"한 가지만 묻고 싶습니다. 반포대교에서 한 여인이 초인2에게 안겼던 아기의 아버지는 누구입니까?"

"당신은 이미 대답을 알고 있습니다."

초인4는 그렇게만 대답하고 몸을 돌려 걸음을 옮겼다. 나는 그가 걷는 소리에 집중하다가, 더 많은 소리를, 이전에는 듣지 못한 것을 들었다.

초인4는 어디에서 왔는지 모르듯이 어디론가 사라졌다.

나는 보지 못했던 것을 보고 들리지 않았던 것을 듣고 느끼지 못한 것을 느끼기 시작했다.

가장 큰 변화는 이것이다. 발을 내려다보는 순간, 나는 방법을 깨달았다. 몸과 밀착한 공기 분자와 그 속의 원자를 이용하는 방법이었다. 내 의지는 큰 것에서 아주 작은 것까지 영향을 미칠 수 있었다. 원자를 변형해 에너지를 만들고 에너지를 아래로 밀어내서 몸을 허공으로 밀어 올리는 방법을 알아냈다. 동시에 허공에서 균형을 잡는 방법을 바로 익혔다. 짧은 시간 동안 일어난 일이었다. 그것보다도 더 작은 시간에 더 많은 일을 할 수 있었다. 두뇌는 수많은 정보를 받아들이고 처리했다. 내가 가진 정보와 초인이 가진 정보가 또 다른 정보들을 만들어 냈으며 몸은 그 정보를 이용했다. 몸이 어둠 속으로 천천히 떠올랐다.

나는 몸을 완전히 장악했고, 초인의 신체를 가졌다.

나는 초인5가 되었다.

비명이 들렸다. 강북 쪽이었다. 모녀가 살고 있는 원룸에 강도가 들었다. 주변 사람들이 서둘러 전화를 걸었지만 경찰은 아직 도착하지 않았다. 강도가 품에서 칼을 꺼내 드는 순간, 내 망설임도 끝났다. 하늘에 떠 있던 나는, 몸을 움직였고, 가장 빠른 속도로 서울 상공을 날았다. 소닉 붐이 내 뒤를 따라왔다.

《초인은 지금》끝